U0729533

皮克的情书

一

涵瑜：

我们同在一个学校里，天天微笑的相见，天天不断的在书本上互相研磨，一月一月的过去，一年又快到了。无限的衷曲渐渐在彼此的眉目间流露出来，这恐怕你也不能饰词辩解吧。但是，我们只是缄默，只是把满腔的情绪闭在肚子里煎熬，这是多么苦痛的事呀。这几天我已处在无法煎熬的境地了。我似乎是得了神经病，一切失了常态。我为着自己，也许是为着你，不能不把我俩中间的幂幂揭开，将两性间的森严的壁垒打破，把胸中的郁闷尽量的发泄出来。我本想和你面谈，但心里存着"恋爱"的念头竟羞慢的说不出口，因此就用笔来陈述。这封信出发的动机是这样的，冒昧虽是冒昧，但是你有拒绝和我笔谈之权。我想这样一次的通讯，总不能就认为我是大逆不道吧。我在神志昏迷中颤栗的写着，明知道这信发出后是凶多吉少，明知道因着我这次的失检，你会给我一个重大的难堪，将我数月来的经营毁灭，不，不会毁灭，我自己相信我已下了千万个决心要写这封信，一切的顾虑，实在没有力量阻止我这支笔。涵瑜呀,真的没有什么东西能够阻止我这支笔。我忍心的写了这些话,我手中已预备着明天和你见面时遮脸的大蒲扇了。我还怕什么,祝你平安!

皮克

二

涵瑜:

　　我的灵魂好像纳丝缚着,挂在天空,被狂风震撼,岌岌然要掉到茫茫的大海中去一般。绿衣使者的救星呵!你只将快乐与安慰一包一包的从我旁边递给那些不相干的安闲的人,全不理会我。难道我昨儿的信没有递到她的手中吗?难道这是犯了罪吗?所谓师生,这是何等庄严的名分!?这上面还能再加上一层别的关系吗?爱的嫩芽之上已铺着一层坚冰了,没有滋长之望了,枯萎就在眼前。我的魂魄给失望的恐惧惊散了。心灵给羞惭包裹了。我只是放开两眼眶的泪水涤去我的羞惭。通宵仰看着漆黑的穹空忏悔当天的失检。但是这些思潮已成了幻梦,从你那珍贵的回音盼到之后,这些思潮已完全离了我的心境。我的一切,已完全恢复了常态啦,这是我应当如何感激你的呀,涵瑜!

　　我的寒微的家世,在平日闲谈中我已向你流露过的。你不是时常替我叹息吗,你现在又殷勤的勉慰我,我的枯焦的生命就同得着春风甘露一样,自然的将来会生出鲜花供你的欣赏!我在潦倒穷愁的生活中,本来没有妄想过需求一个女性的安慰,也不曾和女人通过一封信。我从前见着女人就得红脸的,可是现在啊,"红脸"在我竟算不了什么,现在写信,那心的震跳,手的战栗,也都算不了什么。我不顾一切的要跳入爱情的网里才愉快呀!涵瑜,我直的喜得

中国现代小说经典文库

彭家煌（下）

主编：黄勇

汕頭大學出版社

要流泪了!

战争发生了,炮声隆隆,看是准成了淮的俘虏,我们明天看《晨报》的号外吧! 再谈,祝你快乐!

皮克

三

涵瑜:

天天见面的我们,不知如何交谈的机会反而比从前更少。就是偶一交谈,也不比从前那样的自由,放肆,真是好笑极了。在我们和平常一样的交谈时,旁边的人似乎都在侦探我们,周先生的笑语似乎是讥嘲我们。姜女士在我们中间走过时,向你瞧瞧又向我看看。我真的很害怕,怕她已经知道我们的秘密。这或许是我的心理作用吧。

今日上午,我一连写了两封信,想乘着没人在旁时面交给你,但是终于没有机会。我只好烦邮差送给你吧。我想这种无聊的信,每星期写两三封就够了,多写是要耽误你的读书时间,消耗你的珍贵的精神的。但是这恐怕是一句口奉心违的话。我一接到了你的信,便失了我的坚决的主张了。本来我俩相隔咫尺,遥若天涯,众口悠悠,限制我们没有互谈衷曲的机会,我们不凭这枯笔寸纸来一表私忱,又有什么办法呢? 已经九点钟了,想你已甜蜜的安睡了吧。

皮克

四

Centre Park,风景佳绝!

假山之阳，花圃之北，
更是池水涟涟，荷花香艳；
惜那水榭当中，
少着情人儿一对！

明儿是星期，我真喜幸！
你随便梳妆，莫误良辰；
最好是背着人儿行，
那管你肯不肯，
到了钟敲七点，
我准在那里耐着性儿等！

涵瑜：

昨夜成邀游公园的新诗两首，这也是汗牛充栋的青年文艺中顶烂调的；撇诗论事，这也是青年们最流行的把戏。我们不是青年吗，虽则是师徒。诗礼之家的道德君子在超乎师徒关系万倍的中间，还背着人做他们的《红楼梦》咧！涵瑜，管他有没有人瞧见，盼你明天清晨堂哉皇哉来这里一趟。只要咱们自己够受，管他妈的礼教！

你的信前晚七时收到。房里有人，我将它贴胸的藏着，全身感着爽快。人家走了，我舍不得拿出来瞧，因为瞧完了，便要再等几十个钟头才有瞧的，不是太难熬了吗？而且随便的瞧了，似乎对不住你，因此我洗好了手，擦了脸，漱了口，脱了衣服，放下帐子，在被里安闲地仔细地玩味你寄来的那全副的珍珠。我一直睡到天亮，依然是微笑着。

来吧！来吧！来吧！妹妹！这封信有代表我的全权，明儿迎你到公园。

你的皮克

五

涵瑜：

你听见大炮响吗？恐怕你在回味着昨天初见握手时全身如着火般的况味，觉着自己也上了战场，听不到别的大炮声呢！

你的信今早收到了。你要我下次相会不必吃西餐，多花钱，涵瑜，你的盛意可感！我一个月的薪水本来不够吃几顿西餐的，也不曾吃过西餐。这是破题儿第一遭，下次决以清茶相待，勿念。

努力求学，自是青年的快事，也是我念念不忘的。不过我每天教了两点钟代数，还要担任许多校务，晚上连休息时间都觉不够，实在没有余力用功；况且这晌时局不静，人心惶惶，也无意求学。这是暂时的，你以为我是服服贴贴安于现状吗？我时时苦恼着这事呢！缓一下子我要到教堂里的高级班学英文。下半年决计摆脱一点教务，到北京大学英文系去旁听。

你呢，你也得劝劝你自己，从前还按期交代数演草，这几天连课都不上了。我知道，这是我的罪过。我从此不敢和你通信了，免得分你的心。

胡先生说：上次月考你的几何试卷具有三十分。我听了替你担忧。明年上期就要毕业，为着无限的前途，实在不容是这样因循下去啊！我并不着急你的分数，我单怕你从此不努力了。我并不重视虚荣与阶级，我自己就没在大学毕过业，也不想定要在大学毕一回业，只觉着实际上要超越一切虚荣与崇高的阶级才好啊！

你的身体还发热不？很念！

你的皮克

六

涵瑜：

　　昨天下午，我同族弟到公园长美轩中小餐。我们觉着无聊，族弟很想见见你，因此我就打电话邀你。谁料接电话的是密司王，她故意和我麻烦，弄得我进退狼狈，我就连忙改变自己的声调，免得给她识破，可是我那慌张的神情哟，若是有谁瞧见，必会骇然的。

　　你仅仅和我说了一句："你是谁？"便绝了线。我知道你不常接电话的，何况你旁边还有会开玩笑的朋友，而且打电话的是一位不能当众宣布的我呢！我在失望之中，觉着这世界无限的荒凉，这公园不过是我古木苍然的坟墓！

　　上星期日的晚上是我的值班期。教职员就只我一人留校，同学们出游的出游，回家的回家，你竟不回家，和一位朋友倚着我房子对面的教室的栏杆将幽雅的箫声一阵一阵送到我耳边。这箫声在诉你的无限的心事；这箫声递给我不少的慰语。我俩虽如隔着蓬山几万层，但我内心的沉闷，已给音乐遣散了。谢谢你，涵瑜！

　　有余的休息时间，都消磨在写情书里面，不笔谈吧，这颗心儿也是自鸣钟一样，一刻儿也不曾停摆，终日萦纡着你，考虑着将来的一切。这样本是太自苦了，但要这样才舒适，要这样才快乐。快乐虽是快乐，然而我的躯壳的确是害着病了，和你一样昏昏沉沉，如在梦中！

　　我记得英文里有这么一句话：There is life, there is hope。涵瑜，别再自苦了，你暂时丢掉你心中的我。我丢掉我心中的你。我们不仍然是从前的我们吗？赶快健康各自的身体，努力各自的前程。恋爱不是我们的职业，我俩在互爱着时那能放弃其他重要的一切！

皮克

七

亲爱的涵瑜：

好几天没接着你的信，查看点名簿，只见你的名字下面一直行的圆圈，我断定你是病了，心中好不难受！我疑心那圆圈是我眼眶里溢出来的。

午饭后竟欣然的接到你一封信，拆开一看，笼迹潦草，没称呼，没署名，"亲爱的"三个字什么地方也找不着。你以为我因此会生气吗？我更喜欢，我更感谢你！

前次信中"我丢掉我的心中的你"是相对的是暂时的，是积极的相鼓励着，是真正在培养我们的爱苗。谁料你竟误会了呀！你说："你抛了我是应该的。你心中有无数比我好十倍的人儿将你的胸腔占住。自然，在同时同面积里那有我的容量啊！你干脆的和密司李甜蜜的谈着吧。不必敷衍我了。"唉！真是冤哉枉也！我有口难辩，我只好对天空发声长叹！

你想，全校都是女生，那能不理会她们呢？为着要保守我们的秘密，尤其要表面和你疏远，和她们接近。这是我一点苦心。不料这点丹忱竟招了怪啊！妒忌是美德，妒忌是爱的表现，近人有句诗："有病方知妒妇贤。"这话我很相信。你惠我这样的馈赠，我真心感，不过，涵瑜，因为着我前次的信竟致你卧病几天，毕竟是我的罪过。毕竟是使我不能不泫然流泪的！

我俩原冀在生活枯燥的旅途中寻觅甘泉，这甘泉竟如毒质般在戕害我们，这是意想不到的事。短叹长吁，继以愤怒，这是为的什么？我看这是束丝自缚，推着悲哀的石块，压在自己的身上。眼见得一切会断送在这中间啊！

明天又是星期日。我陪你到法国医院去看看病吧。如果大家身体爽快，就到游艺园去散散心好吗？别再提前次的信。我在这信里送你千万个"对不住"。

皮克

八

涵瑜：

星期日我们在游艺园看见密司何，你不知如何那样害怕。就是她看见我们，我们并没有手挈着手，肩靠着肩，两人中间还隔着十几步，怕什么。况且游艺园里并没有法律的规定，准了你去游就不准我去游的。而且即令手牵手，肩并肩又关着谁的事哪？涵瑜，我越想越气！

医生真奇怪，说不出什么病，只开药方，要我们静养。我几年不曾服过药，我决计静养几天得了。你恐怕非服药不成，因为你的身体问题太多了。

学校定下星期停课试验，你如果身体不好，也不必舍生命来赶试验，争分数。分数多的人不一定学问好。你们同班中有好几位，试验时要看别人的卷子，防不胜防，这样去求分数，分数是一文不值的。如密司宋，密司李，月考都要晚上不睡，弄得吐血来争这分数，分数对于她们有舍生命去换来的必要吗？

昨天接到表妹一封信，她说："我们不得已或只能入学校，因自修经费实多于进学校；想好好的读书，自修实在是较好的法子。现在的学校根本的是制度太坏，摧残个性。一句话包括，可说学校是杀人的机关。"她的话虽是过火一点，然而的确有她的理由啊。

你毕业后将怎样呢？再进什么学校呢？进女高师吧，但是有些学生考上了也不肯进去，不知是什么道理。进北大吧，我看你非再加紧补习的工夫不可。不进学校吧，社会上很少相当的职业位置你。难道整天只是烦闷着不成？生活便是战斗，谁都知道的，我们是在战斗吗？我看似乎是在自杀。空空洞洞的互相勉慰，没有用处，盼在最近我们来商量个办法。

皮克

九

瑜妹妹：

以后的信，最好信封上写："张寄""吴寄"，不要写"瑜寄"，给人识破。信封上的字顶好也换换样儿。今天听差拿了许多信走进来，教务主任偏偏拿着你寄给我的信看了又看，才递给我。我不知如何像贼一样的心虚害怕，不敢抬头正视他那铜像似的面孔。

舍监检查学生的信件是本校顶重要的规程，我是半个职员，自然也有知道许多趣事的机会。学生的信件里，情书占十分之三四，有的男生为着失恋要自杀的，但毕竟没有自杀的事发现。昨天上午有一封给密司周的信，信中用半通的悱恻缠绵的词句劝她万不可自杀，舍监要我去报告密司周的家里。我还没有出发，密司周竟摇摇摆摆又到校了。那安慰她的情书还没有到手，她却仍然高兴的活着，可见自杀，不过是满足某种欲望的一件工具，并不算很值得注意的事！

由学生们的信里所发生的麻烦事件实在太多了。竟使学校当局放弃责任，自动的取消检查之议，真可惊异！这解严的消息一经传出，北京城里的男女学生怕不会裸体跳舞，白昼宣淫吗？

敝省的第一女子师范，从前不聘男教员，后来竟开禁了，不过像太后们垂帘听政一般，讲坛前挂着一大块白布，阻断师徒之间的电流。后来那白布也取消了，有一位男教员眼睛瞧着天花板讲授，出了教室，视线才敢落地。那教员后来教我们也不改他的习性，使我们非常的怀疑。当时引起了同学们的探讨，所得竟是这样一个来历。现在呢，恐怕是江河日下，世风不古，廉耻道丧，男教员和女学生的目光简直是平视着呢！

没有一点儿事竟写了这么多，无聊，无聊！你的信，收到。你的身体有进步，我很感谢！不然我会时时刻刻为你担忧，因为没有强健的体力，你便永远的不能站在生活的阵前勇猛的冲锋啊！

你心爱的皮克

十

亲爱的涵瑜：

由苏君处转来你一封信，奇怪！奇怪！我当时诚不知如何你的信会由他那里转来的。我看了信，肚子要笑痛了！

妹妹，我这破旧的行李，从我进初等小学时起一直到现在。它跟我乘火车，乘洋船，它跟我漂泊到天边。我交了多多少少的时离时合的朋友，只有它对我永远的不曾有变迁。朋友们说，"你制一套新的都制不起吗？"我不理会这样的恧愚。学生们取笑着说："先生，你的帐子被窝究竟是白的还是黑的？"我不解答她们的怀疑。听差的说："先生，拿去洗洗吧？"哼，进洗衣店一次，就会白受糟踏，窟窿累累的拿回来，我索兴给他个不理。不让我那亲爱的行李离开我一刻儿

昨天发狂了，允许听差将行李拿去洗了。你以为我是为着爱了一个女学生给学校撤了差搬着行李走了吗？洗行李，在我，本是一

件骇人听闻的事。你忽然到我房里不看见它，自然要起恐慌，同时也不看见我，自然更加起恐慌。不过你太浮躁了，太粗心了，在情书中写了这们一页可笑的事实，你自己何等羞惭呵！一刻儿不见我的行李便值得大惊小怪东奔西走去探听吗？算了吧，你干脆一口把我吞了，免得发生意外的危险和未来的虚惊！涵瑜，我写不下去了，眼睛给眼泪塞住，为着你发生了这样珍奇的可笑的事件，我应该报答你以眼眶里掉出来的珍珠！

密司熊为什么老跟着你和暗探一样呢？如果她知道我们新近的事情，那她就不应时时伴着你做我们的眼中钉。如果她不知道，你就不必告诉她，免得将来受流言的痛苦。我是本无顾忌之必要的，全是为着你，全是为着你要受假面具的礼教的遮掩啊！

皮克

十一

涵瑜：

现在要学期试验了，你功课都预备好了吗？如果身体不好，就不去特别预备也行。平时不烧香，急时抱佛脚，在仓卒之间没有充分的预备，想操胜算，这也是和某将军一样，还没有进关，便侈言着走马看洛阳之花，投鞭断长江之流，同一可笑！

学校的房子小，人多，你不如搬回家去，比较舒服些。昨晚舍监不在校，密司刘在半晚上发生了骇人的病，没有人负责。这是多么危险的事啊！

这几天，我拟不多写信给你，免分你的心。我自己很忙，你也少写点。过了试验再畅谈吧。试验，不过五六天就完了，暑假就在眼前，忍着点儿吧。到那时随便要怎样我都承认。

密司王邀你同去会她那未曾交淡过的情人，去不去在你，何必问我。不过她既是你的好友，她害怕会晤陌生的人来邀你同去，你似乎应该援助她，和她同去一趟。以后少去些为好。因为在他们中间有了一位你，究竟是使他们不方便的事。这事听你自己作主好了。你要我替她守秘密，自然，我们都是有经验的人，不会乱说别人的隐事的。勿念。况你好好的用功！

皮克

十二

涵瑜：

我讲个笑话给你听。

"一个孩子写好了一封寄给朋友的信。他母亲问道：'孩子，你的信怎样寄去呢？'孩子没有寄过信的，他说：'妈，我亲自送去！'"

我的天，我俩的信不都是亲自送去吗？在没有人瞧见我们的时候，不是常常互递着情书吗？我俩距离，有时只隔着一层皮肤，两张嘴儿有时简直可以相接触，还要用笔谈话，这恐怕不同语言的两国人见了面，也不会闹这样的笑话吧。最可笑是我们没机会互相递信时，各人的信都不敢劳听差的驾，亲自出门绕个大弯，送到极近的邮政局。再由邮局转到刻刻相见的人儿的手中。这是什么玩意，我的天！

昨天下午真把我的肚子笑痛了！我俩竟在邮局里相会，互交了情书以外，还加许多口述的最近的报告。这真是出乎意外的可笑的事！

去年的你，不是在嘉兴吗，谁料到会在北京认识我这笨蛋。谁料到由相识而忸怩的互倾衷曲，心坎中萦纡地进行各人的神秘的问题，着了魔一般，在爱之途中相周旋呢？人事的变幻，真是光怪陆离！我很害怕，害怕我俩将来不知会变成什么样子，我想不身入其境，来玩这套把戏。我想和大使一样，生对翅膀，比飞机的速度还快万倍，在全世界的最高处翱翔，俯瞰着人世间一切的变幻！涵瑜，你愿做天使不？不过天使多了，会有男女之分，甚至也师徒之谊，终而玩我们现在这样的把戏的。

试验明日就完了，你搬回家后，我们虽是不能日日相见，心里到觉舒适，而且寄信也方便得多；把晤愈少愈难，愈是痛快。不过是暑假中，我们不能只是作这种痛快的打算。我盼望你加意考虑你毕业后的升学问题。我把"不要安于现状"几个字依然奉还给你。

皮克

十三

亲爱的涵瑜：

我们的照片虽是相互交换过了，但都不是现在的我们。现在的我们没有照片上这样的呆板落寞，也没有这样枯槁。现在的我们是满足的，快慰的。我想和你合照一片，把两个满足而快慰的灵魂融化起来，成一结晶的个体，在卡片上留着永远的活跃的纪念。这事想你是不会拒绝的。为符生死与共之意，我们就到廊房头条同生照相馆去拍吧。同生是北京顶著名的一家，如果你愿意的话，后天上午九点我在那里候你。

拍了照片后，我们到陶然亭去游，好吗？陶然亭是北京郊外的名胜，那儿有古代著名女界的荒冢，值得我们凭吊，那儿有一望无际的青碧的芦苇；芦苇高没人影，中间的纡回小道，值得我们穿插；

登亭远眺，全郭的佳境都入眼帘，凉风吹来，芦苇形成了海水般的波浪：附近的古寺，遗老的花园，我们都可以不消破费去玩赏。半日的乡间生活，怕会使我们不愿重回都门吧？这样乌烟瘴气尘土飞扬的都门！

本来在劳心之后，我们是应该有相当的休养的。我想那天午饭后，顺便到游艺园去玩玩。游艺园虽同旷野一样的可憎，但是我们以另外的一种眼光去细心观察那舞台上的花旦和舞台下拥挤的违厅谕大声叫好的人们，或是随便去侦探那许许多多攒来攒去的似平带着重要职务的人们，一定有许多神秘的有趣味的发现。游艺园的这项特色，恐怕只有我们能玩赏领会吧？信到后，请即刻复我。

皮克

十四

涵瑜：

在游艺园玩耍的男女真不知有若干，偏生我们这一对逃不过姓林的绅士先生的明察，在你哥哥前面告发了。真是倒霉之至！林君是大学快毕业的人，这样的关心风化，其学问人品，必定很可钦佩！不过他所说的"殊属不成事体！"你哥哥和你第二个嫂嫂是怎样结合的呀！你哥哥严格的责备我们，对于他那兄长的尊严名分上有什么极好的影响？我顶恨那蒙着虎皮的狗摆老虎的臭架子！

据你的来信，知道林君是你暑假中的英文教员，是世家子弟，而且是要到美国去的候补留学生。听你平日的口气，你哥哥要他教你的英文，这中间……我很理会得。你们已是师徒了，你哥哥勉强你和他自由恋爱，这正是礼教的明文，这真可叫做"殊属成事体！"你要我以后不邀你出游，这是当然的。他们我，本不想认识，现在我已恭敬的认识了，对于你也真正的认识了，多承他们赐教，请你为我代致谢意。

涵瑜呀，我在平时就对你流露过感激的意思。我本够不上在这世上有什么非分之想；能够和你通通信，已经是感激涕零！你放心吧，涵瑜，我怕委屈了你，很欣幸你有这样的一位林君。或者将来还有比林君更优越十倍的一位情人。

我的家世曾再三对你说过了，家里虽是有许多人读书，但我的兄弟都是农民，满身有牛屎臭的农民。换句话说我就不是世家子弟了。在大学毕业，家严就没有这种力量。我自己也没有这样的决心。到法国去做工，前几年倒是很想去的，至于到美国去留学，得博士，我却不敢有这样的梦想。因为种种的缘故，我不敢和什么女学生谈恋爱，没有这些好听的世家，留学，大学毕业等玩意，我见了女学生是永远抬不起头的。

前几年，我每次由学校回家度寒暑假，父亲母亲常常对我说某人来说媒，姑娘像貌怎样，人品怎样，也读过书。媒人再三的麻烦，只征求我的同意。我常常一笑，把这问题抛开。有一次，父亲说有一个师范毕业的女学生，问我要不要。那是一位有面子的亲戚介绍的。那女学生家里还有钱，是一个寡妇的惟一的宝贝。我心里跳了一跳，觉着很高兴，但又觉得这总是非分的事。我在省城里读书时，对街上的来往的女学生，从来不敢正视的。觉着她们是时代之花，是天上的仙子，无产阶级结婚，这中间是不能有这般仙子的。那几年我常常有这样的思想。我父亲呢，也觉着农家养不起女学生，家里也不请老妈子的，难道要母亲去服侍媳妇吗？于是，我从此听见人家说女学生，便不愿意听了。于是那使我心里跳了一跳的女学生便不久成了营长夫人。我那亲戚还时时无聊的对我表示惋惜。

涵瑜呀，我对女学生的念头是这样的，现在依然是这样的，我对于你，心里已经跳过好几跳了，虽然我不过是你一位朋友，但是自从接到你这次的信，承认了林君所告发的"殊属不成事体"是势理之当然以后，我心坦然，坦然，永远的不会心跳了。你放心罢，祝你多方的快慰！

皮克

十五

涵瑜：

接读你十五日的信，使我怅惘的追悔。为着我，破裂了你家庭间的和睦。为着我，你便不要那世家出身的林君教你的英文，这是我意想不到的事。你要这样的来安慰我，不过使我心里难过罢了。你哥哥要检查你收到的信件，这很好，我写给你的信并没有触犯戒严条例的语句，不怕他以军法从事，尽可乘此机会把所有的信都拿出来传观，表示我们的清白。那怕什么。

我俩时时通信，除学校当局以外，大概有许多人知道。我也曾告诉父母，他们听我自己作主，不过要慎重些。我对于他们的态度非常的感谢。

讨婆娘，在我觉得是一件很可笑的事。我从来不曾有这样的打算。讨男人，我倒是希望有这样的一个女子讨我去，但是还没有到时候呢。我以为起码这是二十五六岁以后的事。因为要过相当的时期，女子的学问才有相当的修养，体力才有相当的发育，意志才能坚定，然后她才能养活一个男人，养活将来的子女；或者万不得已时，要男人也负担一部分生活费也行。这不是笑话，因为我是能力弱的男子，不能不一反以往的习惯要婆娘来豢养。如果像从前一样，要我来负担婆娘和子女的费用，我便是负了千斤的走不动的赢骡，徒然悲惨的喘气。这不是笑话，我那里理想的婆娘应该有这样高的地位。即令退一步讲，我的婆娘也不能像从前的女子一样。她应该和我一道到工厂里去，找寻自己的面包，早晨相互的握手道别，晚间仍然欢聚的抱吻，夫妻间相互的义务，除了快乐的晚上同眠以外，其余是不必谈的。

我将来讨婆娘，或是一个女子讨我做男人，我不愿交换戒指首饰，因为我没有这样多的洋钱。我不愿在结婚的那一天打锣打鼓故意使不相干的人知道。因为锣鼓是扰人清睡的东西。我更不愿在牧师前面发誓，或是当着许多人的前面行礼，因为这全是假的。如果没有这些玩意，将来我的婆娘要散伙时，没有这些礼教缠住她，不让她自由的他去。涵瑜，我讲的这些话，不知你赞成否？

皮克

十六

涵瑜：

你对于我十七日的信表深切的同情，我很感慰！那末，我们将来就向这条路上走去吧！

像片我已于昨天取出。我看照得很逼真，我舍不得她，把在手里看了又看，心中潮涌了万千的情绪。我记起我是一个乡农的儿子，现在竟成了漂亮的西装少年，还依傍着一位天仙般的女学生，这何等欣幸啊！但是不知怎的这张小照由我的泪光中透过，竟是在雾中一样，含糊得可怕！隐约得可怕！涵瑜呵，这小影中的一对，他们果然的是这样永远相依傍着吗？我兴念及此，不禁全身颤栗起来！

昨天晚上，我又将像片拿出来把玩，我忍不住，对你侮辱了。我应求你的原谅。我把玩了以后，随即用钢笔在小照上写了些小字。

这些小字很模糊的，现在我把它抄在下面：

仔细看，你像貌端详，那有半点轻狂！蓬松的发儿，浅淡的衣裳，胜过那黛绿凝红艳丽妆！男才女貌不相仿，你委实错认了我皮郎！唉，我一刻儿不见你，心坎儿上总悒怏！那值得悒怏！那值得苦思量！今生如果不是并蒂莲，为什相偎傍，影成双？

这些语句，在我心里很熟习的，顺便写了出来，这或许是抄袭的，但是由什么地方抄袭来的，我可记不清楚。好在写在这小影上面没有谁瞧见，是不关事的。即令有人瞧见，我拿别人的话来表示我的情感，也没什么要紧。这像片，不愿由邮局寄给你，请你到苏君的寓所来取。明下午二时，我在那里候你。苏君的寓所是你知道的。祝你平安！

皮克

十七

涵瑜：

昨天真热，我们在先农坛树荫之下，吃了许多西瓜汽水，尚且热汗淋漓，若是在家里闷坐，真会要生病的。

你哭什么？问你，始终是不答复我。我随便说一点"要改变姓名"的话，这没有什么赞解的地方，怀疑的地方。昨天我就对你说过，我为着爱你，我所以改成同你一样的姓。你是为着这点小事哭吗？我不是对于你个人有什么阴谋，要改名换姓逃避一般人的耳目，我也不是共产党，赤化，要改名换姓避免警厅的侦缉。我说那句话实在没有什么动机。不过我觉得名字是一个人的符号，这符号改不改是没有关系的。我又觉得氏族的观念是可笑的，为什么一定要有氏族呢？男女的结合，女族的姓上为什么要加上夫族的姓呢？为什么产出子女，一定要冠夫家的姓呢？这不过是传统的思想，夫权极盛时代的把戏罢了。古代一妻多夫的时候，产出的子女应该姓什么？妓女生了子女应该姓什么？这不都是费研究的小问题吗？

你常常鄙视阶级与虚荣，我十分的钦佩，但昨天的话，一定要我在大学毕业，这语句似乎是自阶级与虚荣出发的。在国立大学的学生中，我的朋友也有好几位，他们将来有什么成就，谁也说不定。背着大学毕业的招牌，能不能在社会上有所建树，更不必说了。我看只要自己有自修的能力，能够认真的自修，那就行了。要讲虚荣，最好是到外国留学，最好是到美国去。我们在日报上不是天天看见了一批一批的到美国去留学的吗？这些留学生将来都是带着博士硕士的头衔荣归故国。国家有这许多的留学生，有这许多博士硕士，真是邦国之光！历年花了多少万的国币，真是不知买回多少邦国之光！将来最好是将全国大学停办，都到美国留学。这更可炫耀于全球各国了！

前几天有一位同学快要起程到美国进什么大学，他说："我将来回国，大学教授是无论如何当得下的。"语意之间，似乎是"我，美国出身的什么士，岂仅在国内大学任一教授而已哉。"我当时觉得好笑。我心理在问答他说："那自然，不必一定在美国得博士，回国任教授，就是在这一刻，你就了不起啦，而我也可以自豪的逢人便说，某也吾友，吾莫逆之同班生，行于某日赴欧，将来学成归国，予小子以同班生之资格，亦敢昂然列欢迎大会之席矣！"

涵瑜，在科学昌明的欧美，有什么发明，真不容易！听说在外国考博士，全靠一篇有什么发明的论文。中国的留学生们，常常搬出本国的古董，去巧取博士的头衔，辄如意以偿。又听说某人在鸟肾里面发明了一极微渺的细胞，于是昆虫学博士的荣冠又加诸其头了。在外国科学昌明的时代，中国人能够发明一个鸟肾的细胞，的确可以算个博士。不过稀烂的中国，待救的中国，花了许多洋钱到外国去造就一个鸟肾的博士，那鸟肾的细胞对于中国有没有什么伟大的贡献？这恐怕谁都不敢说吧。在待救的中国，大革命时代的中国，鸟肾博士们能不能够以一鸟肾的细胞去打倒帝国主义，打倒军阀，外抗强权，内除国贼，甚而至于以之反赤救国，这恐怕谁也不能说吧！

涵瑜，讲得太多了，因为你一句话，使一部分的博士们，留学生们，被一个不识之无的中等学生侮辱了，真是臣罪当诛，不过现在是共和时代，言论自由，不能说我是中学生就以人废言。我说的不对，这是私信，不会有人看见。即令有人看见，骂了一声"放你娘三年勿来的屁。"我就承认这是猫屁狗屁都行。有什么要紧。不再费话了，祝你快乐！

皮克

十八

涵瑜：

你要回乡去，忽然的要回乡去，我很怀疑。你说母亲病了，非常的思念你，她老人家只有你这女儿，儿子全到外省去了，你要回去侍奉老母，这是重大的名义。我不敢阻止你。不过除了回乡省亲的名义以外还有别的意思没有？我很怀疑。不过交通便利，盼不久我们仍然在北京相见。

我几次走到你家里的门口。始终不敢推门进来。你虽然是要我到你家里坐谈，但我不知道你兄嫂的态度如何，怕祸从天降。我是农民的儿子，猪头闷沉的笨货，虽然是穿了西服，拿了自由棍，戴着金丝眼镜，也会吃挨死狗林，也会抽雪茄，然而这能掩饰我是农民的儿子不呢？我自以为的时髦漂亮，但是能使你兄嫂瞧得上眼不？涵瑜，"忠厚传家久"，"诗书继世长，"我一到你家的门前，就给这对门神阻住，呆呆的痴想，觉着这家是诗礼之家，这门是礼教之门，我是农家的浮薄的我，终于我躺在洋车上被拖回去。

你仓卒的起程，我没有什么送你，糖食果品恐怕你吃坏肚子，而且这些东西最易消灭腐化的。我预备了四本书：一是《少年维特的烦恼》，一是《呐喊》，一是《结婚的爱》，一是《飞絮》。这是最近买的。这些书我知道你是不曾瞧过的。它们或许能安慰你旅途中的孤寂。或许能使你暂时的抛开一切的牵挂。我呢，我只祷祝着这是暂时的别离，在暂时别离中，我决计在册籍中探索些安慰。嘉兴怕不是你安身之所，盼不久我们仍然在北京相见。

你决定了后天起程吗？那末，我们还有相见的机会不？你家里，我是不原来的。如果白天相见，又会加我们一个"殊属不成事体"。那末，我们就在昏黑的晚上到中央公园的后门荷池边相晤吧。这样炎热的天气，在黑暗中的数不清的游客中，或许不会给绅士先生察出我们这渺小的不要脸的一对。涵瑜，这是一个重要的把晤，在我个人的心坎中，觉着是个重要的把晤，极珍贵的一回把晤。在这回把晤以后，我就只能在车站的远处晕晕沉沉的立着，看你跟着行李上火车，看你的丽影隐在车箱中，看这长蛇般的箱子把你装了去。风驰电掣的把你推着走，只剩着挥巾拭泪的孤伶伶的我。涵瑜，我写到这里，信纸忽然给什么水一滴一滴的浸湿了。

明晚五点钟我在中央公园后门荷塘边候你，谅你是不会失约吧！

农民的儿子皮克

十九

涵瑜：

你很怪我没送行吗，当你离京的时候？

今天下午，我在你家的门外盘桓过几次，又在胡同口逡巡了点把钟，但我始终不敢到你家里去。当你家附近有人出来。我便将窥伺的头缩了。我不能忘记故乡割耳的故事。我虽没有被割耳的资格，但我不知如何那样的胆怯！我没有勇气见你一面，便怅惘的踱回学校。学校是怎样寂静凄凉呵！我坐不住了，立不稳了，昏昏沉沉躺在床上，情火热烈的将我的心烧焦了。我就起来写信，但几点钟内你如何能收到呢？我只得搁笔拚命按住震跳的心，静候着黄昏的到临。等呵，耐不住的等呵！黄昏终于惠临了。我便兴奋的雇车赶到车站去。

我七点多钟到车站，棺木般的车箱两边排列着，车头缭绕着令人打喷嚏的煤烟。蓦然间，放气筒毒毒的几声叫喊，我便惊惶失措的奔到询问处一问，幸喜京津车要十一点开行。我当时觉着自己的灵魂给希望包围着，心想你在都门至少还有三点多钟的勾留吧。我得到安慰了。我倚着这根屋柱，一会儿又倚着那根屋柱；因为心神过于专一，仿佛房子都旋转起来。匆忙的旅客们在我眼里就同走马灯里的人物。等着，等着，所有的屋柱渐渐都给人们占去了，我便在人丛中茫无主宰的彳亍，眼睛不断的远远的探望，一个一个去认明。好几个女学生装的模糊的黑影曾引诱我追逐着，奔到她们的前面，但偷偷的回头一看，却不是你。我赧颜的又走开了。我想在行人来往的要冲鹄候着，但总怕你兄嫂瞧见，他们虽则无情，总得送你上车吧，我想。

等呵，等呵，跟着夜的延续，失望与悲哀也就层层的将我包围了。直等到十一点，不留情面的京津车开了，长蛇一般的蜿蜒着走了，我卒致没有看见你。你坐的是卧车吧？但我的确瞧遍了车箱的呀！为什么我看不见你？我失了魂了，真心慌了，东窜西窜的结果，我给一块西瓜皮滑倒了。当我无力的缓缓的爬起来时，茫然四顾，车站已是人影稀疏，只有我的孤独的影子跟着我踌躇，话别的机缘难道这样难逢吗，涵瑜？

我真对不住你，没有送行，但又仿佛送了行。我送你到车站，和你密谈，吻抱，送你出了京，伴你到天津，到浦口，到……我岂是没瞧见你，你在我眼前，在我身边，在我怀抱中呢，永远在我怀抱中，在我心的深处，我们何尝别呢，我又何尝送你呢！

瑜，这信是由车站回来写的，时钟已经敲着十二点，我的眼睛睁不开了，不是因为疲劳，不是因为夜深，实在，我身上的水分太多了，它爱从眼眶里排泄。我想你在轰轰的车箱中纷忙着，或在许多陌生的脸子中缩慑着，意识里怕不由你将我捉住在你身边吧？

这信在你后面追逐着，相隔没几步。你到家不久就会和它把晤。但我何时得接到你所赏赐的一包一包的安慰呢？呵，不必急急要接到你的赏赐品啦，我是很安慰的，我现在就在和你对话，你在我眼前，在我的怀抱中，在我的心的深处呢！

你亲爱的皮克

二十

涵瑜：

当我没接到你抵家后所寄的信以前，我曾写好寄信的第二封信。我写好了就觉着几日来的离愫都已抒尽。就觉着已和你会过面了。

我不管你挂念我不，糊糊涂涂的将那封信搁起。两日后，别绪又萦绕在心头。我想写第三封信，但一握管，就猛然的想得极其玄远：我想就只我会挂念你，该一封一封的寄信给你，你难道就将我忘了，一个字都吝啬的不给我吗？我太自苦了，当了呆牛了，我不愿永久呆下去。我非接到你一封信，我才写第三封信。我情愿将第二，第二，或连第四，第五封信做一捆掷给你。可是现在啊，我发觉我是一个卑鄙的自私者，这样空幻的愤恼，报复，多么自愧！多么可笑！涵瑜，这深深隐藏在我心底下的话不说不成吗？不成，不成，我情愿说了出来，再向你道歉。

你的灵魂皮克

二十一

涵瑜：

那个母亲不关怀远游的儿女？当儿女远道归来，母亲最注意的是儿女的操守和体态。你母亲检验你的眉毛，按你的鼻梁，她说什么吗？

这算交代清楚了，涵瑜！你让你母亲检验吧！我幸没有使你带着妇人的身体回去，不然，你将如何的难堪啊！

你兄嫂寄给你母亲的信，我都仔细看过了，"烂污货"在北京简直是窝窑子，就为这罪名将你遣回去，多毒辣呵，他们。你母亲既经检验你了，她相信谁是对的？你没损失你的所有，他们却暴露了他们的原形！他们遣开你就算减轻了负担好一心一意的独自享乐吗，他们心上是永远压着内疚的石块的。瑜呵，你也不必恨他们，遣你回家的是我，是我使他们这样办的。我誓竭力补偿你兄嫂所加于你的损失，如果你家里和兄嫂绝不理会你时，我能将一个钱一个钱积起来。供给你的费用，只要你有再出外求学的决心。

现在天气还正热呢，你不必就筹划为我织绒绳褂啊！即令严寒
到了，我的心炉是时常有燃料烘烘着的，只要能接到你的一字一笔
记取，瑜呵，严寒时节盼你寄我以笔和墨所织成的绒绳褂！

皮克

二十二

涵瑜：

收到你八月二日的信后，使我深感不安。你这次回家，虽说被
卖，能在母亲身边多亲近几日也很幸福的，而且你从此认识你的兄
嫂，认识了什么叫做同情，认识了世界的一切，总也算大大的收获。
母亲虽说你如自由行动，便给你生平所储存的四百元，任你逍遥，
不负责任，我想这是她的恐吓话，你是她惟一的宝贝，她真忍心的
关你在笼子里消灭下去，更忍心让你在外落魄漂流吗？

别后，我不知如何越发爱你。我想男女刻刻相偎傍着就腻了，
就感触不到新鲜的意味。因为接触的机会多，不如意的事也就易于
发生，情感也就容易受挫，至于已结婚的男女，免不了生殖力疲惫
的苦闷，一经生男育女便负担加重，儿女叽嘈，最容易使家庭间的
空气恶化。想爱的悠久，就要注意生殖力的保持。那末，精神饱满
了，他的宇宙便是乐观的，前进的，不然他会疲倦，愁烦，为着一
点细故就会焦躁的生事，跟着吵闹就来啦；经过多次的吵闹，慢慢
的就会分居，甚至离异的事也跟着发生啦。不过男女间没有极深的
隔膜暂时的分居却仍希冀同居的，同居的开始的几天又回复到新婚
时的乐境，然而老是同居着，不爱惜各人的生殖力，或者又会走到
分离的歧途上。我想男女疏隔与接近的机会若适当，也可增加爱情

的。爱情这东西极神秘，你心中愈感着缺陷便愈想去满足，惟其愈难满足便愈觉你所需要的之珍贵而愈要努力去寻求。不是吗，容易找到的东西在你心里就会以为不算什么，你许会敝屣你所获得的一切。不过你对于某种欲求已经满足了又会厌倦起来，凸在你心中的便仍然是个缺陷。这正和月一样，盈了便缺，缺了又盈。所以要满足就不能不有缺陷，要使爱情的悠久，就不能不保持生殖力以避免疲倦与愁烦，要领略同居的滋味就不能不有相当的疏远。我越说越糊涂，恐怕离了论点好远了吧。我是爱的粗浅的尝试者，经验是很幼稚的，我不敢说我的话很对，但我常常这样纷乱的设想。我要举个例，这事实能不能恰当的嵌在我这纷乱的思想里，我也不能判断呢！事实是这样：

我的表兄结婚已经三年，生了两个孩子。他是无产阶级者，自己还在大学校读书，孩子的费用多半是表嫂靠当教员赚钱负担的。我不知他俩是为什么才分居的，但他俩同居时双方都感着苦痛，口口声声要节育，要抑制性交，有时还吵闹，看不出他俩是怎样的相爱。但分居后，一感受别离的滋味，在频繁的通信中，却很可看出他俩情感更加浓厚，像片是时时互相寄赠的，好像和另一个人在甜蜜的恋爱着。但是隔绝过久了，生了一点波折，因为一个人的心目中除了原始的爱人以外，不能说绝无其他可爱的，当他们起了肉欲慌，感到空虚与寂寞，于是第三者便可轻便的乘虚而入。我表兄对于表嫂的爱是比表嫂对他的爱更专一，因为上述的缘故，表嫂就爱上一个小学教师，不过她心中的缺陷，没有要求那教师来填满就是。她写信给我表兄说：

"我近来颇欢喜一师附小教员周君。他的温柔，学问，人品都使我欢喜。但我虽颇欢喜他，他究竟在我俩的爱河的岸上，他不过是在我俩的爱河里隐约的浮起的一个倒影，他不会在我们中间起什么波浪。你放心我吗？信任我吗？亲爱的，暑假时请你回来住个把月吧！若不是孩子的累赘，我就来会你呀！"

我表兄的回信是："亲爱的，我对你说'亲爱的'，恐怕是一支箭射在你那情丝蔓延着的心上吧，我怕没有资格这样称你了吧！周君一切都优于我，都比我可爱，我也很爱他。为了他，我盼他能占有你，不，为着你我更盼你能占有他。渺小且不值什么的我，配在你心里占个地位吗？这不是妒嫉话，实在的，为着我牺牲了你的学业，拖累了你的精神，阻遏了你所有的机会。我真百死不足以答报你的恩典，你能与周君结合，我将这你所固有的一点自由，攫为赠你的礼物，请你收受了吧，欢愉的收受了吧！请你允许我的要求。这正是要满足我爱你到极点的表示，请别误会以为是我不爱你才愿意离异。你能离弃了我，你才是我所亲爱的呀。因为这才成全了我对你的爱。"

这信发出后，表嫂不相信表兄的态度。她回信说："海可枯，石可烂，你我爱情不可灭。你为着圆满我和周君的爱才要离异的吗？那是你的错觉，我很感谢你这伟大的态度，但是，人啊，我和你一样，非得你有新恋时，我才肯和你离异来成全你的。你果然不是妒嫉吗？如果是，那你对于我的爱……"人类毕竟是自私的，他们不愿实现他们的理想，表兄终于妒嫉，怀疑，他觉着丧失了一切，他觉着爱她只有占有她，他癫狂了，至于自杀，幸自杀没成功。当时，我和朋友们商议发电给我表嫂，她接电，即刻拖儿带女奔到北京。她感激表兄为她牺牲性命，他俩又如新婚的过着爱的生活，表兄的癫狂病也好了。可是过于亲爱就腻了，许久以后又厌倦了，吵闹起来了，表嫂终于逃回去。许久以后她竟至和周君同居。她和周君同居总算得到满足了吧，但是，又蹈了覆辙，不到半年，她和周君又离异了。我想这样翻来覆去的，这中间总不免有前面所说的原因吧。

写得太多了，脑筋糊涂起来了，我不知道这段情节合不合前面的
理论。

瑜，我们不能别离久了，久了恐会变卦。我不相信谁永远只爱
一个人的，虽则我俩目前没有别的爱人。

有爱才有天地，没有爱，一切都成枯木死灰，爱是流动的，也
是固定的，我不承认有什么纯洁的。爱，人们只骂一个人爱了这个
又爱那个如犷野中的淫兽一般：这个雄的爬在那个雌的背上，一会
儿这个雄的又爬在另一个雌的背上，情形错杂，这不是纯洁的爱，
是兽欲横流。我闹不清人欲与兽欲，我不信，兽欲中间就可断言没
有一点爱。它爱爬在它的背上，它爱它或让它爬在自己背上，这中
间没一点爱吗？爱有什么方的圆的纯洁的，污浊的呀。我是人，但
我不反对兽的行为，我只反对那自己有兽的行为而反对别人有兽的
行为的人呀！

你的皮克

二十三

涵瑜：

什么无聊啊，乡村生活比扰攘的都市生活无聊吗？你目所接触
的是幽静的山水，诚朴的农民的脸子，耳所听的是鸟雀的清歌，是
村民发自心坎的谈论，鼻所闻的是素洁新鲜的空气，是花草的芬芳，
这无聊吗？恐是自然美包围了你，你不觉着它是美吧！

日来，我除写信给你时便觉沉闷。学校没有丰富的图书供我阅
览，没有知心的同事伴我谈天，来看我的朋友大半是为着神秘的目
的而来的，谈不起劲。出游吧，我受不住燥热的空气的炙灼和灰尘
的侵袭，我为着热与灰尘流过不少的鼻血了，我不愿出游。聊慰我

无限的寂寥的要算是托尔斯泰先生。他的《Twenty Three Tales》给我以安慰不少。这部书是英译，浅显的文字，我读得颇感兴味。我在中国小说里没找着过这样有主义有思想有趣味的。这小册子很有引我舍数学入文学之境的魔力。我明知科，学比文学需要些，在今日的中国。但生机枯涩的我，或者文学比较能滋润我一点吧。

我写不出别的话，但总舍不得停笔，有时话多了，又争着要跑出心境似的，写了这又忘了那，找不着头绪，常常写得极其纷乱潦草。我想，写给爱人或至友的信，总免不了这毛病吧。要糊里糊涂去想，晕头晕脑去写，才算是真正的情书，作古正今写的究竟有些像试卷。写试卷式的情书世间有多少啊，哈哈，太滑稽了，青年们！

皮克

二十四

涵瑜：

我在哭了，我爱在写信给你时哭。今天我受了欺侮啦，我没有的抵抗力，只在那欺侮我的人离开我的视线时，我将身受的创伤，用滚滚的泪流去洗涤。孤独而软弱的我向谁要求援助啊，没有援助，没有同情我的人，我哭有什么意义啊！我只想倒在你怀里痛痛快快的哭。

"你不去逛逛中央公园吗？这样的好天气？"星期日正午，也常逛公园的国文教员吴先生来校时，我正在午餐，这样的问他。

"你以为我是专门逛公园的啊，你以为我是专门逛公园的啊，吓！"吴先生突如其来的板起面孔用愤恨的语句向我顶。我莫明其妙的软弱的瞧着他，低了头，我咽不下饭了，即刻乘他不备，往卧室的床上一躺，眼泪似乎可惜的由眼眶滚出来便往耳朵里灌。"他是铁面无私的正直人，是个道学家，大概我们从前逛公园时，他瞧见了，不然，我俩的关系许是谁向他透了点消息。在他的眼中大约公园是我们下流人逛的，凡是我们逛过的公园，公园便污浊得不堪了。"我想。他顶了我几句后，似乎觉着我太不是他的对手，也就索然寡味的走了。

晚上，吴先生又和两位教员——他的同乡——来了。他爱在这时，和舍监——他的同乡——熊女士谈天。我那时恰在写寄给你的信，他可拿着了真凭实据啦，"吓，不出门吗？西装不穿了吗？呵，我知道，你已经吊上了膀子啦，你没工夫出门，没工夫收拾，你忙着写情书，是不是?"他偏着头，睁开眼睛盯着我，脸子滑稽得可怕。我被逼得没有退路，只得报之以惨笑。我的脸烧得火热一样，说不出什么。我是贼，我心虚，怕他理直气壮而且帮手多；我怕他又来第二手，我告诉他说："熊先生不在家。"这是好意，告诉他们莫久候。但反而招了祸："我们是专来会熊先生的吧？见鬼啦，见鬼啦。"吴先生可不能不愤怒了。他骂着，旁边两个凶狠的脸子连忙打接应，视线集中在我脸上。我那敢再多嘴，用手掩着脸，遮住灯光使眼泪在暗中好舒畅的淌。我怕滴在桌上难为情，即刻转头取毛巾擦着脸，擦了半天。他们得了大胜，便高兴的凯旋了。我这才痛痛快快的低声哭了一阵。

我是泪人，受了点委屈就淌泪，泪呵，你是我的武器，你是替我复仇的恩人。外侮之来是无尽期的，泪呵，请储藏在眼眶边候着，烦你预备为我拼命的抵抗着。这次便这样行了，我已发泄了一肚子的郁闷。瑜，请别为我不快，因为你，我快乐了。请别恨他们，为着他们愚笨得可怜，我饶恕了他们!

爱你的皮克

二十五

涵瑜：

不瞒你，最近我被邀到妓院去参观过一次，虽然只去坐一坐谈一谈，也得花几块钱。他们以为这是对我很客气的应酬，他们的钱都是千方百计想法借来的。

嫖赌在北京的学界公然成了一种风尚，固然，有的以此为消遣，有的怕不免成为一个嗜好了吧。我不知这是学校制度不良抑社会制度不良，总之礼教之防太严，男女接触的机会少，政府，业余又没有正当的消遣的场所和组合去愉悦他们的灵魂，消磨他们的剩余的时光，致会他们不能不往嫖赌的路上奔，这恐怕是一个大原因吧！

大规模的赌场中的生活我不清楚，但嫖客与妓女的情形却给我以极深的印像：

他们向妓院出发前，须经几点钟的筹备，借着了钱还得借马褂，长衫，借这样那样。打算逛多少家妓院时，预先包定几辆洋车，表示自己有包车。各人的钱搜拢来通盘筹算一下，装进一个皮匣子，到了某人的妓女家，这皮匣子便暂时归某人保管着。因为在妓女家掏出皮匣时，钞票一大叠，谁敢说他没有钱！明明在家里吃的是馒头，偏说在宾宴春和朋友宴会；明明在家里躺在床上苦恼着，却要说看梅兰芳的戏去来，这谎话不会漏马脚吗？不会。他们预先打听好某处演什么戏，几句重要的牛皮是经过了一番会议的。他们自以为是很阔气的，但这样的阔气每每不能得到她们的欢心，他们便暗中偷她们的好香烟。那晚他们只逛到两三点钟才回家，大概忘了学校还没开课吧。

至于妓女方面呢，"头等"以南方人为多，初见她们俨然是处女和大家闺秀一样神圣不可侵犯。可是多坐了一会便原形毕露了。她们的年龄老是十六七与二十岁之间。妓女红第曾对我一个朋友说她是十六岁，但我另一个朋友知道她极清楚，那次他特意同去了，他说："红第，你今年到底几岁？"她无可掩饰，便敷衍着说："随便随便"就一溜烟跑了。她们对于生客很忙，每每只有几分钟能奉陪，但我们撩起帘子一看，她们却在大门口歇凉，或与仆役们谈她们的老故事。

"二等"妓院没有"头等"里面清静美丽。因为价贱，逛的人也特别多。那次可真巧，我们在里面遇见我们从前师范学校的校长。他偕着一个专门学校里的有圣人之称的学监，也是从前我们师范学校的学监。校长一见我们便说："吓，你们也到了这里啊，好啊，好啊，在学校里太疲倦了，也应该出来走走。古人有句言，要及时行乐。哈，哈，不过常来是不好的噢。吓吓吓，他不忘他的师长的身份，谆谆的诱导着。他很知道及时行乐，他只生过三回杨梅疮。至于那圣人，只将背朝着我们，我们出那家妓院时却听见他朝校长蹬脚道："我本不肯来的，本不肯来的，好，一来就……我知道会碰鬼的。"

朋友们只肯逛头二等，没有见过世面的周君和我却定要到三等里去见识，见识。我们两人就违了众议去了。刚进门，夫役们谦谨的嚷着："先生，走错啦，走错啦。"我说："没有错，没有错。我们是来打茶围的。"妓女知道客人来了，都站在各人的房门口，任我们挑选，有的穿着领褂，有的赤着上身。她们取笑我们，有的私议着："一定是车夫逃了，不然，就是听差的开了小差啦！"

在"头等"里我所感到的是她们的那种纸老虎似的盛气凌人的态度。我们只要衣服穿得差点就会受她们的气。在"二等"里呢，我觉得她们过于辛劳，过于苦楚。而在"三等"里呢，那便是绝对的肉的贩卖所，是纯粹的咸肉商场。为着生活，忍着创痛去逢迎各色的不相识的无情的脸子，将残败的躯体向人们贡献。我不知如何世间会有这样的一块天地。瑜我真写不下去了。

拿几毛钱走到二三等妓院去消遣，这在北京人真是同每日三餐一样的平常，但是我不以为平常的。你以为这不值得报告你啦？

你真实的皮克

二十六

涵瑜：

我预料你接我的信后，必定怀疑责备的；即令你不责备，我也不愿而且不忍再去参观的呀！

你说妓女怎样卑鄙，我以为不尽然。一部分苏常女子，养下女儿就教她以当妓为出路，其心自然可诛，但有些却是情非得已。我以为妓女们以肉体换面包换金钱，这和平常的女子在真爱的境界以外只一心一意将自己的身体贡献给有钱有势的政客官僚，她的行为和妓女有什么严格的区别呢？我不是爱嫖妓也不是为妓辩护，我觉实际情形是这样。

你说凡事要杜渐防微，这话不错，但我也无所谓"渐"，也无所谓"微"，不过勉强去参观过一次。这次参观所给我的印象，并不能使我淫欲滋生，却是使我心中印着永不磨灭的悲哀的影子。你以为我会常去消遣吗？

暑假开始的一天，我不是和你骑骡去游城外乐道庄吗？表兄要我们在溪边垂钓。他自己便到田间采西瓜去。我俩在绿树参天的丛林中密谈，四野无人，自然美将我陶醉了的时候，我忽然心中起了冲动，我坐在石板上开始逗你，你也知道我在逗你就挨在我身旁了。

我用手指拨你的手指，你的脸就红了，低着头不知在痴想些什么。我说："将来我们到西山去逛逛好吗？"你说："路这样远哈！"我说："那怕什么，你高兴骑骡就骑骡，或乘洋车或坐长途汽车都随你的便，西山有幽雅的旅舍，不必自备行李。天晚了我们就在那里歇一晚也行。反正你还没搬回家去住，有谁晓得。"你还是低着头，脸更红了，一句话也不说，只用手擦着石板。最后你不是抬起头，眼睛迷迷的向我斜睐了一下，说了一声"那末那天去呢"的话吗？这不是你允许我了吗？一个未婚的青年在起了肉欲慌时，得了情人的允许，他应该是怎的喜跃啊，但我猜想那事不过就是那末一回事，实现一回，于我们也没有什么了不得的好处，留着那神秘的乐境，虚幻的去玩味着，这或许比实现的滋味更优美。我还怕你是一时的冲动，当时允许了我终归又后悔的，我于是更加慎重了，我说："我刚才是说的笑话。请别认真吧！"我那时很抱歉似的，很留心观察你的态度，深怕这拂了你的心意。不久，彼此的心中所起的波涛终于平息了。你记起那回的事，你该明了我不是只在肉欲上求满足的，更不会在妓女身上有什么"渐""微"可"杜"可"防"的吧！

虽然我对于你的忠告，应该非常的感谢！

皮克

二十七

涵瑜：

多日没接你的信了，你是不相信我吗？你是很忙，或是身体不舒服吗？我时时挂念你，心里好像有什么了不得的大事。天天想写信给你又生怕我的信刚付邮时你的信即刻收到了，我又得重行来回答你。

本来多写几封信算不了什么。但我写信给你实在不是一件极轻便的事。我每次握管时，好像没有什么要对你说的，但一动笔就写不完，写的时候好像上了战场，拿着长枪和强敌在酣斗。听不见谁叫我吃饭，听不见谁和我谈话，也不觉夜已深了，灯油完了。我的灵魂里单单只有一个你，此外别无所有。我的心神凝聚在你身上，萦纡在你左右，不这样便显然觉着我俩隔离得太远，你便会是一个捉摸不到的仙女。仙女呵，我一提笔就好像你款款的站在我身上，偎傍着细语着，但又分不出是两个人在对话，分不出有两个形体。那时候，我的心头便油油然起着极强烈的感应，爱的液体就荡漾起来，分泌起来。我不知这感应是酸是甜或苦。我一写信给你就这般费劲，所以我说写信给你在我不是一件轻便的事，因此，我逆料那天可以接读你的信时，我每每欢忭的，预备接待久别重逢的密友一般的等着。如果出乎我的逆料，我便惶惶然的猜想你一定有什么事发生。（邮差送信来了。我看完了再写。）瑜你的信我看完了，看出了我两行的清泪。这回不幸竟给我猜中了，唉，为什么我这样背时竟一猜就猜中了你是病了呢？

"咯血"，我怕看这样的字，我的伯父，我的三个叔父，我的几个朋友，都是这两个字把他们葬埋了，我现在看你又落到这悲境中，我非常的胆战心惊。你如何自暴自弃弄到这田步呢？你该不是故为危词探我的态度的吧。我希望这是借此探听我的态度的。因为没有什么了不得的悲哀使你有这样的现象，没有什么排不掉的抑郁要凝成血块由口腔喷出来，即令有，你难道是呆子吗？你该忍耐的去应付你的环境啊，你该拿出打不死的程咬金的精神去开辟你的前程啊！你为什么怯弱无能到这样子啊。你拿把刀子向脖子上一抹不就爽快的完了吗？瑜，你不替你设想，也应替我想想。我接到这封信真手忙脚乱了。我很灰心气愤，恨你不替我留点余地。好，什么都完了，我决计陪着你挫丧自己，毁灭自己，走，大家一道向坟墓走去。

在你病中，我本不应说愤激的话，但我是个急性人，我除非也害起病来我再没有安慰你的途径。我看你一定也欢喜我咯血的。不然，你就该努力的养养。我的愤语，你别看得生气，我的情致缠绵的话，你别看得动情，因为这于病人很不相宜的。

最近我作了一篇小说。这是第一次创作，一壁作，一壁哭。我作好了改了又改，我觉得还要得句句是从心坎中流露出来的。我将她送到报馆去了。送去后忽然又觉着要不得。很后悔。因为我虽觉着好，似乎要个个都说好才行呢。文字要不得或许不致刊载吧，如果刊载了那才丢脸呢！我署的是真名姓。我悔不该署真名姓的。

你的好友皮克

二十八

涵瑜：

我的心上好像钉了一颗钉，时时作痛。这全因你咯血的缘故。你好些吗？别再害我了，请你给我好好的保养保养吗！

每天送报的来了，我爱抢着去接，头二张给别人，副刊留给自己看。我只看目录上有我的大名没有，没有，便什么也不值我一看了。昨天的副刊上我的大名竟巍巍的载着呢，心里打鼓一样，碰，碰的在恭贺我中了头彩一般。我怕谁看出我这可笑的表情，我就故意不看那张副刊，我想留待大家都看了再安闲而自然的欣赏着。因为这样才可表示我是并不以为在大报的副刊上发表过一篇小说是怎样的有名誉，虽则同事们也常夸着他的朋友曾在这报上登过文章，学生也羡慕的称道某教员登过一回评论。

后来，他们以为发现了什么了不得的事迹似的，看了我的大名，就匆忙的报告我，不消说，读完了还结结实实的赞扬了一顿，跟着他们的地位就降低了似的。留堂的学生们也都爱看副刊的，自然，她们也就用"不可轻视"的眼光向我瞟着。"低年级的代数教员公然发表文艺作品起来了。"在谁的心中不都这样骇异吗？不但如此；当他们和我谈话时，还发现我桌上有封副刊编辑者托我陆续惠稿的信，他们瞧了，还拍拍我的肩，不过心中的"顶括括"和那个大拇指不好意思顶出来就是。我在他们中间真是有了相当的名誉了。但我是个幼稚的作者，对于发表了的作品虽然以为满意。但我没有名誉的观念在心中，我比老作家的态度还老练呢！

"名誉"的定义和界说是怎样我一向不大明瞭，大概这东西也随各人的观点为转移吧。譬如一个好木匠，他在木匠界当然有名誉，但在文艺界他便不为人所知道，我们可以说他没有名誉瞧不起他吗？一个人的作品，你以为好，我却以为坏，那他的名誉的好坏不是随人去颠倒吗！因此，我以为一个人他要干什么尽可根据他自己认为正当的意志努力干去，名誉的好坏，大可不计。为"名誉"而努力的他不一定有真名誉，因为这动机就是不名誉的。有名誉的人，他是由种种伟大的努力之中自然获得的，他在有名誉的空气中安闲的活着，并不觉着怎样，和鱼不知道自己在水里一般，否则他将为名誉所累。你说对吗？

越说越远，再说下去，恐会连自己都莫明其妙起来，连你也没有精神看下去吧！请了，祝你快乐无疆。

你的好皮克

二十九

我至爱的瑜：

接到你病愈的消息，我如大将得到破灭强敌的捷音一般的愉悦。

我祝贺你永远是胜利者，别教那病魔又将你征服了啊！

久别之后，觉着光是通信还不能使我那软弱的灵魂有所慰安，很想生出一对翅膀来，突然无声息的飞到你身边，使你大大的骇异，惊喜，但这幻想终于是个幻想。可是现在啊，说不定真会飞到你身边啊。因为交通大学一位朋友回南，他的乘车免费券里可以多填一个名字，他已经允许我同行，我真的非常感谢他。

学校已开学几天啦，我虽依然很忙，但我顾不得那些，临走时请人代理就是。校中没有什么大变动，只有那未曾结婚的何学监因为肚子大了辞了职，国文教员周先生抛了他的故乡的妻儿和密司姜在暑假中同居了，自然，本学期他们不再到校了。还有那陈学监的女儿的爱人有人看见他在舍监室和那未来的岳母在操体操，这都是和我同乡的学生由住堂的学生处探听出来对我说的，其实也算不了什么。

黎校长脸上有圈圈，驼背，笨重的身体走路时随着脚步两边旋转的，那副尊容你没忘记吧？你常和她接近的那廖某，她是年轻貌美，谁都没想到这两人中间会发生有趣的故事的。

星期六的晚上，学生们有的回家了，有的出去逛去了，那廖某却在校长房里坐在他的腿上补化学，给一个姓林的闯着了，哈哈，他那件整洁的外套恐会永远的留着折痕吧！这事本不值一谈，不过他是维持风化的首领，他是整顿校规的校长，他可以独自那末和学生补化学吗？但我也很能原谅他们，因为那廖某学膳费着实无法付清啊！再，我觉着恋爱之国里是无奇不有的。谁说校长脸麻背驼，但这中间也有女性能体验出他的美的。谁说周先生胡须多，鼻梁高，密司莫粗鲁，肮脏，但他有他的美，她有她的美，那正是所谓"情人眼里出西施"。我只觉着那奸滑有曹操脸子的，的确不可爱，但这也许是我的主观，因为曹操他也有爱人和知友啊！

在本月里这恐是最后的信吧！不，在动身之前，我还许写几句报告你的。

夜深了，颇有凉意。月是皎洁的冷静的在天空中旋转着，星儿也稀疏的无精打采的在闪烁，四壁的昆虫不断的唧唧，好像诏示我现在是深秋了。何处无月啊，何处无鸣虫啊，恐怕到了嘉兴以后的我，不会有这般的怀想吧！

你的好友皮克

三十

我的瑜啊：

这几天我真是发狂了，我假借名义向同乡处借钱，对那些不十分知道我的朋友说我急急于要钱治病，东奔西走，七借八凑，几天之内公然筹集了一笔可观的款子，我将一部分买了些上等鹿胶，高丽参和一些北京有名的出产，我将这些做见你母亲时的礼物。不然空手空脚的由远道来看她老人家，这像话吗？

我真是疯狂了，现在我真是疯狂了。我不知怎样心里会那末急躁，只想马上就飞到你身边，仿佛没有立刻飞到你身边就连吃饭，睡眠，甚至写这封信都觉乏味，都觉无意义似的，其实在你身边又将怎样呢！假使不认识你又将怎样呢？人啦，你怎会使我心灵这般昏迷颠倒啊？

飞呀，飞呀，穿过那浓云，绕过那叠障，飘过那急流，一切山，川，云，雾，廛市中的建筑，盘旋于工厂的轻烟，一切，都在我眼底电闪一般消逝，远远的那丛林的深处一座幽静的瓦屋呈现在我眼前，我在那瓦屋上的空间翱翔，我看见回栏的枯枝旁一个年轻的美女含愁的倚栏遐想，我一上一下的，笔直的，轻轻的落到她旁边，我听见她惊骇之后又欢忭的叫喊道："谁呀？……哎呀，皮克，我的……"我们沉浸在甜蜜的抱吻中……哟，见鬼啦，瑜啊，我要后天晚上才能上火车啊，我现在怎会和你抱吻啊，我在做梦吗？哈哈！

你的皮克

三十一

瑜妹：

仅半个月没给你信，我预料你也就会淡然的过去，谁知你的信竟如雪片飞来，怀疑，伤感，谢罪，最后那封信还流露出自杀的念头，我不料我自己，这般渺小的一具没价值的躯壳，却会有人要为我自杀呀！难道我真有值得人家为我自杀的原素在吗？这恐怕是你的观察错误了吧！

涵瑜，我那创伤的心正在极力图谋保养，恢复，这半个月以来，什么事都不做，什么心事都抛却，每天到陶然亭看野景，到法源寺看和尚参禅，我的心神是多末清静恬适啊！可是现在啊，接到你这样悲伤的信以后，我以前费尽无穷气力所排去的愁烦苦闷又一齐退回旧垒了啦。我本想从此不过于爱你以自苦，但那恋爱之火却已燎原了啊，不可收拾了啊，我只好将这残败的躯体葬埋在那中间罢。

我的穷和忙你该知道，这次将校务托人代理，跋涉长途，虽然是为着要见你一面，也是想到你府上看看，使你母亲知道我是怎样一个东西，而我也藉此知道你家庭的状况，居心不过如是，谁料你们会拒我在数十里之外啊！虽然到了你们那市镇上便算有碍风化，但只图一晤，难道对于远来的我也绝对不能变通办理吗？你要我在嘉兴的客栈里候你，但是直候得三天才见你们来，你知道这三天的日子，我是怎样消磨的啊；无论在白天晚上，我是坐立不安，在旅舍中只是不断的出入，在江岸徘徊，在床上睡倒又爬起来，饭吃不下，书看不进眼，听了那小楼窗外的枯叶喋喋的响着，看了那远水中的一叶扁舟，万千的悲感都集在我心上。瑜啊，我若是失了魂，我便不会觉得旅况的凄其的。若不是为着跋涉之难，我恐怕等不了三天就会跑上回家的道路的。孤寂愁苦且不管他，可是旅舍的开支并不算小，箱里的钱包一天一天缩小，人地生疏的我，随便什么都要吃亏上当，怀想着那遥远的归程，你想我是如何的恐惶呀！

　　在旅馆里要我抢着去付你和母亲，弟弟和我自家四个人的五六天的开消，实在是哑巴吃黄连，打肿脸做胖子的事，但这且不必管他，你母亲弟弟的土话我是一句不懂的，你当着我又只是静默，生怕多和我说几句话便算失了节一般，只将一幅泪眼和忧愁的面容给我看，这是为什么呢？昏昏沉沉的五六天一刹那就过去了，为着职务关系，为着旅囊羞涩的缘故，我不能不说要即刻回京的话，而你们竟干干脆脆的先我就走，没有一句安慰我的话，你想我是怎样失望，怎样悲哀啊！

　　当我送你们上船后，我孤伶伶的，头脑晕晕的不知自家站在河岸是干什么，痴痴的向你们挥帽，对你们道别，看你在舱口露出头来又隐藏了，我恨不能变个水鬼，跟在你们的船底，听听你们是在谈论什么，看你最后的一眼，但是那逝水却一程一程的将你们飘去，终于那船影在我的泪眼中，在水天杳渺中消失了，我才恍然憬悟，眼睛机械的一眨，将盈盈的泪水排了出来，陌生的江岸的秋色射入我眼帘，急行的帆船一叶一叶往西流去，瑜啊，那时候种种的情绪一兜上头来，我才发现我自家足身羁何处，我便跄踉的奔回客寓，付清账目，提着空的皮箱，那只有五六元剩款的皮箱，匆匆搭着上苏州的小艇，我是在小艇中将两手蒙着脸躺在硬床上到苏州的。在苏州的客寓中揽镜一照，我的很珠是通红了，我的眼皮是栗子般浮肿了，我的脸色是消瘦惨白了，我便关着房门痛痛快快的呜咽了一阵。

一夜糊糊涂涂的过去，第二天绝早就搭车到常州。因为常州有我一个失业的穷朋友，我想到了他那儿再说。可是在常州，因为种种不方便，依然落在旅馆里。在那里住了半个月，安安静静的病了一场。剩余的款为拍电到京筹款用掉了，零星的开支都由常州朋友借来给我的。挨了不少的日子，我那朋友看见我收到两次由北京寄来的款不够付清旅馆中的赞用，这样下去恐怕是即令能够付清旅馆中的费用，路费是没指望的，于是，他当尽他的衣服，我也押尽我比较值钱的东西凑足二十七八元就赶紧搭车回京。这次南行，总计费时一月半，用钱一百八十余元。

回京后满想在学校里跬步不出，努力图物质与精神两方面的恢复，可是回校一看，我的职务校长已另聘人担任，听说那缘故是因为我抛弃职务去会情人。至于我请的代理人，校长始终没让他代理一天。受了新的打击，于是我又病了。于是我负了重债，而且职位被革，所以我迎来的心情是非常的颓丧疏懒的。这就是我半个月来没寄信给你的原因，清你曲谅些儿吧！

以上所述的种种本算不了什么牺牲，损失，为着恋爱，这点点磨折是应该受的，但是回顾我未到嘉兴之前，和你把晤之后与乎目前的景况，我终觉着牺牲太太，而更大的牺牲，就是我那有限的泪泉简直干涸了，我受了这种牺牲，受了社会的这种待遇，而你却只是深深的躲藏在旧势力之阴影盟没有丝毫的勇气来和我握手，我想迟早终归会被拒在你的爱情的圈子以外的，我写到这里，我的心儿碎了。

尘上飞扬的部门，使我无丝毫留恋的余味，我看不惯曹操的脸子和神像的面孔，我尤不愿将自家流浪的情形使人们看得称快，我想在十里洋场的上海，人地生疏的上海流浪下去，我要在那儿过着新鲜漂泊的生涯，浏览些陌生的曹操脸子，我是勉强在活着的人，渺小得不为人类所看见，那或许不致再被革再受践踏吧。涵瑜呀，你愿意我距离你比较近一点儿吗？请告我。

此后赐示请寄报子街苏君处。

你可怜的人皮克

三十二

瑜妹：

没有什么能驱逐盘据在我心脑中的烦懑与焦忧的，除了你的信，今天收到的你的信。不过这又使我痛苦，因为你的信，我又流了一回泪啦。你说你天天对母亲哭着吵着要到上海去，你母亲竟然答应全家搬到上海去，这不是使我感激涕零的事情吗？我们到了上海之后，我虽不敢到你家里去，你总可以偷偷的来会我几回吧，就是彼此通信也可以少耽搁些时光吧！

我觉着痛苦也有趣味，漂流也有趣味，虽然最近一位同乡热心的替我找着了一个小职位，但是我对北京恨透了顶，我已决心到上海流浪去，我现在已买好了到上海的轮船通票。同行的男女有五六人，目的都是进一个不花钱的××速成学校。校址在法界×××路，不管那校的情形如何，但我只取它不花钱；到校之后再看情形吧。我们准在双十节，——曹锟登基的这天晚上起程。

瑜呀，新的生活在等候着我啦，是乐境是悲境我全不打算，我犹如上了另一个战场，在新的战场里是不知敌人的枪弹从哪边打来的。我不怕敌人放的是什么弹，我即令中了弹，我还得往前进，倒在那儿便那儿是我的归宿。我现在觉着生趣油然，好像前途的希望在招引我似的。我毫无牵挂，一身觉着极其轻快，精神也有说不出的充足。总之，一切在我都变了一个形相，我们的恋爱在这时止也可算是一个时期，或者就将以前的恋爱账一笔勾销，我们从新恋爱起。换了战场，换了环境，也换了一付精神与观念不可以说是从新恋爱起吗？

瑜呀，新生活就在我们的眼前，我们准备在新的战场中重行握手，都门啊，永诀了。

你的灵魂皮克

三十三

我最爱的瑜妹：

我刚到上海的学校，你的两封信却早在那儿等候着我，你真是太性急了。你难道不知道我是搭轮船吗？

你的信我看了又看，晚上躲在帐里还不断的看，微寒袭人的残秋的晚上，在清静的寝室中的帐子里，迎着那射进来的半明半暗的电光，由温暖的被里伸出头来慢慢的一行一行的玩味着你寄来的两封信，你猜想我是怎样的安适快活啊！我追想在北京和你追随的情形，黑夜中在中央公园的荷池边的树林中匆忙的吻抱的况味，恐万万不能过此吧。瑜啊，你说你们准下月动身来沪，我非常的欢喜，我想你最好也进我这一个学校，将所谓"师徒"变成个实际的"同学"，我想我们的青春决不像留京时如耗子般的消磨过去的。

学校方面对我们颇优待，除免收学宿费外还有供给伙食的消息，这因为校长在京招我们来是想毕业后好替他做事啊！至于功课呢，虽还没上课，但没一门合我的意的，好在我并不专为学那些玩意而来的，我不过借这学校为宿舍而已，我还有别的重要的打算。

户外的汽车"哆哆"的声音渐渐的稀少了，"滴打"的时钟悠悠的敲了十一下，瑜呀，我们在梦里再见吧。

你的哥哥皮克

三十四

涵瑜：

已经是初冬了，自从接到你前次的两封信到于今没拜读你的只字，你是在收束家务吗？是在检点行装吗？或者你的信在邮差手失掉了吗？或者还在途中传递吗？我整天的期待着，期待着，但是既不见你的人来也不见你的信到。因为不知你的行踪怎样，十几天以来写给你的几封信终于不敢付邮，撕的撕了，烧的烧了。

瑜啊，因为得不到你的消息，我的精神又呈现着萎靡颓废的状态，正如空中的雨滴，只是沉沉的往下坠落，精神是如此的消沉，而物质方面又渐渐感到困苦，我想翻译点儿童文字去骗几块钱免得将现在正用得着的旧大衣押去，然而照这情形看来，显然是办不到的了。瑜啊，你没有消息传递给我，也始终不到上海来，往后，我的消息恐只有增你的愁怀，你盼我振作的期待也恐会归于幻梦，我其所以致此之由，你也该任点相当的咎责吧。

在京接洽好的几位允许源源接济我的朋友，也至今一字不曾寄我，家中虽来了几封空头鼓励我的信，徒然使我幢憬着龙钟的父母在穷愁中度着残年的苦楚，白日里的一切纷纭的色相徒然使我达于极点的沉闷，在夜里通宵的辗转只觉着冬夜的漫漫，静听着窗外的簌簌的寒风与庭前的萧萧的落叶，那落叶就仿佛是我的生命的象征，瑜啊，什么都消寂了，我如木槁死灰，仅余着一颗微温的心还在勉强的期待着你，欢迎着你啊！

不过，瑜啊，我觉着人生一切都是虚幻，有时候我觉着自己凄切孤伶，但有时候我却能从那"凄切的孤伶"里找出些味道来，因为像我这种贱骨头愈是日子过得太平安适，我愈是没长进，甚至会堕落到不可收拾的。生是战斗啊，不去战斗，生是没有价值的，我认定这是人生的实际，我觉悟过来我之所以要到人地生疏的上海来的用意，我何必再呶呶的向你呻吟呢？去年的今日我是如何的有钱用，有饭吃，有衣穿啊，然而那于我又有什么呢，我那会料到有现在这般困窘呢？将来是不是这般困窘下去呢？这不都是虚幻吗？这种种虚幻不在凄切孤伶的时候能体验出来吗？

你接到这封信必定心襟坦然的，不然，那就失了我的本意了。再会。

你的挚友皮克

三十五

涵瑜：

星期日的静如菴寺的校舍中闲坐着的我，脑中正不知道有多少愁思在这里汹涌。看看那些男女教员一对一对的出去，无事忙的朋友们都成群的直往街上跑，听听那校门口哑着嗓音的卖杏仁茶者的叫喊与乎黄包车夫们相骂相打的声音，我不知道自家分成了多少片段，我几乎又要将那不值钱的眼泪流出一些的，蓦然窗外一位同学向我叫喊：

"喊，密司特皮克，有人找。"

我大大的一惊，我到上海已经一月了，整天孤寂的闷坐胡想而外，偶然和人家周旋的都是些新交，我那会有人找呢？我张开口睁着眼的问道：

"是怎样的人？"

"女的，好像是学堂里的，嘻嘻，还不快去！"

我失神的慌张的往外奔，我来不及掸掸身上的灰尘，擦一擦破皮鞋就往外奔，我明知道这付模样无论怎样收拾也美不起来，我没有方法，心中就只祈祷着那来找的是你，幸而我的祈祷成了功，不然，我再没有第二条出路。瑜呀，你怎会忽然来了的呢？

学校里没有好的会客室供我们畅谈，这饭厅式的客堂一有了女人，就会有许多不相干人不近不远的坐着，看着，旁听。好像他们知道我是曾经被革的赶出都门的人一般。终于使你也坐了不久便走了。我送你出门时痴痴的瞧着那黄包车无情的将你运输去；我是多末的怅惘呀！校门口除几条懒狗垂头卷尾的躺着而外没有半点生物的动静，远处的几枝枯枝僵直的如同耸立在霜花的月色里，更有那急驰的车夫在灰尘中奔走，如烟如梦的浮晃着，我仿如看把戏一般痴呆了，若不是记取你赠我的一大包黄豆还留在客堂里，我不知会在大门口痴立几时呀，痴立几时呀！

你的那黄豆非常的清脆可口，我时时刻刻的咀嚼着，虽然有那末一大包，我还是一粒做三两口吃。尤其可笑的，我竟不肯分半颗给我那些所谓朋友吃的，尤其可笑的，在晚上睡觉的时候，一粒一粒由枕边掏出来，一嚼一萦思，当萦思极其玄远时，不知不觉那豆儿失了踪了，我也就含笑的入了梦。等醒了在被里触着它时，又如孩子获了珍宝般的将它塞进口，呵呵，只有孩提时母亲用小豆儿赏赐我，抚慰我，我也这般珍惜的细嚼着聊答慈母的恩惠。除了慈母之外就只有你是这般安慰我，就只有你是这般安慰我啊！

本星期内我们总还有一回笔谈或面谈吧，虽然往后聚谈的日子那末的长。

你的爱人皮克

三十六

涵瑜：

昨天早上刚吃完稀饭，你就来了，手中又挟着一大包，打开一看，是一件米红色的绒绳裈，一双手套，也不说"送给你"，也不说别的，只将这大包向我身边一推，还暗中塞进我手里一个小纸包，打开一看，里面却是两张十元的钞票。涵瑜，这时候的我的情绪不知是怎样的错综，我的心弦不知是怎样的紧张，总之那形容不出的感激与自伤。那表现不出的哭与笑，简直把我的心神弄成惝恍迷离了。我只要你能来看看我多谈一刻就感到无穷的幸福的满足，我好意思接受你这隆重的恩典呢？

从昨天起到现在，我的心念中只是蕴蓄着一种分析不清的意义，难道我那瘦长的身躯，落叶般的脸色，呆直的眼皮，无血色的嘴唇能够诱惑爱美的女子，我这懒散颓丧的无价值的灵魂能使人迷恋倾倒吗？瑜啊，我深信你这举动里至少带点慈悲的怜悯吧，我需要的是什么啊？是物质的慰安吗？如果是，那我真是太堕落，你也是不能生活独立的人，那你也就太自苦。盼你以后别再这样周济我啊！

你说你已经得母亲的允许在一个男女同学的和我这学校性质相同的学校报了名，下星期一就可以上课，我非常的喜悦。饱食暖衣专在恋爱里打滚，究竟不是生活的正轨，大家努力前进吧。

听说法国花园很好玩，有山有水，你下次来，我们吃过午饭同去一游好吗？我想在那花园中，我们攀援着树枝，爬过一级一级的崎岖的石砌，站在那小山的绝顶等候着皓月的东升。

皮克

三十七

瑜妹：

在这群蚩蚩氓氓的同学中过日子，达观的我，终不免于有时候心情被搅扰得极其缭乱的。这是上星期日早上的事。

"你忘记一件事。老皮。"范君慎重其事的走来说。

"什么事啊？"我也认真的回问。

"吓，今天是礼拜日，你的爱人马上就会来。这时候还不剃光胡须吗？"范君说着引起旁人的一阵谑笑。

这是每周照例的功课，本已味道索然了，但他们还是努力的津津的嘲笑着，我呢，也从不因此表示过一点厌恶，到了极无聊的时候，不过冷静的微笑着，将一团不高兴轻轻的压下去。然而他们却定要在这种嘲谑里表现他们的天才，话匣子似的向我盘问，那时我正在吃稀饭，我指着同席的陈君说：

"我是素来不齿那些鞠躬尽瘁来取悦于妇女们的，我每星期刮一次脸这算什么？他每星期刮三次你们将怎样的批评呢？"

"我没有爱人，随便刮多少次脸也不要紧。"陈君大不以为然的反辩。

"那末，难道你就不是想修饰得漂漂亮亮去找个爱人吗？"我笑着说。

这就使他那面孔板起，凸起的蓝色的脉络织成错综的河流，他终于愤怒的立起来，将手翻转，把那手中还有半碗稀饭的碗砸得粉碎，稀饭与碗片纷纷的向四围飞溅，他骂了一声"混蛋"就红着脸走到窗口立着。

"老陈，你对我砸碗干吗？就是我说话太唐突，也不必动气啊！

因为我这句话使我动怒，砸碗，我真是心里不安得很，抱歉得很！"我断断续续的鼓着勇气说，那眼泪一齐涌到眼眶边，仅仅没有流下来，因为许多的眼光集中在我脸上。这时，那祸首悄悄的走开，饭厅里充满着不和谐的冷静。各人也就都把那话匣子收起来，无精打采的走了。

陈君的姣好，和蔼和一切，都素为朋辈称道的，他和我尤其要好。然而这究竟是怎么一回事呢？难道过于亲密反而跑出礼貌之外像至亲骨肉之间一样更易发生纠纷吗？这真是意料不到的事。或者他是为着别的愤悁急急忙忙找着了这条出气的路道吧！

从此我们不再交谈；同桌吃饭，或在路上相遇，总是各人低着头连目光都不偷视一下，合定的一份报也只有他一人懒悠悠的翻阅，都像失群之鸟，失了常态，我们之间，俨然竖着一座墙壁如巍巍的喜马拉雅山分隔了欧亚。素爱沉默的我，平常已饱尝着凄切的孤伶的况味，惟一的陈君又对我如此，涵瑜啊，所谓"知己"对我是这样，世界是如此的奇离，像我这种无力的庸奴，只要宇宙不毁灭，我终有给浓烟硝雾毁灭的一日，我真生活得够了够了。我只有在夜阑灯灺时躲在清冷的薄絮中向自己的心灵诉述那无边的哀怨。是的，我是这光明辉灿的宇宙中大杀风景的厌物，早就不应生存于斯世的，我的平心静气的语音，我的谦恭的笑脸，一切，徒然暴露自己的丑恶罢了，我憎恶自己，我想毁灭自己，我简直不愿在人烟稠密中悄悄地占去空间，但愿悄悄的死去。我于今没有灵魂了，如僵尸一般在黑夜中的孤寂的深林里踌躇，暗淡与阴风笼罩着我，看不见一切，听不见一切。呵，没有我了，我是渺小得至于看不见的灰尘，当载重的车轮压下时，我挤到那边，当禽兽之巨足践踏着我时，我又逃到这边，终于无可遁逃时，天啦，你赏我一阵微风，把我吹散了吧！把我吹散了吧！

瑜，这点小事本不打算告你，因为写些这样的话也许是使你讨厌的事，但我不知如何还是说给你听。为想消灭这一种内心苦闷的缘故，我才想出个游法国花园的方法来，可是一出了花园，在你去后，那种种苦闷又汹涌起来了，瑜啊，我真不想再说什么啦！

悲哀的皮克

三十八

亲爱的瑜：

一切的事要在一种顶了解的情绪之下才能下结论，定办法。你说你的朋友看见我在外面追女人，又看见我常跟女同学女教员到外面去。不管是不是你设词探听我，我不妨将我所知道的告诉你。关于前者，上海滩上男女杂沓，是谁追谁，很难一目了然，暂且不说，至于后者，确有其事。在无聊极了的时候，她们邀我出去走走，要去就去，要到法国花园就到法国花园，要在校中和我谈谈就谈谈，这不是秘密行为，鬼头鬼脑，算不了什么。谈得对劲就多说两句，谈得不对劲，就骂她们两声，或者一个人冲走去了，也是常有的事。横竖我已经有了爱人，足以自傲，在情场中曾经受过一点磨折，在她们中间简直是老气横秋的。

那个姓姜的同我从北京动身时她就被一个姓何的爱上了，在般上，他替她打脸水，买水果，运行李，到上海后他朝夕不离的陪着她，请她看电影，吃和菜，他们瞒不过我，虽然曾请过我，我并不曾加入过。为着她一次不了一次的请我写英文贺年片，曾得罪过她一回，她曾关着门哭了一回，而且兴奋的要进商务印书馆的英文函授学社。不过因为我后来还是和她谈谈，那进函授学社的计划也就无形取消了。

那个姓林的是经姜几次的介绍才慢慢的谈起来话来，显然她是我的同乡。混熟了之后，我曾被她请到卧室里坐。她是小学部的教员，又还教外国女人的国语。她很怜惜我的景况，但我绝没有向她借过钱，谈过半句与爱情有关的话。虽然她曾问过我的家世，我的年龄，我有没有结婚，有时请我帮她理绒绳，趁着机会说些牵丝攀藤的隐语，我却是"一刀两断，两刀四断"的将她的热情消灭了。末后为着她请我教英文，自己却常常缺席，终于给我说了一回，她也痛哭了一回，于是英文也就不学了。

总之无论怎样的美女，她们的矜持，骄傲，在我简直失了效力。我是不肯低首下心于归女之前的，何况是她们。我生平顶恨情书中有"你诚实的仆人"那句话。一个男人要用逢迎谄媚的手段去博女性的欢心，那便是欺骗引诱，真正的恋爱中能有卑污的"逢迎""谄媚"吗？

因为你常常对我有无聊的妒嫉，有人向我建议说："恋爱女人，有时不可不有手段。"那言外之意仿佛就是先骗骗女人的钱用，再骗到手她的肉体，然后她便死心踏地的爱着那男人，男人即令有些地方不对，她也只能听人家的操纵。涵瑜，你看我是不是这种谬论的附和者啊。想你一回想我两年来的种种，你该了解我，你该会少妒嫉我一点的吧？

星期四的下午，我想来看你，请你在校中候着。

你的皮克

三十九

我爱的瑜妹：

前次我对你说不必耽误正事来写信给我，其实我何尝不盼你的信呢？我用这极笨的方法来安慰你落得自己陷在空虚的想念之中，我为自私起见，非常的后悔。

你以为我在校中常有女友相伴，你便在你的男友前故意表示亲热来报复我吗？当我来看你的时候？如果我的猜想没有错，那你真太不了解我。不过也许是你对我的爱情在转移，在变换，也许是我在妒嫉你，但是我如何能禁止你有别的爱人，我更如何能占有你呢？我并不是现在有了爱人才这般轻便的说，实在，你如果有别的爱人，你尽管热烈的去爱，努力的去寻求以前未有的满足，我决不因为难堪，悲伤，孤寂，消沉而减少对于你的爱，这是我颇能自信的，一个人同时爱上几个人决不是不可能的。我昨天就在报上看见大约是这样的一段记载：

> 一个女学生爱了一个本校的教员，同时又爱她的表兄，而她的表兄和那教员又是好朋友。那女的为节省时光与精神起见，写了两封同样的信，但匆忙中却将封套中的信装错了，她的表兄接到信，很以为怪，将这事实告诉那教员，那教员也将情形说出来，大家觉着好笑，但他们并不妒嫉，友谊始终维持着，他对他说："看将来谁是胜利者。"

我近来又接到一个落魄江南的老友的信，信中夹了三封情书，他要我将这件事做成一篇小说。言情的小说像我这样粗鲁的人是做不来的，但事情却真有趣。我那友人从丧妻，失业以后，闲居在本省已经半年了。他说其所以能在本省闲住半年的，全因为两个在中学读书的族妹爱上他。那两个女子是嫡亲姊妹，姐姐是已经订婚的，妹妹虽没订婚却另有情人，她们各爱各的，并不妒嫉，在妹妹的信中便有"她——姊姊——近来对你还好吗？""请你替我问你的她的好。"等的语句，而在姊姊的信中便有"那小妮子近来怎么不写信给我啊？难道她……"那情形真复杂得很，将来你一看就会知道的。

尤其妹妹的信中"他""你"都赤裸裸的写出，那里面绝无一点虚伪的话，令人想起真正恋爱的神圣。瑜啊，我的恋爱观是极同情于她们的，倘若你永远的爱我自然非常的感谢，若你还爱他，他，虽则我受了打击，悲哀到万分，但我却不能反对你，阻挠你。

瑜啊，我悔不该到你学校里邀你看电影，但邀你看电影却是一种手段，出自某种动机。不过我即令不邀你去，我那能禁止自己有那种动机呢？我是活的人，自然的人啊！我为什么不邀你去呢？看着那银幕上半裸体的男女在甜蜜的吻抱。我们在黑暗的角落里为什么不偷偷的轻快的吻抱呢？我为什么不用手指刮你的手心，按摩你的乳峰，你的……呢？我决不以为这是轻狂的。你的手心不是湿滑滑的吗？带点战栗吗？心房在撞打吗？头啊，身啊都紧紧捱着我吗？让我怎样吗？然而我问你："到别的地方去玩玩吗？"的时候，你却装痴痴呆呆的说："到什么地方去啊？"我说："到……到……幽静的……"这样的说不出口，你还不明白吗？瑜，我不以你是害羞，是侄梏于礼教之中，你是男性的玩弄者也说不定。

这样深的我的心中的缺陷，在费尽精力还得不到一点满足时，我一面感觉着无限的虚空的沉痛，一面又感觉着时起时灭的羞惭，终日头脑昏昏沉沉，处在两种情绪的交战之中，再煎熬下去，我准会生病，准会大病的。

不过我有时又觉着自己不对，当我起了那动机，渐渐的在逗你时，我又在心里划算：唉，可怜的瑜啊，你的朋友在引诱你，在进行毁坏你，你是多末的精致，多末的美丽啊！你应该珍惜你的童贞，男子是靠不住的，你能知道我准和你相偕到老吗？我知道你需要我和你偕老吗？我能知道自己靠得住吗？如果谁有那"从一而终"的念头，我们对于"一"还是审慎点好。……我这样一怀想，我又感谢自己并没再按着欲念去猛进，又觉得我自己还不算怎样的不知耻，不应该无故的羞惭。

总之，我现在的心情非常的迷惑，纷繁，矛盾，我对于你起了那念头，真侮辱了你，真对你不起，以后不敢了，不敢了。我们恢复原始的我们吗？

你可怜的皮克

四十

涵瑜：

我总盼你有那末一天能了解我清清楚楚的，如若不懂得我，我要你爱要你送我东西或种种的体贴干什么。没有人来理我，看我，我顶多是想念人家或恼恨人家，但有人来后却给我以重大的难堪，无尽期的创痛，我却不十分情愿。虽然生话太安定太平常没有趣，时时起一点波浪也有意思，但杀头大概也是很有意思的吧。

昨天没料到你会来而竟来了，头发衣服都给雨淋湿了，脸孔板起，一见我就说："你做得好事噢！你做得好事噢！你到底在外头干了些什么花头啊！"这突如其来的严厉的质问，令我愕然的无从答复起。你把那封信丢在我前面就冲走了，简直不给一个解释的机会。我只有哭，我只有将悲哀毁灭我自己。我是不值得你如此逼迫我的，我应该努力的赶快把自家消灭，免得你再这般的为我劳神。

近来为磨炼自家，束约自家常常活都不爱和人家说，也不和任何人出游，只孤独的坐在书案旁看些英文，译些文字，不顾腰驼背胀，头脑烦纷，晚上成了个不眠症者，然而我却自以为能领略孤寂穷愁中的味道，以为勉强可以对得你住的，谁料到你还以为我太过分的在生活着，我知罪了，我知罪了。

那封词句不十分通达的匿名信，我已仔细的拜读过了。句句是实话，我是流氓，地痞，瘪三无学识，寒酸，已经骗过女人的，这都是实话。他要你谨慎，免得上我的当，他这般的关注你，指点你，我是如何的感谢他！因为他的信，竟使你明白过来，不致上我的当，我更感谢他，而且感谢你！除了感谢之外，我是没有话可说的。

我要取消这信开头的那句话，我不愿你有了解我的一天，我不需要你的了解。那有什么用呢？我不敢再向你那里要求一点安慰，因为这安慰徒然延续我那讨厌的剩余的生命。我只盼有人为我唱着葬歌，吟着死曲，或是寂沉沉的将我装进墨的木匣里，四堵木墙把我眼睛挡住，那石膏炭末紧紧的将我耳朵塞住，这时候，我快乐了，满足了，这是真正的新的生活，天啦，这生活该离我不远了吧！

夜深了，催我别太发愤了的朋友们都用鼾声陪伴我，此外便无一点声息。我恋恋不舍的，从书案慢慢的移到床沿，我将枕头垫在床栏上将头搁上去，将薄被围着全身，把电灯灭，我准备幽幽静静的，缕缕的想他一通宵，灵魂在渺茫的冥暗的黑夜中漂游他一通宵。

夜的漫游者皮克

四十一

亲爱的涵瑜：

好啦，从你接到那封毁谤我的信以后，你竟还接了两封匿名的情书，笔迹和从前那信一样的，现在你还责骂我吗？你明白了从前那信的用意了吗？我现在不管你对于那匿名的情书的感想是怎样，总之我对于你的内疚总算减轻了一点。

你说下星期日将两封信拿给我看，那可不必，你高兴就把它留着，他写信给你，总算是爱你，你无须愤怒的怨他，大家都爱你，这足见你是十分可爱的，那写信的人我想你该知道是谁，如果绝不知道，那便更有趣。

　　每天吃了晚饭，既怕冷又找不出爱做的事情做，只好一个躲在被里玄想，玄想的事也是时时刻刻玄想惯了的，无论怎样想也终归是个玄想。不过那种玄想也许耗费了你一点精神和时光也未可知，我不是你，固然不敢决定是如此，然而女子的心里我不相信绝没有那种玄想的。既有那种玄想，为什么不求满足呢？生活便是冲动，一切的冲动便出发于欲，有欲才是人，要满足他的欲才是勇敢的人，人类啊，那怕谈得欲的虚伪的人类啊，你们真是卑怯的东西！

　　你说母亲要回乡去料理家务，你不同回去她能放心吗？哈哈！

　　大风大雪，街上那些筹备过年的人还是那末热闹，我却只在冰冷的薄被上加盖几件零星衣服，那爆竹呵，那恼人的爆竹呵，还没到年关就把我的心炸成粉碎了啊！

孤伶的皮克

四十二

涵瑜吾爱：

　　想不到我们竟有这末一次。这恐怕不能不感谢你母亲的回乡吧！

　　我的灵魂现在是充满了获救的甜蜜的感觉。最困难而又最柔嫩的事情，总算干过了，玄想已不成其为玄想了，现在我能够微笑着听那喧嚣的腊鼓，欣赏着天空中的开花爆竹了。我好像征服了倔强的敌人做我的俘虏，我感到不可名言的高贵。

　　当你刚来时，我就觉得很惊恐很颤栗，我探悉你的母亲已经回去了，你已经任在学校里了，我在心的旌摇之中不管一切，决计邀你出去。那时我的头脑是昏昏沉沉的，等你答应了，已经走出门了，我觉得已出了危险似的，渐渐脑筋清楚起来，精神振作起来，不过有时又觉得自己无耻，觉得人家一注视我们就非常的胆怯，不过无论怎样乱想，那脚总非走不可，脸色虽是很苦闷的样子，然而我却将那事应该怎样办，前前后后的想了一番，已经胸有成竹了。

你呢，只是低着头，红着脸，贼一般的好像要将头躲到我的身后似的挨着我慑缩的走，那时我已完全认识你的心了，我不禁憎恶我自己，哀怜你起来。假使你在我身边扯我一下，说一声"不"，你的话是有力的，我会服从你。但是，你不那样办，实在的，你也不想反抗我，你也再没有像那天这样热情的了。你终于跟成我匆匆忙忙的跳进了那家旅馆的后门。

到了房里，关上了门，你开始哭。脸胀得血红的低着头哭。我简直惊惶失措了，居傲的我在你的膝前跪了半天，你恐怕也不知道吧！涵瑜啊，你依从了我，我那时也不知道感激，也不觉得我是胜利者，对你应有那种的权利，我只感到你的青春，你的处女美，你的难攻的德操，都给我毁坏了，我只感到我们是已经热烈达于极点的一心一意的相爱着了，回想过去，推测将来，我只有和你偎抱在被里伴着你尽情的哭。

你回校之后，身体舒服吗？身体没有什么大变动吗？将来母亲回上海了，她如果发觉了，你也用不着害羞害怕，如果她逼迫我们，我们索兴同居起来。至于同居的开支，自然要先筹划每月的收入。昨天我听说我的一个同乡到了上海，我马上去看他，他是一个公司的经理，在京时，他非常的关注我的，我将苦楚的情形对他说，他极愿替我设法，他说谋个五六十元一月的事很容易。我想将来倘能如愿以偿，两人同居是不成问题的。我写到这里几乎要手舞足蹈起来。在爱河漂流着的我们，已经备尝风波与辛苦了，可是风波越大却彼此越拥抱得紧。魔障愈多，我们愈是小心，愈是老练，往后只要彼此遇事谨慎力求谅解，康庄大道，许就在眼前也说不定的。瑜啊，我现在非常的快乐，我背诵一首词给你听听：

    我不是轻轻宋玉年，艳艳潘郎面，合上你不是脸泛桃花，眼角情丝宵，好姻缘，（?）可不是一对神仙下洞天，顾影空相怜，更添上愁肠万转，百样回旋，像这般那能支持到几十年。只要双心恋，急起直追莫误延，何怕故障堆堆砌眼前，人定胜天，自有一帆风顺水推船。

你的亲爱的哥哥皮克

（《皮克的情书》，一九二八年七月上海现代书局初版，现据上海现代书局一九三一年五月四版排印）

平淡的事

新近我认识了曾医生，虽然还不曾知道他的名字。

那是因为几天前由北平来了个穷友，一个危险人物，危险到什么人都不敢惹，没饭吃没衣穿，也没屋子住。

在革命成功以后，忽然发现这位十年不见的老友，竟还活着，我是多么高兴啊！我想在僻处赁间小房好使他安身，也想以九牛二虎之力随时接济他一点生活费。我替他找了两天的房子，在一天傍晚，找着了一个挂眼科牌子的医生家的一间后楼，即刻就叫我那朋友搬进去。当时，我虽然是和那医生讲的房价，又交给他房钱，又向他担保我那朋友是十分靠得住的，但在暮色中，匆忙的我实在没有暇豫的心情去注意他，我不过记住了他的前门两边的白墙上写着，"照原眼科，"也仿佛记着这医生是姓曾而已。

翌日，我那朋友走来和我谈天。

"昨晚那个房东走到我房里向我借一块钱买米，吓吓吓！我说：'我也是靠朋友维持，实在穷得很，如果有，块把钱是不算一回事的。'他不知道要怎样才好，空了好久，他说：'你那个朋友倒是个好人噢！'末后，他又说：'今晚我难过得很，夏先生，我们到小酒馆子里去喝两杯酒吧！'我说：'不必吧，我不会喝酒。'他说：'我们喝米酒，不伤人的，十四个铜子一斤。'我一个人也很无聊，好，我就同他去了，在街尾上一个小酒馆里，他要了两斤酒，又买了三个子一包的黄豆，于是两个人喝起来。他讲他的近况，讲他的历史，他说他是瑞征的学生，瑞征是前清两湖总督，吓吓吓！这个人谈起话来很有味。"

"噢，刚认识就向你借钱，这样的冒昧——哼，总是穷得没有办法喏：——借不着钱倒还清你喝酒，在这一点上我觉着这个人倒是真有点味——现在这块钱不知道有了没。如果我有一块钱，我可以送给他的——明天晚上我们请他喝两杯酒好吗？仍然在那个酒馆里。"

"好，好，明晚我在家等你就是。"

第二天，我到曾医生家里去，我在微光中找来找去。不知如何始终找不着"照原眼科"几个字，我很骇异，但是看见前门的墙壁两边有白粉的一幢房，"大概这就是的吧！"我想不管一切，我就走进去。不消说，我是怀着"连一块钱都得向生朋友告贷，贫穷到这样子！"的心情去的，但进门一观察，也不怎样使我失望。那客堂间也点着洋灯，灯下也有两个老妈子似的顾客请他看眼睛，靠窗也陈设一张只开了两通裂缝的桌，东边墙下也摆着小圆台，台上也搁着好几瓶药水，台边还有两个一只脚都不短的藤椅，点缀在壁上的暗黄的字画虽然都往下卷起来，也还勉强粘得住。至于他本人，也戴着遮阳帽，颈上虽没有领带之类的东西，身上却穿着呢大衣，旧靴子上也盖着呢布，一见还知道他是穿穿西装裤的，他手中拿着揩眼睛的棉花，一见有人推门，就脸色苍白起来，知道是我，才浮出微笑，轻着脚步走近我，低声的温和的说："夏先生在家。"

我微笑着颠颠头。便往前面走，眼睛从板壁缝里看进那后房，看得出那里面有木板搭成的床，床上坐着一个老太婆，也还有一座旧藤床，床边有个三脚椅，除此以外还有许多数不清的家具，总之，决计没有一件是应该丢到垃圾桶去的。上楼时，我循环的默诵着："难道真一块钱没有吗？——这江湖医生——这骗子。"

在后楼，我不耐久坐，我们就下楼，走过客堂间时，老夏指着我对那医生说："曾先生。我们又到那个老馆子里去喝酒吧！这位黄先生他请你喝酒。"

"不敢当，不敢当！"他像没骨头似的连忙鞠着躬，还不停的欢笑："好的，好的，我马上就来，请先走一步。"他送我们到门口，口里叽咕着"好的，好的！"

我们走到街的尽头，那里不大有人走，老夏站住一望，退回好几十步，才发现那酒馆。不过他虽指示给我了，我还是不能一目就了然，因为那酒馆不仅小，而且很模糊，里面两个桌，全用灰尘装饰着。铺台上是两盆不大令人垂涎的发芽豆，和一只不知那天杀的干瘪了的鸡，还是整个的，柜台里竖着四个大酒坛，不，其中有一个是不大看得见人的老太婆就是掌柜的，旁边还有一个鼻眼不分明的半大孩子。她们没有招呼我们，我们也就不客气，从外面桌旁的车夫身边挤进去，占了里面正中的优座。

那孩子终于走拢来问我们要什么，我就要了两斤酒。一面计算着："十四个子一斤，二四如八，一二如二，来八个子的花生米。身上的四毫钱够开消的。再来点……"再来点什么呢？我的眼光到处一寻找。那真不能使我一下就决定。老夏说："等曾先生来了再说吧。"好，我们就坐着等。我听见那孩子凑近老太婆叽咕着："他们是曾先生的朋友。"于是，我向老夏："他们怎么知道曾先生的；"

老夏说："曾先生是股东，这个店他有五块钱的股。"

不久，曾先生笑嘻嘻的擦着手走进来了。三人就了座，我叫孩子拿酒来，又叫他买了八个子花生米。又叫他设计来了一盆白菜炒肉丝。曾先生又擅自在柜台上弄了一碟发芽豆，又弄了一碟海蜇皮。于是我们交谈着痛饮起来。

"在夏先生那里听说先生差了一块米钱，心里很过意不去，现在可有了？"

"不要紧，已经赊了一块钱的米，那米店还放心我，我答应明天还他。"曾先生自得的说："那晚不是有五块房钱吗？因为欠了人家的，人家知道，马上就要去了，唉，没有饭吃，肚子里很难过——我们喝酒吧！"他筛了酒，举起杯来喝。

"哈哈，你说话真有趣！没有饭吃不仅是肚子难过，那简直是要命的事啊！"我说：

"喝酒吧，喝酒吧！"曾先生又举起杯来："不要紧的我有鸿运酒楼的一张五十块钱的股票。这酒店生意很好。我托朋友押三十块钱；明天晚上可以成功。我还了二十，加了五块利钱，还有五块好多，这是借的印子钱，每月六分的利息。"他又喝了一大口酒，拣了一颗发芽豆。

我们没有说什么，我只全神倾注他的举动。他筛了酒，搔了两下头，把肩耸起来，搓着手低声的苦笑着说：

"没有办法。我们喝酒吧！——喝酒真是好事情，夏先生没有钱，我也没有钱，我们是好朋友——这地方真好，我们要常常来的！"他说着，回头望望后面的老太婆："这老板是好人，很可怜的！——她常常到我那里看眼睛，我不要她的钱。她钱不够，我就入了五块钱的股。所以，我在这里很随便的，常常来！"

"酒倒是少喝的好，曾先生，我看你的神经刺激得太厉害了，说话也没有条理。——你何不好好生生把你的行业振兴一下，把生活维持下去？"我说。

"不行！"他摇着头笑："我倒霉，连这个都没有！"他用手摸着披散的领子两端的窟窿，"不知那一天掉了，我上了一个螺丝，梗在颈子上把肉都刺破了。现在螺丝又俏皮，逃了！"他笑了又喝了几口酒，忽然把脚举起来："你看，我这个皮鞋，底穿了，前面开了口，走起来，他冒烟。"

我们不禁笑起来。

"你每天也有多少收入喽？"我问。

"没有一定，两毛，四毛，有时还倒贴。穷人多啊！一块钱看一回的。一个月难得有几次。

"像你这样是不行的。你越是那幅倒霉的样子，人家越瞧你不起。上海这鬼世界是全靠外样子，不怕你本事怎样好。"我愤愤地说。

他只温和的笑。

"是呀，你看姚佐顿花柳病医生。从前是甚么样子。这是我亲眼看见的。哼，现在，爱多亚路口上半天云里挂着他的招牌，到处张贴了他的广告，随便什么人，只要见了这广告，他不要知道底细就会'啊，这是个著名的医生！'如是，个个上他那里去，三百五百送给他，花了钱诊不好病，也还是去找他。为的是他的声名大。于今他发财了。曾先生，像你，据前楼的人说，你的手术很不坏，你只要好好的把诊所布置得像个样，把身上弄整齐点，在门口挂个招牌，在弄堂口还挂个更大的，也定一个章程，门诊几何，出诊几何，架子一挺，人家自然不会小看你，像你这样两毛四毛，有时还送诊，有时还……那是……"老夏也说了一大篇。

他只顾喝喝酒，起首连忙替我们筛，后来就只筛自己的，一定要等干了杯才说话。

"这是没有办法的！"他摇头坚决的说："他们都是穷人末！顶多只能收点药钱，总而言之，是阔人就没一个肯上我的门的。我会看像，我会外科，有些人我知道是流氓，绑票匪，我常常白给他们治伤。他们呢，诊好了，去啦，还用片子介绍别人来，也是不给钱的。我有什么办法呢？——你们以为我是好人吗？其实我也很坏的，是穷人，到我这里来，他们都是别处诊不好的，他们没有钱谁给他诊，是这种人，我是欢喜给好药，一次二次就好了，阔人就不同了，一次诊得好的，我给他分做几次诊，多弄他几个钱，其实我是很坏的。"

"你这样待人家，人家把你当呆子，像你这样的人，是不能存在的。我劝你以后还是把牌子挂出来，好好的干一下，免得受苦！"我说。

他还是温和的笑，连连把酒往口里送，酒完了，又再叫两斤。

"是的，牌子原先挂的，在弄堂外头，因为警察要捐钱，才取下来的。"

"哈哈，假使人家说你不该吃饭，你就把自己的颈子割了吗？这是太笑话了！"我说

他也笑，已经很醉了，话便滔滔不绝。

"原先我生意很好，每月赚二百多块钱，那不是现在这个地方，这是去年搬来的。我赚了钱就把门面扩充起来，我没有老婆，订是订的，因为她要八百块钱办嫁装，我没有，他就另外嫁人了。我把老娘由乡下接来住，请了两个听差，有一个不能做事。这听差原先有田在乡下，给人家骗了，很可怜，我就把他带到这里来，他是个呆子——那时候，我的日子很好过，门诊是一块二，没有钱的就减半，看人说话。不料去年革命，我的诊所烧得干干净净，好，没有

想到这个革命把我打倒了。搬到这里之后，起首还敷衍得过去，凑巧，闸北办市政，一条马路修上大半年，交通断绝了，简直没有人上门。好，这个市政又把我打倒了。光修马路还不打紧，三四月间落起黄霉雨来，你想谁肯爬过烂泥堆里走过丈多深的水沟到我这里来呢？这里又这样偏僻！好，这个黄霉雨又把我打倒了。房钱欠七个月，生意没有，我吃的是身上的衣服，是老娘的皮袍子，是木器。有一次听差的走了，后门口扒手进来把老娘的棉衣也偷了！——是的，我牌子是有的，弄堂外有块大的，前门的壁上写着'照原眼科'四个大字，但是我给不起捐钱，警察天天来要，起首我就把外面的牌子取下了。昨天他又来了。我就把墙上的字也粉了，省得他来麻烦。可是牌子一取消，就简直更没有瞎子能找得着我了。好，这个警察捐又把我打倒了。这就可以太平了吧，但是那个印子钱逼得很紧，所以——我近来不快乐，睡不了觉，头痛，有了钱就喝酒。我想把牌子挂在这酒店的楼上，夏先生噢，我们两个无论如何在一起。这地方真好，慢慢的我们会发达起来的！——不过，现在，——唉！——我还有两个好朋友，都死了。我晚上眼睛一闭，就看见他们两个。唉，好人。——阔朋友我也有的，那是姓何的，从前和我很好。如今有几十万，白克路有洋房。上次我买点东西去送他，他不见，他怕是绑票的。——是的，我是要饭的，你们看这幅样子，——我常常半夜里……"他说到此地，眼睛朝天，两手合拱着："爬起来，打开眼睛，是的，我是晚上才喜欢打开眼睛。因为我不愿看不见什么，我对天说：天啦，你把我的寿命减少二十年吧，切莫再使我是这样子啊。"

他不再笑了，两手撑着头，慢慢的伏在桌子上。我们全都沉默着，忽然他又抬起头来说："这地方真好，我们每晚都要来的噢，夏先生！"

"不来了，明晚我请你到鸿运楼吧！"我说。

很晚了，曾先生还要酒，我们不承认，我叫孩子来算账，曾先生就立起来用手一挥，好像这应该归他出，我也就不客气，给了二百四小账就往外走。我回头向柜台一看，看见那孩子仿佛用蝌蚪文在簿子上写着："曾先生欠……"

走到街上，我拒绝他送我，他说："不要紧的，我们通晚不睡觉不要紧的，睡觉是受罪，在外面走走很快乐啊！"到了我自己的弄堂口，我和他告别。我在十二步之外还听见他的声音："夏先生，我们再到那酒馆里去坐坐吧！"

我就是这样认识了曾医生了。

第二晚，我原打算清他到鸿运楼去的，不知怎样我忽然变了计，只随便买点干牛肉之类的下酒菜请他到家里喝。他起首不肯去，后来虽是去了，但是不再多说话，只低着头在房里徘徊。我问他："股票押了吗？"

"没有，要明天听回信。"

"今天有生意吗？"

"有的，一块假洋钱。"他掏出那洋钱来后，笑着说："铅的，分量轻，放在手里就知道。"

"上海人真坏，看病的钱也给假的！——那末，你不能叫他换吗？"我老婆不平的说。

"马马虎虎，那个人送我假洋钱当然也是没有钱喽！"

"是没有钱就送诊也可以的，给假洋钱你不妨责备他的！"老夏很反对他的态度。在我家里，酒也喝得不少，但他不多说话，话里也没有惊人的句子。不过我们都觉着他的神经的确纷乱了，每句话是牛头对马嘴的，因为我知道他昨晚送我回家后又在酒馆里去喝了一顿，又因为被窝放在别处去了，只伏在椅子上看书，度过这寒宵。

他呢，也知道自己这次是失了一个不小的败，所以不高兴多说话。不过，他也不十分沮丧，他还有无穷的希望呢，他有一张五十块钱的股票，明天那张股票总会押了的！

第二天晚上，天下着毛毛雨，我走到他那里，我看见那替他押股票的人说，事情又变了卦，要过一个礼拜听回信。总之，这是推脱的话，这股票肯有人要，五十元只押三十元，六分息也没有人要，而月且那印子钱别人不肯再放了，非马上收回不可的。我很替这医生不平："二三十块钱的事有这样难吗？又不是凭空讨人家的，曾先生，你给股票我，我明天去试试。"

"好，谢谢！"他将股票给我，深深的一揖。

天还是下着毛毛雨，很冷，我一早搭车到江湾，想找几个朋友，因为那些朋友起码赚二三百元一月，又没家眷，就是一人力量不够，几个人总可以凑足的，如果不放心，就由我负责，然而结果是："我也只能勉强维持生活，如果口口在这里，那就没有问题啦！"

我回到曾医生家，走进他的寝室，把这消息告诉他，把股票退给他，答应再想法，可是他睡在床上起不来，因为房里有个姑娘，我听他说过有个朋友介绍一个女人给他，他曾因为自己没有钱，关照那姑娘别再上他那儿去的，现在她又来了。

"姑娘，请你出去一下。"他说着，那姑娘就走了。

于是他抬起身来，掀开盖在身上的惟一的外套，把那件窟窿累累的绒绳褂扯得很周正。披上外套，伸出穿着无底袜的脚来，费了许多工夫，才穿好靴，因为不如是，那袜是不容易就范的，此外我还发现他腿上失去了那条西装裤。

我们同在客堂里坐，他还是笑，鞠着躬说："对不起你，这样的雨天，害得你跑江湾！"我和他谈了很久，我没有坐，因为他的藤椅也不见了，圆台边只剩了那原先摆在后房的三脚椅。

　　我回家了，下午又向另一个有钱的朋友打主意，更不成，他说他并不干这样的生意。我只好回曾医生一个信，就再没有到他那儿去了，老实话，我不敢再见他。

　　过几天，老夏又来了，我问及这医生，他说："近来他再不喝酒了，脸也肿了。山东人天天来吵，要那笔钱，很凶的。这两天他没有在家，不知道到什么地方去了。大概是害怕这山东人吧。"

　　我不敢再问了，我只尽量的沉思：为什么不藏在黑暗的破屋里，却走到外面去呢？怀着忧伤，到荒野徘徊去了吗？到山顶怆地呼天，向北风求助去了吗？到黄浦江边痛饮去了吗？他欢喜孤独，连好友老夏也不要了吗？连……

　　"这个人很可怜。老黄，你是欢喜把自己妻子儿子都上小说的，也把他上一上小说吧。哈哈！"

　　"但是——唉，在这年头，这玩意早已不时髦了，这事情，太平淡了，上了小说不会有人看的。"

　　我禁抑着奔放的热情坚决的这样回答。

　　　　　　　　　　　一九二八，一二，二五日于上海。

　　　　　　　　（选自短篇小说集《平淡的事》）

改　革

　　曙光还没打定主意惠临到窗子上，韦公听见爆竹到处响，就不管昨晚摩麻雀、掷骰子闹得太晚，连眼皮还不曾合拢一回，便也从温暖的被里挣了起来。这天不是接到党部里开紧急会议的通知；也不是得了共产党要暴动的消息，值得去报告戒严司令，好邀一笔重赏；也不是那不能维持生活的纱厂工人要大罢工，得去弹压，解散；更不是有什么好玩的事体如杀头着火之类可看，值得我们这位好同志那末早就起床的。只因那天是我们中华民国旧历十七年的元旦。

　　原来这天比"五卅""五七"和一切什么纪念日都重要。虽则我们的国度里那"新历"早就跟着一大群的新文化从海外输入了，每年弄出两个元旦来，然而本质上，新历元旦压根儿就赶不上旧历元旦那末切于实用，那末真正算得过年。那只是一般好高骛远的浅薄少年拿来应卯的，我们从这上面就可批判出它俩的优劣来：比如过新历年，大家不过发发贺年片，各机关冷冷清清放三五天假，见了朋友不过和平常一样点点头，握握手，懂洋泾浜的说一声，"A

Happy New Year For You"。至于稳健份子他才不肯那末丢脸呢！这时节，长辈或上司那边你去是自然应该去贺贺，可是你见了他们，你只有呆坐寒暄的分儿，你总不好意思来别的表示恭敬的花头的。如果到了旧历元旦，那你就不能这样简慢这般大意啦。不怕你曾过过一回新历年，你还得慎重其事的再过一回旧历午才算过足了瘾；而且所有的事业、经营、讨账、催款、办年货、送人情以及扫除灰尘等人事都得在除夕前结束。"一年之计在于春，"你辛苦了一年，那时你应该把一切弄个清爽，腾出大部分的精神和辰光从元旦起专心一意的娱乐个把月，那差不多和张勋的军队打开了南京准弟兄们大抢三天一样，这时节官厅连叫化子，修马路的囚犯，都恩准他们在街上赌钱，掷骰子，上等人更不用说，只要你不是有共产嫌疑，写文字讥评党国要人，那真是小雀子出了笼，再自由没有的。不过天大的事可在这时节搁起，但那"拜年"你无论如何懈怠不得，因为过新历元旦时你不曾拜，也不作兴拜，发了贺年片是空的，只有这时爷你才能一家家去登门作揖，在长辈或上司前行那叩头或九十度的鞠躬礼，一句话，你那满肚子的恭敬礼貌也只有这时才是行的惟一机会。我们的韦公就为着这缘故，他得赶早到一个中央委员老爷那边去一趟。

那中央委员老爷爱住在离都市二三十里的一个偏僻地方，到他家里去虽可乘火车，但下车后还要走半里又纡回又臭的烂泥路，乘公共汽车或洋车吧，可是太不合算。在委员老爷自己，固然是恶嚣杂，爱山水，有隐士之风，到那儿逛逛有自备的摩托卡，进京开会有国备的专车，但一般远地的小人物去拜访他，那就很费事啦。如果误了钟点，赶不上火车，得掏许多的血本来乘汽车或洋车，在半路上还怕给小瘪三捉了肥猪，平常没事儿不去拜访他还不觉着怪难过的，何况是时行拜年的旧历元旦呢。他充军充到那世上，真是故意跟韦公这般人捣乱的。

那从民国十六年就飞起的细雨，这时还像哭丧人的泪儿洒个不住；那从除夕就发作了的狂风也不看看节气，好像刮起了兴头还在空中放肆的乱吼；街上的店家都像吃饱了的老牛，闭了大嘴一般，将财门开了之后，又紧紧的封着；马路旁的赌摊也还不曾摆出一个来，只有每家屋檐下那疏疏密密的通宵未睡的孩子们还在高兴的放着冲天爆。不瞒人，我们这位穿戴齐全的韦公出门时，天还只有点毛毛亮。这不纯然因为是辰光早，一大半也是乌云弥漫了满天，雨中还夹杂着雪雹，将天色弄暗淡了的缘故呢！

生怕浸湿皮鞋，韦公就捡没有水的石块将脚尖踏上去，那好似点水的蜻蜓，又像轻手轻脚的窃贼，每一步都得使身体一伸一缩，那姿势可以说是跳吧，他就几步跳到附近一个弄堂里，敲敲一家人家的后门。因为那委员老爷不是他私有的，他到他那边去不通知同志一声，似乎是自私自利，虽然同志们不一定能够同他一道去。好在那家人家还不曾睡觉，他就很顺利的走进去，一直冲上楼，推开门用随便的口气问："喂，黄同志，邹同志，怎么还不起来，老头子那边也得走一趟吧！"

黄同志早就张着耳朵听，他们原是不拘礼貌的，这时他只瞪着眼呆呆的望着床前的韦公呆笑，许久才装出个不信禁忌的样子说："见鬼啦，这未早就起来！——喂，告诉你，昨晚我输了十八块，真背时！"

邹同志装着睡着了，弓着腿不动，像葬在那被里，但一听到"老头子"，他终于像蚯蚓样扭了两扭，掀开被露出那红眼睛，又伸出一只手来，"唔——"他伸了个懒腰说："今天早上五点钟才睡，唉——实在是——"

黄同志就揭穿他那种虚伪的不高兴说："叹什么气呀！三十四块

钱进了袋还有什么不舒服的！"

韦公是急急于要走的，他就不耐烦的说："不和你们谈这个，喂，你们究竟怎么样啦？"

邹同志说："别急呀，自然要去的，——是的，一道去省事啊！"

好啦，不久，他们三人一路到车站，上了火车。车厢一大半是空的，可以说是一列贺年的专车吧。在车中他们谈了些昨晚牌九输赢的事：黄同志悔不该一点多钟的时候还不收手，因为那时他赢了好几十；邹同志就懊恼着没有下了重注，因为他的手气始终就没衰颓过。韦公干的是小玩意，没有可说的。大家谈了一阵，不免浏览些铁路边的新年的景色。那景色虽在乌云压压雨雪纷飞的不清爽的光线之中，但在他们的心目里却各自有无边的新气象：韦公呢，他早就不愿株守着月薪六十元的位职，最好中央委员老爷调他充当个一等科员；黄同志资格高些，他就想补一个肥缺的县知事，弄上三五万好什么事都不干，有吃有住，幸福一辈子；邹同志却为着他那赋闲大半年了的堂弟打算。听说时局会有大变动，他们这位中央委员老爷有任省政府主席的消息，老天爷，他们这几位亲信想当权，不趁着机会活动一下还成，而活动的步骤——这"拜年"显然不是闹着玩儿的。

下车时，因为到了野外，那风势更加大，呼呼的只往面部压，几乎将他们那鼻孔的气流顶回去，细雨是像农夫洒石灰样四面八方往下盖，路又泥泞得很，不知给什么马蹄子踏得那末烂，简直伸不了脚，又没有一个走运的洋车夫晓得这里有三个雇主要照顾他们。他们只好迎着北风打冲锋，左一步右一脚的低着头，小心翼翼的拣路走，那怕眼睛里给风拂起了泪波，红鼻孔给冻得清流渐沥的，也始终不敢将头躲在大衣里偷一会子安，那勇敢奋斗的精神着实可佩服，那点丹诚也真够撼动天地的。

一脚没走好泥水溅了一身的黄同志忽然生起气来了："真背时，阳历元旦我们到老头子那边去碰了这样的天气，现在又这样，真背时！"

因为这位同志受了飞灾，韦公觉着那末早，那末天气不好，跑到这野外，是他的主动，他就不能不像是为自己开释似的对于这"拜年"加一点骑墙的论调：

"拜年实在没意思，不过——我们却是和普通一般人不同，顶多见了师长作作揖，敷衍敷衍了事，况且老头子这边真是生亲了，没法儿的。至于真真拜年，我是十几年没干过这玩意。"

邹同志因为某种心理所驱使，即刻同情的说："是啊，我一向就反对，那真无聊！"

黄同志也说："我也是十几年没……"

原来这三位都是革命的急先锋，虽在革命事业倥偬之际，无暇对于"拜年"的命认真的，彻底的来革一下，然而他们却早就将跪拜革成为作揖。谈锋既经转到"拜年"上，于是还来了一阵对于从前那跪拜的攻击与嘲笑！

"讲起旧式的拜年，哈哈哈！"邹同志开头说："那真笑话！尤其乡下人，到了大正初一，照例，早饭是不吃的，惟一的大事是拜年。万事落后的妇女自然要到初三四才出门，那叫做'出行'，出行时还放爆竹。男子汉呢，早晨起来，一洗完脸就把那件月蓝竹布半截单长褂从箱底下翻出来，几下往身上一罩，拖在半天云里像一把伞，再阔气一点的就加了一件上了霉又皱折不堪的青布旧马褂，比长褂稍许短一点，带了兄弟和大的孩子们，七八个一路拜起年来。照老规矩是'初一崽，初二郎，初三初四拜地方，'但是他们拜完了自己家里的长辈，拜完了邻舍，就拜发了势啦，还管得那套，大队一开出门就挨家子拜。一走近人家的屋门口，还在大门外头，那长于言谈的走头，那算是队长，他就敞开喉咙嚷起来：'常家二爹呢，请到大厅上拜年啊！'那里头虽是在拉屎，或是在喂猪牛，但他们是时时刻刻提防着这个的，也就什么都丢在一边，吁吁喘喘的嚷着奔出来打接应：'那不敢当呢！到了就是年，到了就是年！哈，真是，太客气了，到火房里请坐，到火房里请坐！'这边是不因为人家推让就将拜年模糊一点的，自然见了人就倒下去，平辈见了就作作揖，孩子们那就硬要跪下去像冬瓜样在地下打滚，哈，哈哈！那边回了礼之后，这边又得先开口：'恭喜你老人家过得热闹年啊！'那边就得：'好说，好说！彼此一样，彼此一样，'这边又是：'你老人家新岁健旺啊！'那边就得：'托福，托福！'哈哈哈！天天见面，甚至时时在一块，只隔了一晚就忽然客气起来，绕弯儿问安，真笑话！真碰了鬼！"邹同志说时，口沫直往嘴边涌，两手指东画西，描摹得活像，打着湖南的土调模仿两边的口气，抑扬啊，顿挫啊……使人听了见了，真像亲自听见看见那些怪物在那里哈哈嘿嘿作拱打揖的，于是博得黄同志的同情的微笑和韦公的赞言：

"好描写，老邹你真形容得刻苦，不但是革命家，还是文学家呢！哈哈哈！"

"也不是故意形容，"邹同志接着说："实在的，这情形在乡下到处看得见。还有，拜年之后，免不得到火房里坐坐喽！吃芝麻豆子茶啊，嗑瓜子啊，喝酒啊，再客气点的，还留吃饭。至于孩子们喝不了酒的，就每人分一碗薯片豆子，他们吃不了就灌在他们的口袋里，好在他们的口袋大，三两斤货色尽盛得下，他妈故意为他做大些就为的这一手。——到了第二家又是老套头。这样一家一家拜下去，大人们是灌得醉醺醺的像关公，孩子们就吃得皮黄骨瘦，吃起饭来翻起眼睛看天，差不多正月那一响，个个都得害一场积食病，妈的，真造孽！——唉！——还有那些住在城里的大户人家，老头子的姨太太讨上好几房，多半是班子里接出来的，十几岁的妹子，论起来你得喊她'叔哀姐'，拜起年来，她是长辈，你到他家里去喊'到大厅上拜年'，难道真等她走出来才拜，还不是没头没脑的钻近门帘子去，不管她还在床上裤子都没穿好，你也只好红着脸在门弯里的马桶旁边把头磕下去，那怕你穿的是新衣，那地上又有一堆鸡屎或一泡浓痰，你还好意思不下礼！妈的，这宗制度才看见！才该杀！"愤世嫉俗的邹同志，这时便将头左摇右摆的低下去，非常的感慨系之，末后还将"唉！——"做了这篇高谈的结论。

韦公好像也要将"拜年"臭骂一顿似的，他笑了笑接着说："我。……"但同时黄同志也笑容满面的在说："我……"于是韦公就让了一步说："好，好，你说，你说。"

黄同志发言素主慎重，无论做什么，脚步站得稳，从来没有人说他不革命或反革命。他为人再伶俐，再老练，再能干没有的，虽则在除夕输了钱，那完全是气运坏。他说：

"这是好几年前的事：那时我记得我是念四岁，在大学堂里念书，因为离家近，所以不能不回家去过年。正月初一的早晨，照例爹爹妈妈和兄弟侄子们都得向祖母拜年的，她是八十多岁的活祖宗，顶欢喜见子孙向她拜年的，那个没向她拜年，在吃饭的时候，她指名说那个于今是不认得大人啦，那个于今自己能够赚饭吃啦。闭那宗气比挨几个耳光还难受。爹爹妈妈都向她拜，难道我不拜，我拗得过她？——好，当大家都到了大厅上，我就出了个主意。我就向他们说：'我来提一个议，你们一个一个就祖母拜年，太麻烦，她老人难得回礼，你们顶好站成一个队伍，一齐向祖母拜。'他们都同意了。我就毛遂自荐作一个司仪的，我要祖母坐在堂屋中间，要他们站成一排，我就站在旁边做指挥官，喊口令：'一，二，三，'哈哈，喊完之后，我就无声无息的走开了。那一次算是躲过了。不过这狡计第二年就不适用，终究给他们在祖母前面告发了，祖母还是……"

大家虽是佩服黄同志有急智，能躲过"拜年"，又能将"拜年"的方式变通一下，只是大家以为他那故事还有绝妙的下文，下文既是飘渺了，也就只随随便便的笑了笑。这就轮到韦公的名下了，但那委员老爷的高第忽然站在他的前面，是时候啦。韦公便没往下说，各人暗中只忙着戴正他们的帽子，扯匀他们的马褂，然而态度却始终是慎重的，因为他们拜访中央委员老爷着实不止几次啦。

按了许久许久的门铃，那得了他们的年赏的听差出来开了门。

"喝，拜年客来了，早啊！"

各人的脸上浮出个不自然的微笑。

"老爷起来吗？"

"没有。"

"那末，我们在客厅里等一等。"

"嗯——讲老实话，老爷起是起来了，因为大学堂里的学生来了十几个，把客厅拥得拍满的，老爷不愿见他们，始终没出来，他们也就始终坐着不走。"

"我们一进去，他们难为情，就要走的喽！"

"不见得，他们什么时候来的啦，我的天，要走是早已走了的啦！"

"这怎么办呢？"

他们失望的彼此互相看着，眼睛睁得开开的。

"你们带了片子来吗？——只要意思到了就行，我替你们把片子交上去也一样的！"

他们起始犹疑着，彷徨着，像失足到污泥里的小山羊，想到那前面的青草地去游游，可是前面隔着一道水，想往后退，又觉着到个地方一次着实不容易，他们只想说："你瞧，这是什么天气啊？"但终于只得这末说：

"好，好，就这样。"他们各人将名片掏出来，交给听差，就这样解救了自己。

"走吧，我们，——这也不过是一个意思。"韦公说。

"是呀，只要意思到了就得。"邹同志说。

"北京拜年就是清早起来挨家丢片子的。"黄同志说。

那听差好像有点怕冷的样子，身体只想往后退，他们也就转过背来，于是老听差将大门关了。他们就在大门外徘徊着。委员老爷的客厅里那热气莲蓬的电炉，那碧绿的柔软地毡，那是他们常常享受到的，这时忽然在脑海里浮晃着，而打在脸上。触着皮肤的却是雨雪，风，他们真觉着有些冷，但这样感觉的时候，却很短，他们一念着贴在心门上的那"意思到了"的标话，好像自己的名字已经是永远刻在委员老爷的记忆里，这差不多是靠得住的，再远一点推测……于是韦公就像一个一等科员，黄同志像个县知事，邹同志像他那堂弟的恩人，眼前的雨雪云烟，暗淡，依然在他们心中幻成无边的新气象。

他们离开那儿开始渡着回头路的时候，那委员老爷的客厅里的大钟刚敲八点。是的，这时候天应该大亮啦！

一九二八，三，一八，于上海。

（原载一九二八年六月《文学周报》三一九期）

离家之前

——穷女日记片断之一

六月二十四日

从今天起，决计再写日记。

本来这个计划从前决定过好几回，而且记过不少时日，但不是因为学校工作忙，便是自己烦闷，懒惰，生病，终于中断了。想起，真令人发笑；往常不是也和今日一样，无聊达于极点时，便严厉的责备自己，兴奋的要做这样那样，要写日记，要做一切造福人类社会的工作吗？思潮湍激时，不是也深切的感到现实的黑暗，腐败，扰攘，要将一切改革推翻的重任，搁在自己的肩上吗？精神一抖擞，不是也觉得自己是怎样超群出群，像女王一样，可以战胜一切，统制一切，俨然有个庄严而绚缦的未来在等候着自己吗？不是整个的灵魂给乐观支配着，安详而奋发的向美的境界雀跃的前进吗？然而不中用，我的意志薄弱，只须心中稍稍感到一点不如意，或偶经一种轻微的刺激，便像精疲力竭的败卒，由前线退回苦闷无聊的旧垒，什么都像无关轻重，幻境立即销沉，世界几同毁灭，连自己的生命，都看成个渺小的无意义的蜉蝣一般，朝生暮死都无可无不可？颓废因循，恨不得即刻将自己推进坟墓。什么革命呀，事业呀，都视同儿戏，还说什么写日记。不是吗？那些日记，自己赞了心血写的，事后偶尔展阅，觉得无一不是昆虫的活动，无一不是蚯蚓的反抗，无一不是孤雁的悲啼，一切都觉得琐屑平庸，无意义，无价值。这样的反复无常，前后矛盾，我想，或许是母亲去世使我这样的。她的去世，把我的一切带走了。我失去灵魂的安慰，失去了快乐的泉源。家庭是那样的穷，父亲是那样的老迈，继母是那样的专横，有时思想起来，那能令人不苦闷，焦烦，厌世呢？可是如今我又不那末去设想，我觉着人在各种生活中，绝对不能忘却自我，那怕是一个艺术家，虽然生活在现实之中，像一篇小说一样，应该忘却自我，但有时也须跳出现实，以客观的态度来观照自己。忘却自我，自我便被一切外感所宰制，所压倒。自我在自己的心灵上消灭了，便觉一切都无意义，无价值，无可追求，无可记载。人生便同槁木死灰了。概观宇宙，那怕一粒鸟粪的坠落，何常没有意义呢？一匹苍蝇的腿的动弹，何常没有意义呢？固然，谁都想在"超越一切"，"或战胜一切"的幻梦里去生活，但也不是不能"超越一切"，"战胜一切"，便算自我消灭啊。因为这不是自然而然的，是人为的。因此，我应该达观奋发，多做事，少说话，勇往直前，绝不犹豫。我不能把一切看成无价值。把写日记看成无意义，一切全是为自我而活动，而形成，同时也是为着人类，为着社会。我不管自己快乐也好，悲愁也好，伟大也好，卑微也好，我即令卑微得和蚯蚓一样，然而蚯蚓有它的自我，有它的生活方式，有它的生活力。我难道没有生活力吗？我虽不能干轰轰烈烈的事业，难道我便不能将自己的卑微的生活力在写日记上表现吗？如果这也不可能，那真太可笑了。但我怎敢这样说呢？我不会事过境迁，把今日的决定在明日推翻，不会把日记在精神萎靡时中断吗？我决不的，因为我还活着，我至少还有点生活力，我要日记一直写下去，直到我的生活力消灭时。

六月二十五日

晨起，写信给哥哥。

上午九时，到学校参与六年级的毕业式。

我到这学校，这是最后一次了。我真舍不得离开这学校。更舍不得的，是终日围着我的孩子们，我的小伙伴。他们是我的灵魂的分子，没有他们，我便同掉在墨黑的枯井里了。不专是为自己的职业打算，不专是为自己的身世凄怆，实在，这些小天使太可爱，太令我关怀了。终日随伴着他们，这像是我惟一的职志。离了他们，我好干点什么呢？我还高兴干点什么呢？

回忆在这学校的三年工作，虽没有了不得的成绩可言，但自信和他们十分熟了，十分融洽了。起初，他们离不开他们的母亲，渐渐的，在我身边也和在他们的母亲身边一样。起初，他们只知道哭，闹，玩，如今，总算能作文写字数数，懂得许多他们所应懂得的事了。那些高材的，我还用严密的测验把他们甄别出来，插入相当的年级，使他们有长足的进步。同时，使他们中间那些低能的也脚踏实地的一步一步的前进。性情好的，怎样的鼓励，性情不好的，怎样的领导。总之，无数的计划，无限的热情，都顶计在下期表现出来，可是现在全成了空幻的梦。我毕竟要和他们分别了。是我的损失，是孩子们的损失，谁知道呢？但也许新来的教师胜过我十倍，都是经验学识极丰富的教育家，这就用不着我过忧啦。不过，这些在我身边长成的孩子们，一旦分离，我总是不能忘怀的。

和平常一样，当我枯坐在原先的办公室的座位上，和我谈天的，只有刘卓然。我不觉对于同事们发生无名的嫉妒，对于孩子们也起了冷落的情感。虽然六年生都来和我谈话，三年生对我这去职的主任还当慈母一般围绕着，然而，不知怎样，我依然对他们很冷落。国瓒抱着我的头，瑞英嬉笑的挂在我肩上，她们梦想着要我暑假中不要回家，好使她们照常到学校来玩，或补习功课，或带她们野外旅行，或要我来个好的设计，使她们在学校在家庭都有工作可干。六年生有的要我指示他们下学期进什么学校，还有那些懦怯的孩子，便依依恋恋的在退处瞧着我，一声不响的瞧着我。但不知怎样，我始终对他们很冷落。我简直沉默的陷落在悲哀中了。

唉，他们的计划多末好，他们多活泼，多天真，多有情谊啊！谁知我却要和他们分别了。今后也不知会漂泊到那儿了。倘使我将这消息告诉他们，我知道他们中间定会有些呜咽饮泣的。我怎好忍心告诉他们呢？我只好在这儿低低的呼唤着：亲爱的孩子们啊，我的灵魂的分子啊，别了，别了。我只好在这儿遥遥的吻抱着他们，忍痛的安慰着他们说：亲爱的孩子们啊，我的灵魂的分子啊，新来的教师将给你们更多的安慰的。

六月二十六日

很想多睡一会，好好的休息休息，但无论怎样也睡不好。太多的梦，太多的感触，把我苦闷死了。这样无聊的胡思乱想，倒不如起来劳动的好。但是，我那一天不是劳心劳力的活动着，只盼望星期日或什么纪念日能够休息休息呢？星期日或不能如愿，何尝不盼望寒暑假的到来，俾便更长久一点的休息呢？现在暑假是到了，大可以休息了。然而我又偏不想去休息，感到这样休息的无聊，苦闷，这休息期间是太长得茫无止境！

我绝早的起床，很想做点事，但我做什么呢？想把铺盖整理好，把书籍收拾干净，将灰尘揩掉，但我却老是坐着不动，真像个蠢猪，像个瘫子，尽痴痴的瞧着发呆。瞧着那讨厌的书本，那书本上的粉笔的残痕，那简陋的家具，以及牢狱似的房间，我把一切恨到绝顶了。我也恨壁上的那些照片，除了母亲的照片以外，这都是些魔鬼，幸灾乐祸的妖精。把这些恨透了，终于轮到圆框子里的我自己的鬼影。这倒楣鬼，这囚犯，我恨它，我死死的钉住它。瞧着，瞧着，我的神情恍惚起来了，竟像一匹离网的蜘蛛，支着细微的丝线，摇摆在空中。又仿佛线儿断了，给狂风吹到天边的浓雾里，飘浮于泰山的极顶。一会儿又像坠落在魅黑的深渊，在狂涛骇浪的大海中。我想，你为什么这佯心绪傍徨，茫无主宰呢？我为什么好像是给焦忧煎熬着，好像是给石块层层的压着呢？我把那圆框的我和镜中的我一对照，我的丰腴的面庞显见得收缩了。我那愉悦的神情飞逸了。以前的我和眼前的我，怎会有这样转变的呢？呵，我失业了。近日来我深切的感到失业了。

　　三天前，当我告诉父亲我已辞职了，我隐约的听见父亲对继母说："在这个学校里已经好好的教过三四年了，别的教员，比她程度差的，听说都位子不动，为什么单单不聘请她呢？"继母的回答是："谁晓得她呀！平常我们要放纵她，什么都让她自己作主，谁晓得她耍什么鬼啊？我知道迟早总有一天的。"听了这话，我只好躲在被里偷泣。几年从来，到今日才知道是靠三十余元的月薪得到家庭中的地位。娘啊，"你自己赚的钱，也抽出一点做两件衣服吧。"这话到今日回味起来，在女儿心里比什么衣服都温暖，都珍贵。继母是从来没有这样说过啊，从来没有这样说过啊。父亲只是继母的丈夫，继母是她亲生两男一女的慈母。哥哥是久羁上海，虽然常常写信给我，勉慰我。他好像没有家庭了。我死死的留在这家庭干什么呢？娘啊，娘啊，听见吗？"迟早总有一天的！"娘啊，娘啊！……

但是，唉，对人总得消极一点，对自己总得积极一点才是。关于个人的小问题，不必去计较，不必去推敲，受人奚落也好，诅咒也好；受人同情电好，推崇也好：总之，在人类的大实验室里，我应该仔细的分析一切。化验一切。自己反省，矫正，忏悔，本着良知去奋斗。摆脱精神上的苦刑，乐观的找寻自己甦生的路。

六月二十七日

昨晚睡得很好，清晨起床，觉得非常愉快。趁着谁都还在睡乡的时候，我静悄悄的在庭院里的树荫下彳亍。我爱静，我爱幽默，独自迎纳着爽凉的朝气，领受一尘不染的微风，我不觉自己婷婷袅袅起来，如出水的池荷，如飘游的仙子，胸怀旷达，万念俱灰。

天边的云彩，一列一列的，好似叠障重峦，在那重峦中，忽然露出半个窥伺的笑靥。我憧憬的惊异着，怔忡的痴望着，那好像是个光明的和蔼的朋友的招呼，他告诉我他已经布置好一个庭园，辉煌灿烂的庭园，在专诚的等候着我光临了。我对着那笑靥出神。那万丈的光芒投射到我眼帘，在我迷离的脑海中，在我动荡的思潮中，不知怎样，我无端想起卓然来了。啊，这家伙，听说他在解职前，就已经得到上海一个市立小学校的校长的允许，当一个级任。我去会会他，或者在闲谈中，也能得到一个生活的门路也说不定。

但是，一提及他，我就要生气，生北京的气，生北京的风俗的气。生这般腐朽了的人们以及无知的人们的气。我和他共事，不过半年，两人一同游过几次公园，看过几回电影，算得了什么呢？真无聊透了，同事们那不投机的眼色，和带刺的语调，到现在想起来，还觉得讨厌。呵！这些正人君子，真是少见的珍宝，古色黯然，大可收藏之故宫博物院，以供众仰。我们之所以去游，也许就是这原因，不然，为什么呢？可惜，我并不怎样爱他，不然，我倒要，我偏要和他常常接近接近，招摇过市，要看看人家把我怎样。

家里人都先后起身了，我走进卧室，收拾好一切，吃了点心，又换了衣服，比平常华丽一点的。目前，我不是一个教师，并无须故意穿得那末朴素，表示我是专心致力于教育而毫无外骛的。不过，我又怀疑，又好笑。我为什么忽然要稍稍打扮起来呢？真无聊啊！我并不一定要去会卓然，我只觉得我要出去走走。即使去会卓然，我怕卓然识破我吗？我不是阔人，他也不是豪富。我穿着合乎自己身分的衣服就行了。况且我只有这末一件好衣服。我为什么尽其所有在人们的前面张着虚伪的旗帜呢？用虚伪去蒙蔽理智，真是不应该的。但是由我自己推想到别人，我觉得一切的人都是蒙着虚伪的兽皮，真的原形的人是看不到的。不是吗？想来想去，我真不想到那儿去，什么地方都不去。我想把蒙着兽皮的我撕得粉碎。但我在室内徘徊了一阵，我的脚终于跨出房门了。虽然没有方向，没有固定的目的，然而不知不觉，我的身体毕竟还是往卓然的寓所移动着。

走到的寓所，敲敲他的房门。门开了。他惊喜的欢迎我，忙着收拾桌上没有写完的信，忙着整理桌上的书籍，一边笑着说："密司苏，好哇！请坐请坐！唅，伙计！"

乘人不注意，他又忙着把茶几上的烟卷头扔在痰盂里。看着他那慌乱时的勉强镇静着的样子，我觉碍很可笑。就笑了一笑，可是心中怀疑着；要女人来，才整理打扫吗？

伙计来了，他掏出铜子吩咐买饼干瓜子之类的东西，而且生怕来不及招待我似的命令着："快！快！"

"刘先生在家里很用功啊！"我这样无聊的问。

"没有，没有。天天在外面跑。为着生计，不能不未雨绸缪啊！……密司苏——下学期——大概——？"

"我打算闲居半年再说。实在书也教厌了，也没有相当的机会，听说刘先生要到上海去，真的吗？"

"还没有决定，因为那边的待遇也不见得怎样。密司苏到过上海吗？"

"没有。家兄在上海。从前来信过，如果我没有事可干，不妨到他那里去。有机会，倒想去看呢！"

"呵，令兄在上海。那好极了。如果密司苏一定去，我决定奉陪。"他停了一下，瞧着我继续说：

"我觉得一个人的生活，最好能够常常变动一下。整年整月在一个刻板的模子里兜圈子，所见所闻，都不免是陈腐的，平庸的，无生趣的，像蚯蚓老遇着泥土中的生活一样，那真枯燥无味。人不能像蚯蚓那样没出息，世界也不像泥土里那样死板简单，所以我觉得一个人的理智要多方面的运用，肢体要多方面去磨练。经验便是实学，乱冲乱闯才有进步。一个人的局面，是全靠自己去开创，全靠自己去改变的。比如我，办过学校，做过小官，也过过军人生活，东飘西荡，我也不知道，何处是归宿。有了职业，固然可以生活。没有职业，也不曾饿死。冻饿固然很痛苦，但老在温饱里过日子，有时也觉得无味。危险是可怕的，但有时安乐太过了，也觉得厌倦。人生真一个谜，谁都不能断定谁的将来怎样。那儿能生活，就往那里走。一句话，生活时时改换一下是有趣的。"

"是的，刘先生的话很不错。不过，我以为倘是过着有意义有价值的生活，虽然没有多大趣味，那倒也不一定要变换。譬如认定教育有价值，就在教育的范围里去探求，去改造，这中间就有无穷的转变，这中间就有无穷的生趣。至于本来是当教员的，一时兴起当军人，要当医生，离开本行去干外行，恐怕于人于己，都没有好处。并且一个人也不必一定要在各方面去经验，因为世界这样大，社会这样复杂，精力有限的我们，自然不能弯弯角角都游历遍，自然不能一切稀奇古怪的事都经验到。人固然谁都要生活，但纯为生活而生活，那就未免太平凡了。虽然变化多，也不见得有了不得的意义吧。"

"当然当然，我说的也不是以生活多多变化为原则。不过能够变换一下也是好的。这里的所谓变换，也不一定要抛却个人的主义，个人的素愿。我所说那儿能生活就往那儿走，这不过是换换地方而已。如果无路可走，要干一干违心愿的无价值的事，为生活，我觉得也是可以原谅的。"

听了他的话，我只有笑。对于他的议论，实在我也有些迷惑。寻不出更高的理论，把握不牢一个中心的思想，把他的理论驳倒。我们都是失业的人，离开教育，就不可生活吗？谁都想生活，在无可奈何之中，除生活，还有什么谈的呢？不过，在我的脑中，我是认定自己的生活也有一个范围。离去这个范围，就不生活也行的。我不敢赞同卓然的唯生主义。我相信，有时候是生不如死的。

伙计回来了，带了些点心。我们随便吃了一点，又谈了些琐屑的话，便告辞了。

午饭后，看了二十几页的陀斯妥夫斯基的《穷人》。写了一封给堂弟非文的信。

六月二十八日

屈指，寄给哥哥的信，该已递到了吧？

每当我告诉他以自己在家所受的委屈，他总安慰我，嘱我拿出勇气来，不要无聊的苦闷。勉励我随自己的志愿去求满足打倒一切魔障，作个特立独行的新人，牺牲奋斗，往前冲去。但我应该怎样去牺牲奋斗？他自己在怎样牺牲奋斗呢？当他的生活的印象在我的脑子里模糊了的时候，他每每以干文字生活的话答复我关于他的职业的询问。然而在报上，在杂志上，并不常常见到他的文字，书坊里仅仅排着他两三年前的作品。他时而广州，时而福建，文字生活要这样劳苦奔波的吗？他说在什么地方办报，在什么地方教书，但是劳碌所获，前年仅带着强悍冷酷的阴影和全套奇怪议论回家，备受父亲和继母的白眼。近年来，他是连自己那个身干也不送回来给我们瞧瞧了。神秘的哥哥，从前你要我无事可干的时候，到你那里去，现在你妹妹真的要来依靠你了。这样无用的妹妹，不会牵累你吗？

并不是为着卓然也想到上海去的便利，完全是出自自己的好奇，于是，我试探着父亲商量到上海去的事。父亲对哥哥只是谩骂，说不要家庭，忘恩负义，丧心病狂。但他对我到上海去的事，迟疑了一阵，终于听我自己作主了。若不是怕我坐吃山空，怕我像赘疣一样惹继母生厌，父亲是决不允许的。好呢，真个当水一般看待，要把女儿泼出去了，在我拿不到薪水，而反要在家坐吃山空的时候。

午后，颇觉沉闷，带着《穷人》在中央公园绕了一个圈子，便在水榭边的石堆上坐下。一页一页的翻阅着《穷人》，满想在这伟大的作品里得到一点发现，以资观摩；满想在这伟大的作者的灵魂里得到一点认识，可是看了第二段，便忘了第一段。看到第二页，便忘了第一页。心里好像有个无穷的大漏隙，什么都盛不下。灵魂的深处，好像有什么在穿凿，凿成了碎片，剪成了纷丝往四方八面飞散。书本和我仿佛是陌生的朋友，不曾有一丝的默契。我真不知自己这样轻浮，这样意志薄弱的。

游人渐渐多了，多了，把"僻静"推入了"闹海"。雅静的山水，倏变了鄙俚的荒野：幽默婉淑的花草，沦落到狂荡泼剌的淫妇

1

一般。到处是人，到处是冠冕的两足动物，连水榭边也络络绎绎的。他们全像幽灵，全像作祟的魔鬼，我说。无论谁，在这儿经过，总得留连一会儿，我每次抬头，总能接触许多道的眈眈的视线，心里愈想不看他们，却又时时去注意他们究竟是否还在瞧着我。这么，反使我眼睛所接触的视线愈多，心情潦乱，更加一个字都看不进眼。我是假装着看书来在公园里的游客前夸耀着自己是一个怎样有学问而且力图上进的有志女子吗？我是在这人欲横流中来卖弄着儒雅风流，来添浪增波，希冀有某种机会吗？我真不明白啊！我明明厌恶他们，暗地却又感觉着丑陋的自己也为人们所推重的一种愉快，本来彼此的目光相互投射一下算得了什么呢？为什么神经过敏的责备别人，而迟钝的宽恕了同样的自己呢？二十三岁的人，便装成古井无波的样子？外表装着巍然的道貌，柔弱的心田却又受不住石块压着似的苦闷，卑怯的女人呵！虚伪的女人呵！我只有自己羞惭，恼愤！

我决计不看书，挟着书走，往人稠的地方走。他们看我，我也索兴看他们一个痛快，但等到许多人追随在我的左右时，我甚至更羞惭，恼愤，榜徨无计了，幸而我在"公理战胜"的碑坊前遇着了卓然，他含笑走拢来招呼我，那些追随者才假痴假呆的走散了。我才稍稍心安一点，实际卓然和我有什么关系呢？这样广漠的翻阅着男女间不曾发表的心底的著作，真是可笑而有趣的事！

但是和卓然谈起到上海的事，一切的烦闷又把我那自由的意志奔放的心潮重重桎梏了。我索然的回家，把自己在小房间里幽囚着。

六月二十九日

不知从什么时候起，风愈刮愈大了，黄金的太阳给密层的尘土

243

包裹着，朦朦胧胧的好似郁闷的黄昏，我紧闭着窗门，满想与尘世隔离，然而纸糊的承尘依旧给吹得砰砰的响，桌上椅上到处铺着厚层的黄土，在空中飞扬着的，却无孔不入的尽往人喉鼻间钻拥，难熬的苦燥和闷热，几有令人窒息之可能。倘使人类是个两栖动物，这时我真想赤裸裸的钻进凉爽的水里，不再抛尸露骨在如此的人间了，倘使我能把自己分解成比灰尘还微细的体积，则悄然在许多尘土之间也可怡然自乐的生活着吧。但我是如此的伟大，如此伟大的我而竟莫能奈何如此渺小的灰尘！

想把自己勉强纳入雅洁清静的境界既是不可能，我只得禁抑着满腔的烦躁郁闷，拿本书来看看，但我看了《穷人》所得到的只有悲愁。看看《复活》，《复活》现在我眼前的只是凄惨的牢狱，我更焦烦闷热了，我索性丢了书本，躲在帐子里躺着去遐想，我这总仿佛舒服点。我们仿佛身入风和日暖的公园，苍翠的树木，芳艳的花，喜跃的啼鸟，标致而逸乐的游客……呵！我想入非非了，起首呢，我俨然是一个下凡的仙女一样，婷婷嫣嫣的旷达而和蔼的欢笑着，仿佛我的一举一动四周都充满着崇拜敬意的不可名言的情调。继而，我忽又变成一只小鸟儿似的，娇啼巧笑，在许多美丽温柔的手掌里狡猾的东跳西跃，实际却是闪烁的等候着一个最忠诚的，最勇武的英雄的提弄。但最后昂首环顾，我又觉着在这乐园驰骋着的英雄不是别人，而是我，我盯住那些俊俏的游客，凝神静气的拣择着可人的一个紧紧的追赶着，结果我勇敢的把他捕获了。那怕他是骗子，是流氓，是魔鬼，不管他的实质是怎样我只急急忙忙捉住那美丽的外貌，随心所欲的玩弄着，肆情的探求着，仿佛是战争，是嬉戏，是愉快，是凄清，也不知有天地，有人我，昏昏迷迷的，我终于瘫软了，溶化了，支解了，也仿佛满足了；但认为这是一种满足之后，却又倦怠，厌烦，而且忏悔了，最后我沉沉的睡去。

经清晨到现在，不过五点钟，这五点钟直同五世纪一样的悠久，我梳洗毕，同家人午膳，进膳时，我怕看父亲的脸，怕看继母的脸，心中横着不可挽救的羞惭，觉着这羞惭兀自有压倒自己的生命的力量。我糊乱的吃了一点饭，便退入卧室。

下午卓然来访。我们在客堂里谈话，父亲也加入了，我们谈到上海去的计划，最后决定在七月五日前起程，不管哥哥有没有回信。父亲是无可无不可，只是卓然走后，痴痴的瞧着他的背影，好像心里在说："这姓刘的该靠得住吧？"

想起行期决定之后，不久就可离开此地，心花不觉开放起来。

晚边，狂风息了，飞扬的尘土敛迹了，我开了窗；掸了一切上面的尘土，痛快地洗了澡，用冷水浇了庭院，浇了花草，将睡椅从卧室内搬出来躺着，对着东边天际的彩霞，不禁沉思而微笑。

六月三十日

今晨起床稍迟，四肢无力，头脑昏闷，全身发热，仿佛大病将临的样子。后来才知道是……。照已往的情形，我不常有这样的病态的，是昨天那回事的缘故？是天气酷热，自己脑闷所致？我真不解，以后我得痛改前非，不再像昨天那样的无意识了。写在日记上，多末丢脸呀！多末难看呀！不过，这样，也可说是我犯罪的宣布。我要使自家看了生厌，厌了或能永远绝灭这无意识的行动吧！

本来，在时代的潮流急转直下之际，男女间关系的颓废，紊乱，堕落，放纵，差不多日益加甚了，性生活既没有准绳，性道德也没有定论。妇女们或者回避潮流，怀疑时代，或者感到恋爱的阙如，感到物质保障的摇动，或者感到育儿的苦痛和累赘，感到成了眷属的不自由，于是不敢从事结婚，更不敢自由的企求性的满足，宁肯让青春跟着流年飘逝，让欲火在心底燃烧，燃烧得走头无路遂行自渎。自渎仿佛也是一条无路可走时的一条路，可是这样的去求满足，满足以后，不仍然是个空虚，厌倦，苦闷吗？那末横竖是苦闷，就让那原有的苦闷继续着不行吗？权且当这种苦闷也是一种快慰不行吗？倘是不这样，甚至进而抛却自己的矜持与羞耻的观念，勇敢的完全依照自由意志去追求。试看看满足之后的幸福与快慰又在哪儿呢？除非她是过惯浪漫生活的人，鲜有不给潮流冲打得体无完肤的，鲜有不匐伏在时代的后面呻吟着的。我承认我的思想太落伍了，但事实给我的印象实在太深了，我觉得在半开化的中国，在能力薄弱的女子，这不过是个悲欢无定的游戏。在今日的中国社会情形中，这游戏说不定还是在女子方面牺牲独多吧。

这真是海一样，有时风平浪静，有时是波涛湍激，但人类决不因为它有灭顶之虞，便永远停止船行的。不过，在波涛湍激之时，我们要顶防灭顶之祸，但少不了一个救生圈——审慎与坚忍——把住了这救生圈，或能比较平安的达到幸福之岸。

常常看见许多妇女们，废寝忘食的成天打扮着，仿佛专为到海里去航行一般的；仿佛她的生命不在这海里去投奔，便不能维系似的；仿佛除了这事业之外，天下便没有值得一顾的；仿佛除了这以外，没有值得去追求的，说来，真是可悲得很！

别再跟她们发狂了；也别再像昨天那样作践自己了。没有可爱的人并不是一件可悲伤的事，因为你自己高于一切，并且你自己也不曾热烈的爱过人。没有人爱我才是可悲伤的事，因为你自己的灵魂太卑劣了，你应当有伟大的灵魂为人所推崇敬爱，你也该使世间至少有和你同样的人，为你所推崇敬爱，看轻两性间肉的恋慕，把爱的观点辉煌广大起来，打整个的心灵，毕生的精力，在伟大事业上去苦闷，去追求满足，这满足必不是厌倦，空虚苦闷，无意识的。

如其你不获已要和一般的女人一样苦闷着，而又不把住一个救生圈
——审慎与坚忍——那末灭顶之祸就在眼前，这波涛是足以吞食无
量的你的。记住了，可怜的瑜，审慎与坚忍！

七月一日

七月又开头了，数数家居一星期多的时日，唉！我快走到生命
的尽头了。这一星期我干了多少的事情？我得了多少心灵上的修练？
只是傍徨的感到前途的渺茫，感到生活的无聊与烦厌，就这样把时
光推着走，把羞惭的痕迹在额上深深地刻着。可恶的瑜，你赶快消
灭了吧！你知道你自己是多么的讨厌啊！

和卓然约定在五日前赴沪，赴沪之后又将怎样呢？到了那儿又
将赴何处去呢？这岂不是走来走去将无处可走吗？将会走到世界以
外去吗？这且不去管他，可是行期就在眼前，我没有钱，我将怎样
走法呢？我真悔不该把行期约得那末短促的，我尤其悔不该平日不
曾积蓄几个钱。倘是一元一元的积蓄着，到今日也该是个数目了；
而且我又没有值钱的东西，可以送进当铺，即使有，谁给送去呢？
贫穷得至于想拿东西去当，而又没有东西可以拿，再贫穷下去，岂
不会连自己也当了吗？找父亲请求，他不会为难，不会烦躁吗？找
孟霞，找文芷，但我怎样开口呢？即使他们答应了。我能在那时还，
用什么方法还呢？不，不，我应该告诉卓然，决定等哥哥回了信
再说。

想写信给卓然，不知如何还是下午亲自去了一趟，我告诉他展
期起程的缘由，但把没有钱的事隐瞒着，他起首现出怀疑的样子，
但也只得听我的便。唉！我若有几千钱，就早走几天也不妨的，但
我没有钱呀！谁知道我连这点钱也没有呢？在没有到上海去的动机

以前，我难道不知道吗？那时我到那儿去了啊？我死了吗？唉，真该死！

谈了许多话，我拒绝了卓然到公园去的邀请，便闷着回家了，我觉得这个人对我更加殷勤了，更加谦谨了，他该不有什么用意吧？听他平日言论的激昂与向上心的坚定，再看他平日待人接物的那末样稳重，似乎还不致如一般浮滑的青年那末堕落。但我应该采择怎样的态度，应付出乎自己的预期的事态呢？我应随时留意，随时观察，镇静而协力的保持着彼此的朋友关系，虽然我并不讨厌他，我也无权禁他对我怀着怎样的意念，但我应该无形中对他表示自己不是个极端枪头的女人，不是个时代潮流的点缀品，不是肯虚伪的恋爱里悲角的人，或许能启发他，暗示他对于任何女人应该有一种怎样的态度与观念吧！我顶恨一般女人，当她将自己动摇的心和易与的感情招致异性的怀恋，等到异性怀恋她了，随即又收敛了那不真实的热情，甚至为着不必要的临机应变，顿然牺牲了真实的热情而挺出虚伪的庄严的架子，又把怀恋自己的人当众羞辱着，以为自己怎样规矩的了不得，以为世界没有什么事比这个办得还好的。我在公园就看见过放荡的女学生把男生引诱到家里而叫警察来把他拘去的事，而法律也竟如奸险者所设的梦一样，那真实的勇敢的人偶一不慎，就被捕获了，这世界真令人瞠目而结舌的。

七月二日

上午，孟霞来访。

近年来，我对孟霞真太冷落了，虽则她对我依旧很好。回忆从前在师范学校共读时，我们仿佛谁都离不了谁，彼此对于功课的切磋，对于婚姻互相的期许，对于前途互相的勖勉，真是谁都深深的感觉到交友的快慰，谁料到几年下来，我呢，家庭里变故纷乘，完全沉淀在悲哀枯寂中，而她却过着少奶奶式的生活；阔绰，虚荣，把她完全改造了。一个是仿佛自己满足着而对人显出一种怜悯的气概，一个是觉着那种满足的无聊而喷着傲倨的势焰，这或许是我自己的设想，孟霞或许没有这种感觉吧！

她说她可荐我到她舅父那里当家庭教师，除供膳宿外，还可每月到手二十元的束修。她的关切是难得的，但我要二十元的束修干什么呢？一个人何处不可生活呢？我不愿依赖她的人情而活着。并且富家子弟在我的眼里，不过是巴耳狗一般，不易成材的。以全幅的情神牺牲在难于成就的一二个巴耳狗身上，我觉殊不值得。我情愿到上海去飘流，去领略落魄穷途的况味，去经历诡谲的人海之波涛的打击。

我把她送走了，好似战胜一切，实际我有什么可自傲自慰的呢？我一无所有，钱财与品学我一无所有，我只有一肚子的牢骚苦痛悲愁，这算得胜利吗？我很后悔以这乖僻的态度对付这样好心肠的人。要知道能表同情于自己的人，那便是值得自己去同情于她的人了。以后，待人接物，最好把自家放在自家以外的场所来体验一切，应付一切，或者于心稍安一点吧。

下午，哥哥的信到了，嘱我数日内起程，到上海法租界紫莱街ＸＸ号找吴杰，一页简单而潦草的信，带着多少安慰来呀！然而这安慰一刹那便又将我推入荒漠的愁城了。我的旅费在何处呢？并且这吴杰又是谁呢？不管它。筹备吧！赶快的筹备吧。

我将信给父亲看，父亲起首很怀疑，但终于为我坚定的意志所屈服，他问我起程的日期，问我路费有无办法，我告诉他我还有七元的储蓄，他便一口应承再给我设法三四十元。好了，没有问题了，事情进行得这样顺利，我真应该快乐呀！

慌乱的写信告诉卓然，准在四日起程，便忙着整理行装：箱子啦，柜啦，母亲的遗箧啦，一一的打开，唉！这所有，没有可以带走的，这不过是重温一回家庭生活的旧梦，陈迹的摩娑，徒然令人感泣而已！不是吗，那残余的石笔我曾用以教过亡弟绘画写算，几笔的涂鸦，他却能描写出滑稽而丑恶的人类缩影。那把上了霉的旧木梳，母亲曾用以梳过我童年的头发，在今日回味来，在母亲怀里的况味，分外觉着那梳子的珍贵，那是梳着我的心灵，整理着我的理智，摩抚着我的筋肉的。可是于今弟弟和母亲呢？物是人非，真令人伤感。

好，我什么都不带，书籍啦，纪念品啦，凡是无用的，使我流过不快之泪的，什么都不带。行李务求简单，今后的生活也务求简单，免得简单的身躯为众多的生活而吞没。但是母亲的遗照，我是舍不得的，母亲！你的女儿行将万里长征了，前敌的情形还不知怎样，胜败悲欢，全不由人预算。母亲！我哭时，有待你的劝慰；我创伤时，有待你的抚摩，我堕落时，有待你慈和的指责，无论赴汤蹈火，无论到生命的尽头，世界的尽头，母亲，你的女儿是永远依恋着你的，仁慈的母亲呵！你的灵魂永远照临在头上吧。

（原载一九三四年二月《矛盾月刊》二卷六期）

节 妇

仅以八元的身价，阿银在十岁上便被卖给候补道夫人做小婢。

候补道大人姓郑。那是清末一个大饥荒的年头，他老人家每月三百元的乾薪也不能按期领，本无意化这末一笔巨款来设置这个赘疣的，而且自己年过半百，儿孙成群，更不必指望渺渺茫茫的将来在这小妞子身上得到安慰；这全是夫人的心肠太好了，太慈悲了，阿银的妈在冻饿中本只想将阿银卖上四五元好救救自己和怀里的孩子，好几天也无人过问，而候补道夫人却肯以八元慷慨的收买了去。

在当时，这义举阿银也懂得的。

革命以后，候补道大人挈眷退隐乡居了。十几年的乡居，阿银的日子过得很不错，先是只受点呵斥，轻微的鞭打，或罚一天不准吃饭，一夜不准睡觉；先是只服侍候补道夫人；沏茶盛饭，倒马桶，洗衣裳；先是只能吃剩饭残羹睡地板，穿仅仅不致冻死的衣服；可是夫人在几年之后去世了，阿银可就交了运。她不再受打骂和冻饿，也不必担任过劳的工作，她服侍候补道大人，吃好的，穿好的，而且可以睡在候补道大人脚边，当天冷的时候。至于最近的几年，她的生活变化得更加神速了，好像和牛呀，马呀，截然不同似的，原因是她渐渐的长大了，已有十八岁，而且长得很不错，明眸皓齿，身材苗条，懂得大家规范，也能井井有条的帮着太太们处理家政，差不多这家人家似乎少不了她。尤其是候补道大人，儿孙都在外面供职，失了老伴，自然更少不了她。

"男大须婚，女人须嫁，"这在阿银似乎不在乎的，而候补道大人却认为是不可违背的古训，他决意将她嫁给自己；自己的年纪只比她些微大了五十多岁，身体健壮，对于这件事也很需要，而且自问是能毂胜任愉快的。顺从惯了的阿银，也很识抬举，用不着别人征求她的同意，她在无声尤息中似乎早已首肯了。

实在，候补道大人是年高有德的，毫没把这件事当儿戏，正式结婚的这天，亲友都来了，长男柏年早就由北京带着家眷来祝贺，比阿银还大的长孙振黄离职由上海赶到家。结婚仪式是行的文明结婚礼，男女相对鞠鞠躬就完事，这是很合潮流的，所以大家对于这对红颜白发的夫妇并不觉着怎样出奇；不过在行家庭见面礼时，老头儿却踌躇了一下，口里虽是掀须的忸怩的微笑着说："兔子罢！"但还是由长了胡子的孩子们，快要做爹的孩子们，胡乱行了一顿礼。不过阿银呢，当长男循例叫她"亲姆"时，她低着头，红着脸，不知要怎样做才好。她从不曾梦想到会结这样阔气的婚，新婚之日便有爹似的孩子叫她"亲姆"的。至于长孙和别的孙儿女们叫她"太婆"时，她觉着有些苦恼，对于这奇迹简直昏迷了。这些孩子们往常在家时不是拖着她的辫子当牛马一般牵着玩吗？这些孩子们往常不是粗糙的恶毒的叫着"阿银""死鬼"吗？她是已经习惯和他们那样子的，于今全变了。

总之，婚是结过了，在阿银的一生中总算是尝过了一回女人的滋味，总算是过着新鲜的生活，遭逢一回不很平淡的事。在有的小家气的女人们或者以为自己的地位一旦致于青云之上，免不掉借着"亲姆""太婆"来振作一番的、而阿银却觉得这尊称是僭越，是嘲笑，是侮辱；幸而这僭越，嘲笑，侮辱没有给她鞭打的苦痛受，她便像老丫头一样一切都习惯了。她照原先一样做人，替候补道大人泡茶倒水，见了长男叫"老爷"，见了长孙辈叫"少爷"，见于无论谁依然是低首下心。好像这结婚只使她麻木了。她的身体上虽是起了点变化，她的心灵上却依然是很板滞而宁静的。她没有尊贵，她没有踌躇满志，她是年龄太轻了，她还是候补道大人的丫头，或者是他亲爱的孙女。这新鲜的生活她是没有发现一丝一毫的新鲜的！

婚后的一年，阿银公然做了母亲了，一个男孩子的母亲。候补道大人依然没有把这事当儿戏，孩子满月时，办了隆重的满月酒。这对于阿银的名分上还很过得去。阿银也很知足，全没把自己视为一品夫人而骄傲。她无声无息的尽母亲的职务，犹如尽丫头的职务一样。这抚育孩子的事，在她，不过是替候补道大人倒马桶洗衣裳等等的事务上加了一件而已，阿银还是往昔的阿银。

候补道大人没料到在七十二岁上便与年轻的妻子长辞了。这时阿银还只二十岁，孩子刚一岁。

在这悲境里，阿银也跟着大众哭的，她是寡妇了，披麻带白，长日伏在棺下，别人哭，她也哭，但哭过之后依然是安静的，无忧的，好像叫化子，丫头，亲姆，太婆，寡妇，这全都一样，无所谓喜，无所谓愁；总之，是已比囊日跟着母亲在北风呼呼尘埃扑扑的通衢中追着车马讨钱的时代强远了；总之，除了生活着而外，阿银是从没把过去未来的一切计较过，推敲过的。阿银是哲学者，是超人吗？不，阿银没有这资格的。她没领教过人生的丰富的滋味，没有一种好的灵感鼓动过她潜伏的热情，没有强烈的刺激兴奋她生命的力。她是昆虫，动物，可有可无的在这世上占着空间，做乞丐，做丫头，做亲姆，太婆，寡妇都无可无不可的。

丧事在纷忙中料理清楚了，全家的注视点都集中在阿银身上了；年轻人的主张，颇有赞成阿银如果愿意改嫁就改嫁的，而柏年和族中的长老总觉着阿银是正式的，且养了孩子，改嫁在官家人家是太不成话吧。她是应该守节，能守几时就算几时啊！于是阿银在候补道府上守着。守着什么呢？守着把孩子养大好靠孩子吗？守着候补道大人的牌位，争这口气，世代书香的名气吗？希冀在五六十年后有人给立贞节坊，有总统之流赐给褒状吗？阿银全没设想这一切。守与不守她全可以随便的，反正无论怎样这都像是丫头的职务似的。

奔丧的游子游孙们为职务的关系又各自分散了，陪伴着阿银母子的是候补道大人的第三个儿子两夫妇和一个寡嫂。

这一来，在家人的眼中，阿银是没有地位的人了，没有丈夫，没有人宠眷，也没有了不得的生产力使全家都服服贴贴的不说话，而且她那种平安无事的态度也使人讨厌，那吃得肥肥胖胖的身体与乎一切青春少艾的表情都令人作呕。她配像一年前那般的享受！她应该恢复绝顶的丫头的生活，因之她不免受些闲气与奚落。但这于她没有什么，她做惯了丫头，她便努力的从事各种的操作，刻苦自己，菲薄自己，她自己觉得依然过的很不错。

但这种安分守己的生活也能博得人们的垂怜，因为柏年知道她乡居的不融洽，乘着同乡来京之便，把她带到都门了。

将到京的时候，柏年雇着汽车在前门车站等着，他没有小看这年轻的亲姆，直等着她到夜深。

十二点半的快车到站了，他伸长着脖子站在铁栅门外数着一个一个的旅客。在人堆里，他发现姗姗来迟的年轻而美丽的亲姆，抱着孩子跟在两个同乡的后面，他热烈的欢呼，和同乡的寒暄，和亲姆问安，和孩子拥抱。同乡的走了，他将亲姆拥上汽车如同照顾自己的女孩儿似的，然后自己也跳上车，坐在亲姆的旁边。车在黑暗中前进，颠颠簸簸的他两几乎有时是偎倚着了。这颠簸，这偎倚，把年轻的孤苦的少妇的心由宁静中掷到波浪里去了，她差不多要感谢他那种流露着的欢迎的盛意，而且差不多领会出自己应该去感谢他的好处来的。

但是在车中只是摸不着边际的问答，而且是不大自然的。

十几年的暌隔，都门的一切是全变了，除了灰尘扑扑的马路和坟墓一般荒凉的矮屋：阿银旧地重游，回首当年，免不了暗抛几点伤心之泪。

幸而柏年全家都对她好，她的生活差不多要超过初做亲姆，太婆的时代了。

在一次午饭的时候，柏年夫妇忽然目光凝视着阿银头上蓬松的头发，用商量的口气说："亲姆何不把头发剪脱？"

"剪脱不难看吗？像我这样的人？"

柏年微笑的看住阿银，阿银感到他那种奇异的神情，很不自在的。

"于今的姑娘奶奶都时行剪发啊，像我三四十岁了也跟了她们剪了呢！剪了发几多轻便啊！"柏年夫人怂恿着。

"像别人，剪了发也还好看末，剪了多末省事啊……"柏年在旁凝视着阿银，打着边鼓，而且诡谲的笑，直把阿银的头都逼得低下去了，连耳朵都红了，最后也就忸怩的笑着认可了说："也好，下午就请太太替我剪了吧，要到外面去剪我是不惯的。"

剪了发的阿银又另具一种风光了，更年轻，更标致。在柏年的计划中觉着可惜的是少了一件时式的旗袍，于是："亲姆也很可怜的，年轻轻的守着寡，到北京来一趟也不容易的，替她做件把衣服使她快乐快乐吧。"这样向夫人恳求着，得了同意以后，不久，阿银便有好的旗袍穿了。

穿了旗袍又剪了发的阿银，不消说柏年更加不敢小看她的，上电影院，上城南游艺园，听京戏，全有阿银的分儿；阿银也不再自卑，不再过分的宁静，她满心欢悦的承受了这一切的快乐，她过得比以前更舒畅惬意！实在，她渐渐的有些明瞭为什么人家要使她过这样的好日子，她心旌摇摇的带着感谢的私衷来安排以后的一切。

两个月的快乐日子过去了，柏年夫人不幸得了病，被送进医院；家人是整天的在医院里出进，柏年阿银也常在医院里出进。可是日子拖久了，阿银是有孩子的人，不便常在病院里去吵扰病人，只在家照料着一切，而柏年也忽然不像以前那样守候在夫人身边，却趁着闲空奔回家厮守着阿银。

那晚九点钟的时候，柏年由病院回家。孩子们全睡了，柏年在阿银的房门口徘徊好几次。阿银不知他在忧虑着什么，她抱着将要睡熟的孩子从床沿欠起身来低低的问："太太好了点吗？"。

"谢谢亲姆，她好得多了，个把星期就要出院呢！"

这是多末好的机会，这是多末体贴的询问！柏年毫不踌躇的走进去，阿银胆怯的恭敬的将身体慢慢的移动，好像要将孩子放了，来倒一杯茶的样子。

"亲姆一个人不冷静吗？"说着，柏年半步一移的只想走拢去。

"还好，"这时孩子醒了，阿银对着他嗔骂着；"小东西吵得来！"

"总算乖的，这样小的人……"柏年微笑着，伸出手走拢去："毛弟弟，我抱抱，我抱抱。"

柏年往前进，阿银往后退，最后是坐在床沿了，而柏年的手却伸过孩子的身体了，而且在拥抱的姿势之中顺便在阿银的乳房上来了几个花样。阿银的脸红了，头低了。她的心在砰砰的跳，她不像和从前一样的麻木，她微微感到生命中的某种的承受之需要。那由胡须边传出的蒸气是多高热啊，这个有胡子的人飘来飘去，时近时远，是多敏活，多勇敢啊！这都是不能在候补道大人的龙钟的身体内所能发现的宝藏，她昏昏沉沉的回味着推求着自己应该怎样顺从他报答他而获得的那种"好处"，曾经在汽车中幻梦过的"好处"。

孩子在老阿哥的手里起了不安，于是没有被玩弄多久就仍然传递到母亲的手中。在传递之际，柏年差不多是带着微微的抖颤偎倚着这年轻的母亲的；照样，那传递的手是盘旋于她的乳房这一带的，而且渐渐的那个四十多岁的胡子脸是往下移，移到孩子的脸上，移到母亲的胸脯，慢慢的上升，去到母亲的下颌，骤然之间，那个于思于思的口和光溜而红润的那个接触了。

"亲姆。……"是一个低柔的声音。

阿银没有响。头搁在自己的胸上，胸在起伏，她明明白白的知道长男是要承欢膝下了，她脸透红的，沸热的，渐渐的把头向床里边移，当那个胡子脸逼到床里边时，她又慢慢的向外边移。

"亲姆，亲姆，我们来一来，……快！……快！……"

阿银仍然没有响，手里的孩子给夺去放在床上了，以后的一切谁知道，只有室内一点微薄的洋灯光照见那个疯狂了的胡子在……

在一种诱惑的冲动中，无可讳言的，阿银又被结婚了。在这种结婚中，阿银还可以说得到了一点的好处，可以说是有几分情愿的。她好像渐渐的脱壳了奴婢，开始在作人了。她的心灵上发生了一种油然的生趣，身体上出现了一种天真的活泼，她不再无可无不可了，不再作婢女，亲姆，太婆，寡妇了，在她的生命上感觉着一种不可名状的需求与满足，在这样的少妇的生活中，长男真没有冷遇她，她生活得比从前更好。

柏年夫人病好了以后，一切似乎都感觉一种不便。夫人虽是没有发现什么，然而阿银自己觉着有些恐惧。她没有地位的，糊糊涂涂混下去，那堪设想吗？况且柏年夫人是那末庄重干炼！就是柏年自己也觉着不甚妥当，那是逆伦的事，传扬出去，于阿银没有什么，自己的家声，个人的名誉，地位，不全都毁了吗？虽然可说是干着自由恋爱，但在他这把年纪，有胡子的人，私通着先严的继室，这一切是定规会给毁了的。他想阿银还是离开这里，最好仍然回乡下，过年把又接来住上几个月就是。和阿银暗地商量了之后，阿银也认为是对的，非走不可。各自的心中没存留多少恋爱的情趣，只隐隐的瞧见许多许多的祸灾，如燎原之火一般，一发便不可收拾似的。

虽是暂时狠了心，柏年并没有薄待阿银，买了些衣料给她，买了些食品给她，这都是商量好夫人，当众给她的，至于私地里塞给她手里的有一对金戒指和钞票，一卷绸手巾和两瓶香水。

临行的时候，阿银脸色很难看。她恋恋于这样的生活吗？这是不由人恋的，也不见得有了不得的可恋的所在；不过回去受闲气，受奚落，操过劳的工作，月月年年板板滞滞的活着，那真是太难了。至于柏年呢，他当自己和阿银这次的把戏不过是平常生活中的"外快"，他有资格，有地位，有名誉，有金钱，而且有老婆，"外快"是不能列入决算的。他倒是没有什么。

柏年和夫人带着孩子们送阿银母子上车，将她介绍给铁路上一个职员，托他沿途照顾一切，要她到上海别停留，在上海有长孙照顾，他已经有电报给振黄叫他在车站迎候的。

阿银离京了，她又退回了孤单宁静无情趣的生活中了。自问是回乡以后无再起之望了。没有人给与她爱怜，分担心灵中的苦闷。她尝过半点人生的滋味，她不能全无苦闷，这种滋味为时太短促，太易于使人一回味就泪落滔滔的。不瞒人，阿银在旅途中也偷偷的饮泣过的，也随便的悲愁过的。

车到上海，已经下午五点钟了。车站是如此的广漠而陌生，天气是如此的寒冷而凄暗，无情的雨老是下着；阿银怎么办呢？她叫茶房将行李提出了月台，坐在长椅上守候着一个熟人来招扶，她没单独的出过门，在这人海中，她将怎么安排自己呢？长孙振黄没接着电报吗？没有知道火车到站的钟点吗？这不糟了吗？

旅客们差不多都已出站了，她好容易数清在站中徘徊着的许多人。在许多人中，她远远的看见一个穿西服的青年，他正斜着眼珠在看她，她也注视着他，她好像认识他，想立起来招呼一声，那青年也好像认识她，才大胆的慢慢的走拢来，冒昧的试探着问，因为他们改了装了，虽然别离了不久。

"你是……"两个年轻的脸子逼近之后，忽然完全认识了。"呵，太婆，我几乎不认识了，哈哈！"

"是的，我早就看见大少爷的，又怕不是的，没有敢招呼。"

"好罢，我去叫车，太婆……父亲的电报说您今天定会到上海，我上午也来过的……"

阿银喜得什么似的，红着脸只是微笑着。她抱着孩子，在车站徘徊的急切的等候着叫车去的年轻人！

三辆车叫好了，即刻人和行李载到惠中旅馆的门前；下车以后，在惠中旅馆三楼上升了一间清洁的小房子。茶房拿了簿子来，问明了一切，在簿子上填着"郑""二位""由北京来"。

茶房泡了茶，倒了水之后，出去了，振黄也觉着太婆刚下车有自己在房里也许有些不方便的，也即刻退了出来，在外面买了些香烟糖果之类的东西又走进房。彼此重新寒暄了一阵，粗枝大叶的淡过了乡下，北京，上海的情形以后，振黄带着滑稽神气说："太婆是几时剪的发啊？——这旗袍是在北京做的吗？很时髦呢？"

"是的"，太婆红着脸，向孩子打趣："孩子，快看，洋人，洋鬼子。"

两人四目相视的微笑。

室内又寂静了，是和谐的寂静。

晚餐是一个丰盛的晚餐，还有上等的玫瑰酒，这些是振黄特意备的。饭菜是阿银吃不下，然而振黄殷勤的劝，酒是阿银平日不沾口的，然而阿银难却的尽量的饮，振黄自然不消说。阿银是生怕白化费了钱吗？是故意不装客气吗？实际这其间，恐怕阿银自己也不知其所以然的。阿银又快要从荒凉孤苦中解救出来啊！她要趁着青春尽量的陶醉啊。她他都是年轻人，斗室里又没有第三者。

夜已深了，天还是下着雨，阿银很感着疲倦，但当振黄每一提及要回去了，她总说还早，多坐坐是不妨的。然而说"要回去"是不能不回去的，时钟敲了一点，振黄只得苦闷的坚决的走出房，阿银倚在门边遥遥的目送，等到他在扶梯上回头望了最后的一望，她才懒懒的，缓缓的将门轻掩着，下了锁，上床了。

直到破晓时，阿银才熟睡。

第二天早上，振黄来了，阿银从床上爬起来，开了门，两人相视笑了一下，就把门带上了。阿银的衣服都不曾穿好，扣好呢！

"我打算把几天不办事来陪太婆到各处白相白相。到上海一趟不容易啊？"

"都是自家人，客气做啥呢。"阿银偏着头，微笑的回答。

谁都只是微笑，红脸，继之以沉默。

阿银梳洗之后，和振黄一道吃了饭，饭后在先施永安新新的商场里兜了一个大圈子，又还在外滩公园逛了许久。在公园里，两人轮流抱着孩子，一壁低语，一壁偎倚着走，可没有挽着手，搂着腰；走累了在水边的条椅上坐下，谁都不说话。振黄是看着船，船是无情义的船，它有权力命令着离人说："跟我走"。它在人类的情感中拆过多少的烂污，载着多少的情人离开他们的伴侣啊！阿银是看着水，那水是何等伟大哟，船在它上面游戏，如同微小的臭虫一般的，它破碎了即刻便又凝结而为一体，它有多末坚强的力哟！它起着狂波细浪，抵抗着船呵，岸，人生不能这样自由的起着波澜吗？只能像粪沟的死水一样，生着蛆，或无意义的老给太阳曝得焦干吗？阿银于今也爱思虑了，她觉着以前是一池的死水。

这年轻的一对默默的悠然神往的坐着，好像一根绳索把他们牢牢系在那里，好像有万千的言语不知从何处倾诉起才好。谁都只想倒在谁的怀里去，谁都在心里伸出那只热腾腾的手在身边等候着交握。

"我们回去吧！"阿银侧转头看着振黄微笑。

"好，回去好好的吃一顿饭再上北京大戏院看电影。"振黄也看着阿银笑。

在影戏院，那《情人》的影片使阿银的灵魂的根柢全然动摇了，这影片振黄是看过的。他故意拣了这影戏！戏情恰巧是描写一个少女嫁给老头儿的故事，经过许多的曲折，这少女终于改嫁给老头儿的年轻的书记，那不啻是阿银的写照，是阿银的生命的过程，是阿银的楷模。这生动的故事无形中给与阿银一种伟大的生命的力。阿银是由宁静而不安，而愤慨，而毅勇；由残秋转到新春，她要趁着新春焕发着辉煌灿烂的光彩，阿银正是春天呢！

在振黄的眼里，阿银也绝不是太婆，她比自己还小一岁，她脸色红润，饱满。她剪了发，穿了新式的旗袍。她是一棵开展的鲜花。她需要新鲜的雨露。起首他们彼此痴痴的互相注视，注视到各人透明了心田的愿望，便又羞缩了。羞缩之后，在黑暗中又各人将自己的身体装着不关心的向对方倾斜，渐渐的互相偎倚，终于两只赤热的手互相紧握着，好似没有归宿的灵魂给幸福熨贴得平平坦坦的。

一出了影戏院，振黄又带她走进爵禄饭店跳舞厅。动人的音乐哟，直把个阿银昏迷在极乐的宫里，那搂抱着磨擦着震跳着的一对一对的神仙哟，直把个阿银支解了，融化了。阿银几乎是死过了的人，于今她是投胎在新的世界，她是优游在梦境里。

两人回到惠中，已是一点半钟了，天又下着雨，点心是在笑谈中用过了，孩子是放在被里熟睡了，剩余的享乐的影子渐渐变成了寒灰，沙漠，苦闷，在这对榜徨者的心中。阿银时而皱着眉头，时而在脸上浮着苦笑；振黄交叉着手在室内踱着，两次三番故意走到房门口又踌躇的走回来。

夜是深了，天是下着雨。

"这末晚，天又下雨，你家里的门恐怕叫不开了吧？"阿银鼓着勇气开头说。

"唔——我想——怎么办呢？"振黄苦笑着支支吾吾的找不着决断的回答。

"那末——你就——随随便便不行吗？"阿银羞涩的将眼睛向他溜了一下，把头低了，慢慢的走到门口将门落了锁，振黄背着她痴望着窗户，暗自欢笑！

阿银坐在床沿，慢慢的握着枕边的电灯开关机，将电灯灭了，一忽儿又开了，一忽儿又灭了。长久的灭了。窗边的黑影渐渐的在床边消失。

阿银好像真正结了婚。

振黄将自己的所有，全部奉赠给阿银，阿银也将自己的所有和他的相交换。

阿银好像真正做了人了，刺激了，奋发了，强有力了，新鲜了，满足了，她是人间极乐的少妇。

在惠中旅馆一连好几天，阿银的日子过得真不错，无挂虑，无拘束。安逸的满足的不希望在这人世再奢望什么。振黄是和顺的绵羊一般的，对于阿银非常的多情缱绻。

为着经济而苦恼，振黄将阿银接到自己的寓所里住了半个月。这半月之中，他们过得真不错。

一天，振黄在公司里接了父亲的信，信中是询及阿银何日到沪，何日回乡等的事，振黄没回信。

又是半个月过去了，振黄又接着父亲的信，挂号寄来的，其中，有这样的句子：

"务嘱太婆即日回乡，青年孷妇，应守先君坟墓，否则飞短流长，有隳家声，贻羞乡里，置我等颜面于何地！……"

振黄接到这信以后装出非常的气闷的样子，这情形使阿银起了疑惑了。

"这几天，你怎么了，这样不快乐?"

"……"

"你说啊，发生了什么了啊?"

"父亲催你赶快回去。"

阿银听了这话，脸色变了，麻木了。

"那末，他怎样说啊！"

"他说你不回到乡下去是不成事的！"

"讨厌，我不回去，谁管得着我，哼——那末，你打算怎样呢?"阿银显得非常的有勇气，愤怒，而且责骂起来了。

"我——我——我是想不出办法——自然是……你能够不回去最好喽——但是——"

"那末，我是决计不回乡下去的，我不能离开你，我万万不能。……"阿银是咬紧牙齿在说，眼泪几乎在流了。

"但是——"

几天又过去了，振黄又接到父亲的信，他将要专为这事赶到上海。

"这是不行的，我想，父亲会赶了来呢?"振黄忽然决绝的说。

阿银睁着眼睛瞧着他半天不说话，她没有勇气了，她全身抖颤着，昏迷了，退回坟墓了，她倒在床上号啕的哭。新的生活刚上轨又出轨了。这一出轨会撞在山岩上，会跌倒在绝壁之下，会永远偃卧在溟漠的荒原中，永无可救的，万劫不复的。于是阿银又宁静了，失了生命之力了，乞丐，奴婢，亲姆，太婆，寡妇，肉的贩卖者或者情妇，她无可无不可了。

在两天的拥抱，勇敢的享乐着或者是涕泗交流的悲楚着以后，她无声无息的决意回乡去做节妇。

虽然殷勤送别的振黄在江岸娓娓的跟随着她，且预约着后会的佳期，来日方长的勉慰着她，……然而阿银依然是无声无息的，木石般钻进了船舱，一屁股将自己嵌在木椅上，泪水滔滔的淌，世界毁灭了，一切摧倒了，仅仅一个长蛇在亮晶晶的荡漾的泪波中蜿蜒着:

"候补道大人……老爷……少爷……八块钱!"

一九二九，二，二三，于上海，初稿。

（原载一九二九年三月《新女性》四卷三号，

选自短篇小说集《出路》）

晚　餐

下午，两点钟，这家人家总算用过了早晚，早餐有大黄鱼，有青菜，有荷包蛋，是破釜沉舟的尽半元财产办的；未来的命运并不知道怎么样，也权且偷安享乐着再说。不知稼穑之艰难的孩子阿富，生怕错过机会似的，足足扒了三大碗饭进肚子，菜是全不听母亲阿姐的呵叱，一双筷老在鱼碗里蛋碗里搅，直到桌上羹餶狼藉，他才放了碗，嘴边还挂着鱼刺就邀妹妹到大门外，圈定一块干净地，用粉笔画着方格，轮流的掷着瓦片，跳着，竞赛着"造房子"。饭后，多愁多虑的母亲收拾好灶间，便进房用鸡毛箒撢来撢去，把几件极熟习的家具左推右移，只想排出个新花样；箱里柜里的东西，原在前几天移居到新寓时仔细查点过的，这时还觉丢了什么，重行一一去观察，去记忆，甚至连一个针箍的沿革都要背诵出来；就这样去消化肚皮里的滋养料，就这样去撵走那漫漫的下午；肠胃里虽暂时感觉饱满，心中却依旧留着缺陷，这缺陷反因刚才的过分享乐愈显得空洞。大女儿翠花则不知怎样起了兴头，精细的在梳妆台前装饰，胭脂水粉敷得极其匀称，旗袍靴袜全换崭新的。

她起了什么野心敢这样装饰呢？蹂躏够了的身子固然乐得在森严的禁令中休养休养，可是自从她失了那个"业"以后，有种种的要求却不容她把自己荒芜下去。她仅擅长接客的技能，未来的幸福，全家的生命，全凭这技能去开创，去维系，抛却这已熟练了的技能再绕弯儿从新干起，不独犯不上，也没有什么大好处。她们格于禁令，由秦淮河附近拆下牌子，躲在这儿已一星期多了，偃旗息鼓，门前车马绝迹，这隐居的生活，正同在深山古寺中苦修的僧尼，和尘世绝了缘一般。

她装饰好，躺了等着；坐了想着；想做点杂事，又像把自家糟蹋了似的，便在房里徘徊。究竟等着什么，想着什么，连她自己也觉茫然。她正同她母亲一样，享乐之后，心中反而开裂了一个无底洞，这黑魆魆的洞凶险的要陷落她母亲，她弟妹，她自己以及她的全世界。两次三番她跨出房门想避开这可怕的局面，然而那没有陈设的小客堂，污暗的母亲的卧室，荒漠的灶间，一切，总使她见了不舒服；向大门隙里一张望，门外有时是阁阁的响着查街的巡警的皮鞋声，有时是闪着官厅人员的皮带的伟影，她就赶快缩进房，躺着，坐着，傍徨着。这怯弱的"居民"就如笼中的小雀子，如离群的雁，真不知要怎样"居"才好。

她立在衣镜前端详着自己，粉纸在鼻头上，额角上又精细的擦了一遍，觉着实在是毫无遗憾的了；按一按头顶，鸭屁股光溜溜的也犯不上再敷司丹康了；于是　　婷婷的侧转身，这姿态正同荡漾的微波，正同融融的温柔的海，她斜睨着整个的海面，斜睨着沿海的曲线，且轻飘而袅娜的踱了几步这样对镜卖弄着风情，同时也咨嗟的给予自己以同情的慰藉。

母亲并非没有关心这打扮齐全的女儿的，她心中除温习着已经付出的三十元房金，二元木柴，三元米等的大事情而外，也留神到女儿之所以要装得那末妖艳的意义的。她想：只须女儿一出门，个把客人她定能拉到手的，住夜十元，八元；打茶围，一元，二元，这是不用愁的。晚餐更应该丰盛点，是啊，我现在就该盘算买什么菜——她出门不会给人识破吧，不会给人告发吧，倘是触霉头给警察破获了，天啦，她会被送进济良所，我还得罚钱，往后我凭什么养活自己，凭什么养活儿女呢？孩子也得读几年书，学一门职业，小女儿也得读几年书，要到十七八岁才能正式上捐，呵，我老昏了，明的暗的全都禁止的啊！……总之，她平常把翠花尊重得同什么似的，与其她在外出乱子，宁肯暂时忍耐着饥饿。她划算好了，对女儿说：

"你不打算到什么地方去吧，姑娘？"

"想是自然想出去走走啊，——我们不是也要吃晚饭吗？菜呢？——妈，一拜一礼拜呆坐下去，我真不知会弄成什么样子的。"

"你还是在家歇歇的好，我什么都已打好算盘的，我还有两个金戒指，足金的，总值二十来块钱，几天不出门难道真的饿死了不成？"

"吃完了首饰又吃什么呢。九九归一，我们横直是要靠捞野食吃饭的，我想只要小心点就是，出去溜溜有什么要紧。"

"我看是不妥当，姑娘，像你这样的打扮！外面的风声还紧得很呢！听说，呵，是啊，我还忘记把一件新闻说给你听呢，——今早我出去买菜，碰见红菱的妈子，是她告诉我的，说是巾长近来亲自出来查呢。昨天晚上还在龙门四街二号把小鸭子连客人都捉了去，押在公安局里，晓得是谁告发的啦，你看可怕不？客人还是挂金牌的官儿呢，像是小官见了大官，就像耗子见了猫似的，起初认是小鸭子男人的朋友，来玩玩的，等到巡警在他身上搜出风流套，才没有话说了。还是多歇几天的好，姑娘，实在这地方将来登不下，我们还好到上海去混的啊！"

以翠花平日的势力，是足够左右母亲的主张的，但这时只须记一记在秦淮河附近未拆牌子时的风声鹤唳的可怖情状，再推一推被破获之后是怎么个情形，她实在没有勇气来反对母亲的话，只皱着眉，低着头，在房里来回的踱。最后，她心中忽然发现了一线光明，她脱去那件淡红色旗袍，长丝袜，漆皮靴，换上浅蓝图布的长衣，穿着麻纱袜，青布鞋，只让脸子照旧的漂亮，整理好了，她走到母亲前说："妈，你看这种土里土气的打扮怎样？"

"唔！——穿大布的好得多啦！——倒像个学堂里的小姐！"

"阿富他们两个小鬼不知道到什么地方玩去了？我去看看他们噢，妈！"

她微笑着。几步跳到大门外，倚门立着。母亲钉了她一眼，没有说什么。

大门外，各色的人来来往往，她起首拣好的看，没有好的，就连听差之类的人也垂青起来；为着救急，全都可以抛弃爱憎去行事儿的。她远远的注意他们的姿态，注意他们的装饰，然后注意他们的脸子。自然，人们的眼睛是绝没有把她放过的，当他们走近了，瞅着地转着念头的时候，她娇羞的低了头，眼瞧着别处。这时，阿富和妹妹还在门前玩，她故意和他们打趣，借此遮掩遮掩。有时发觉人们的眼睛死死的盯着她，甚至停步对她看，她就连手也不知怎么搁，脚也不知怎么站，正正经经的不给人颜色看，可是那人将要走了，她却又会把眉眼丢了去；那人再回头来看她了，她使他知道自己也在看他了，则偏又回复那不睬不理的样子。她做得很规矩，完全是女学生的庄严样子，一点儿也显不出是营着"业"的。总之，这少女只将兜揽的广告在一双闪烁的妙目里登着而已，正是春天，谁不说这闺秀在怀着春呢？然而一点钟一点钟过去，始终没有一个仁人君子下决心肯破费几文来把她弄上手的。

辰光渐渐晚下来了，她依旧立在门前；人们依旧在门前络绎；依旧和她互相注视；来了又过去了；头回转了，又终于去了，远了，没有新的变化。她关照阿富和妹妹当心车马的推撞，吩咐他们别离家太远，自己便转身进去；不久又站在门外，一刻儿又进去了，在房里照过镜子了，夕阳将西下了，她毕竟还得立在门外，且决了心大胆的离开了家门，向热闹地方姗姗的走去。

她算得胜回朝了，不久，在回家的路上，她带着她的俘虏，是个中年的瘦子，脸色苍白，头发蓬松，看样子，恐怕他也没有热忱和兴致在她身上图报效的，或者他是一时的好奇，寻寻开心，或者他是闲着没事做，尽在马路上巡阅，或者他是个描写恋爱的小说家，是个抄袭派的文坛健将，为文学，才老在妇女里去经验人生的。他不即不离的时而走过她，掉转头来瞧，时而落在她后面，咕噜着听不清的情语。她把苦闷的微笑应酬着，口里虽没说出半句亲昵的话，然而流盼的眉眼，却是富于情谊的把那瘦子勾着走。

走到家门口，阿富和妹妹正从母亲那里要了三四个铜子冲了出来，向她们瞧了一眼，就奔到糖担子那里去了。瘦子踌躇的站住了。她即刻转身向他点点头，走进门，隐藏了半个身子在门后，嫣然的低声说："请进来呀，不要紧的！"

瘦子大胆走进去了，门关了，里面是欢欢喜喜的，外面是太太平平的，然而不久，来了一个维持治安的警察。他是附近的站岗的，他早已看清楚了这幕剧，然而这对于官厅是违禁的。他耐得烦在这家人家周围逡巡着，向门隙里张望着，在屋后的窗下倾听着。

"妈，客人来啦。"翠花婉转地欢呼着把瘦子引进房。

瘦子是长于跟女人游戏的。这样的溜进女人房里也不是破题儿第一遭，女人，他很欢喜的，至于赔本跟女人去周旋，却为他所不喜。在翠花的大方的呼唤声中，他早已分晓这女人是不是属于他所欢喜的一类的，但是既来了，也只得瞧着办。

母亲端了一杯茶和一盘瓜子进房，便走开了。翠花陪瘦子坐在梳装台两边，彼此互看了一眼，她开始问："先生贵姓？"

"吴。"

"在那里得意？"

"没有得意过，打流，吓吓，你贵姓？"

"客气！客气！——我姓刘。"

"你的芳名是——？"

"翠花。"

"呵，翠花——好漂亮的名字！——人更漂亮呢！今年几岁？"

"十九，怕不相信吧？"

"不相信，还不到呢！——你的先生……"

"我还没有——"

"那末，你是在学校里读书的吗？"

"书是读过的。"她红着脸。低了头弄衣角，立即又抬了一下头，眼睛瞧着梳妆台，手在台上画着，一壁说："原先我在初等毕过业，到十三岁，父亲死了，没有法子，后来就跑到这条路上来啦。家里有母亲，有弟妹，要吃饭阿，先生！要是肯帮忙，能够留在这里，真是感激不尽！"

"那倒也无所谓帮忙，只是——"瘦子吞了下半句，瞧着翠花苦笑着，随即伸了伸懒腰。

"请到床上歇歇吧。"静默了一阵之后，翠花没有得到满意的回答，颇有点过意不去。她走出房，让他去考虑一下。她走到母亲那里，将情形报告了，两人脸上浮出欢笑来。总之，瘦子即令不留在家里，只须给一二元茶围钱，目前就一切都没有问题了。

瘦子横躺在床上，心中也不算很冷静。原先是只想怎样能开脱，只想怎样使他那皮匣的四五块钱没有丝毫的损失，然而现在觉得绷子床还柔软芬芳，屋子还干净华丽，女的脸子也不错，也读过书，穿着还雅素，娇小伶俐，怎见得比女学生少奶奶减色？玩玩女学生，吊吊少奶奶怎见得不花费分文？况且那全是享乐，这则除享乐之外而对于某一方面还有所谓"帮忙"的性质的，花两块钱他是已经决定的了，但也不情愿白送掉。当翠花进房坐在床沿了，他开始握住她的手，摩抚着，渐渐的由浅入深的逗她，将她攀倒，做出各种的游戏，且交谈着。

"你们在这里多久了？"

"三四年了，原先在秦淮河夫子庙一带住，是一礼拜前搬过来的。"

"听说干你们这种事的近来不大方便啊，为什么不到妇女习艺所里学一门正当职业，或是到落子馆里去唱唱？"

"还讲得到方便，唉，不准登在南京末，简直，连暗的都得查禁呢！但是有什么办法呢？我要养活一家人，进习艺所能养我一家吗？能使我的弟妹上学吗？如果能，再好没有，我进习艺所就是。至于落子馆，我嗓子不好。像她们，唱完了落子，还不是依然干我们这样的事？我以为如今当官的也真有点奇怪，把我们赶走，不准挂牌子，罚钱，拘押，那向真吓得够了，可是唱落子的那种办法他们倒赞成，哈哈哈！真奇怪！"

"落子馆里姑娘们是在那里说书劝世，不准穿着得奇形怪状，不准唱淫词浪调，究竟和你们两样一点的。"

"什么两样，一个模子，我到过那里，她们说的什么书，简直在那里唱戏，有些戏还是客人点的，一块钱一出。"

"你的话固然不错，但那究是官厅许可的娱乐机关呵！"

"所以我说如今当官的就有些奇怪啦。——如今我也什么不埋怨，我只埋怨我父亲死得太早。要是他能够使我在高等里毕过业，学了三民主义，那我也就用不着干如今这个路。我同乡的一个姑娘和我在初等里同过学的，年纪比我大两岁，可是她在高等毕过业又进过年把中学，听说她在湖北干过宣传科呢！百几十块钱一月，多惬意！不过声名也不大好，听说她在外面姘了数不清的同志，这和我们又高超了多少？"

"那是恋爱啊，恋爱是很神圣的。你知道吗？"

"我知道的，一个男人勾搭上一个女人，这就叫恋爱，勾搭不上女人，就去找窑子，这就叫做嫖，比如客人爱了那窑子，窑子也爱了那客人，这也还是叫做嫖，因为窑子是要钱的。但是他勾搭上的那个女人多半是有钱的，有饭吃，当然她不要钱，甚至倒贴钱都可以，但也得请她吃大菜，看电影。若是那女人境遇不好，你得供给她的衣食，若是和她正式结了婚，还得养她一世，这就不算嫖吗？——先生，您今天肯上我这儿来，总算看得起我，而且我是很爱你这种人的，你很爽气，我求求你把我们这回事也看成恋爱吧，犹如你和没有钱用没有饭吃的女人恋爱了吧，你也不必把它看成神圣，只须把它看成慈善事业就得了吧。——你晓得我们当窑子也不是没有一点骨气的，我们不像那些已经嫁了的女人，背了男人跟姘头跑，一辈子不见自己男人的面，我们只要那客人认识我，随他那时欢喜我，他就可以来满足了去，只要他每次给我们袁世凯。——我晓得你先生就是为着这一点看不起我们喽！但是，在从前孙传芳坐南京时代，我们生意好，很好混，我们也晓得摆臭架子，呃，不是知心的客人，我们也不轻易留住的，可是如今不同了，不准挂牌子，又什么都贵了几倍，所以，我们很苦楚，先生，只要您愿意，我总不会忘记您请帮帮忙留在这里吧！"

"无所谓帮忙，我曾对你说过的，我也不是不愿意，我听了你一番话，我不但欢喜你，还很佩服你，可是我对你说过的，我在打流，我没有许多袁世凯，我身上只有五块钱，我赌咒都可以的，等明天设了法再来吧，对不起得很，明天准来就是！"

"你真的有五块钱吗？先生，哈，哈，哈，这就够了，你打流，我知道你不是连晚饭米都没有的；我们要吃饭，你也要吃饭，全都要吃饭，你没有多少钱，我们也不会剥你的皮，是不是？好！我们不讲钱多少，你就留在这里吧！"

她嬉笑颜开的说，一手搭在瘦子肩上，把脸凑近他的脸，亲密的和他吻了一吻。

这时大门忽然有人重重的敲了二下，他母亲去开了门，进来的却是个警察，接连又一个，还有一个在门外，是原先那个站岗的。

"有什么吩咐我们吗，巡官？"

"我们是调查户口的，你们家里有几个人？这里就只你一家吗？"

"就只一家，我有二个女儿，一个孩子，连我自己四个。"

"你的女儿多大？孩子多大？"

"大女儿十九，孩子十二，小女儿才八岁。"

"那末，刚才进来的男子是谁？"

"是——没有，没有男子进来啊！"

"瞎说，明明有男子进来的，跟在一个女子后面。"

翠花给房外的盘查声惊骇了，从床上跳起来，向房外偷看了一下，即刻脸色苍白了，战栗的轻轻奔到瘦子前嗫嚅的说："见鬼，巡警来了，真倒霉，我们还是大大方方走出房吧，免得他们搜，你答应是我哥哥就是。"

瘦子昂然走出房，不久翠花也走出房，于是巡警走近瘦子说："你是谁？"

"我是我。"

"呵，你是你。这女子是谁？"

"是我妹妹。"

"这太太是你什么人？"

"是我母亲，怎么样？"

"不怎么样。"

巡警忍耐着，回头对翠花的母亲说："你不是说你的孩子十二岁吗，"说着，用手指着那瘦子"看他的样子，就连二十三十也有啦，这是怎么回事，啊，你们？"

"十二也好，二十三十也好，这全是我们自己的事，大概也不妨害公安吧？"

"什么？不妨害公安？你说的！可是公安局里不能由你这末说，你们应该明白你们干的是什么？不必费话啦，走，走，一起走，一起走。"

这屋里登时起了一阵无谓的纷乱：母亲作出下贱的样子，噜噜哧哧哀恳着；瘦子换了柔和的态度，镇静的分辩着；翠花两手捧着脸，低声的饮泣着。但不由人噜哧，不由人分辩，更不在乎那低声的饮泣，全都应该走，留了一个警察守着门其余两个押着她们走。

正要回家的阿富和妹妹在门外的微光中瞧见了这一队，阿富奔着喊："姆妈——阿姐——你们还到什么地方去啊，这时候；——我们饿透了，晚饭呢？"

他抢过警察前，拖住母亲的手，嬉皮娇戆的纠缠着，那赶不上阿哥的小女孩却哇的一声哭倒在远处的街旁，尽在那里放赖。

一九二九，五，三十。于上海。

（原载一九二九年八月《新女性》四卷

八号，选自短篇小说集《出路》）

我们的犯罪

趁星期日下午有工夫，邀老邹到附近的通信图书馆去，在路上盛称这图书馆办得怎样好：职员都是尽纯粹的义务啦，看书不卖票还可以借出去啦，也不必查那麻烦的四角号码检字法就可马上借到心爱的书啦，老邹是想参观一下预备下次捐给这图书馆几册书，而我是老早就有这个志愿的。

走到图书馆，敲了几下门，门是锁着的。

"你们是借书的吗？"荷枪的巡警突然走来问，枪上有刺刀。

"是的，"我答。

"办事人把钥匙交给我们区上了，请到区上去。"

"到区上去?! 不，不，不看书也行的，干吗要上区？"我一壁说，一壁往后退，心想到图书馆对门的朋友家坐坐，因为那情形实在有点儿蹊跷。

"上头有命令，请你们到区上去，只坐坐问两句话就没事。"

好，照着刺刀的指挥，我们到区上。

走进传达室，那里早有五个被请来坐坐的人在摇头叹气。

"你们大家相熟吗？"躺在睡椅上的巡长说。

"我们不认得他们，不知道他们认不认得我？"我答。

"谁认得谁，都是前前后后从四面八方来的。"五人中之一赶忙插着嘴。

"这图书馆总有个人办的啊！准办的呢？你们彼此不认识，全是看书的，这图书馆总有个人办的啊！"一个巡警目光四射着，好像查问不出就没有晚饭米似的。

"谁也不知道是谁办的，我们只是去看看书，就只这点子关系，正同我们到商店买货，不知道店是谁开的，也正同我们偶然被请到这儿来不知道你们的区长贵姓，您贵姓是一样的。"我答着，其余的人跟着笑。

"你们把姓名年龄写上吧，到这里来！"巡长说。

我们站在写字台前，台那边坐着个穿制服的，面色苍白，不很威武，该是个小小的官儿吧。他能写字，不惮烦劳的将询问所得的答话——写上，最后还问我们想看什么书，这个，我们还没决定，就没说出来，在我，也觉着把想看什么书的意见——说出来似乎有点显示自己太高明的嫌疑，而且觉着这私人的意见也似没有当众宣言的必要。

传达室椅子少，实际并没有请我们坐，心想到外面的长椅上去歇歇，又怕给拐回来，所以只得站，站着看隔壁拘留室里的犯人，看先我们而至的蹙额皱眉的那五个，看室外来往的人，看太阳，看房子；同时也听，听街上的汽车喇叭叫，听车夫骂娘，听风声，尘沙扑扑声，起首是悠然神往的，一想及自己待在那儿究竟是干什么？也想及有些事情要赶办，渐渐的心上浮出了焦躁。

"没有事了吧，话问完了，该放我们出去啊？"我说。

"是呀，我们来了半天啦，我们全是看书的，放我们出去啊！"

"再坐一坐，等区长回，多说也没用。上头有命令。"

"那末，区长什么时候回？"

"上公安局去了，快啦。"

"那末，弄点茶喝喝啊！"

"我是来得顶早啦，还没吃中饭，请叫人叫碗面吃吃吧！真倒霉，前天借的书，因为怕失信用，所以今天来还，六点钟要上船到汉口。"

"是呀，虽然是星期日，谁都不能没有一点事啊！我还要——"

这杂乱的询问与恳求，巡警们敷衍得还周到，而且颇关心的盘问这图书馆的情形，甚至对这图书馆的办法还加以赞成，他们说办图书馆的人是为公，他们自己也是为公，我们看书本来没有什么，这全是党部里的命令，他们又说这图书馆从孙传芳时代就开起，七八年了，从没发生事情过，这回告发的原因大概是因为那弄堂里驻了兵，常有党部里的人来往，他们常常看见许多人晚上在图书馆出进，图书馆为什么常常只在晚上开放呢？这就可疑了，昨天"五四"，有人从窗口望进去，没有看见一个人，这就更可疑了，所以告发了，晚上，党部里会同公安局派来一架大汽车，预备装人的，落了一个空，这就显然证实是怯逃了。非拿办不可，所以今天又派警守候着，最后他们申明那并不是他们在多事。

"你瞧，我们吃公家饭，听命令办事，弟兄们一月拿十块钱，饭吃自己的，除了制服是上头发，其余的都得自己买，谁还高兴去多事，"巡长牢骚满腹的说。

"您多少钱一月？"一个青年问。

"比站岗的稍微多一点，唉，不够化的，巡官还只四十块呢，他干了八年啦。"巡长答着，随即反问那青年。

"你一月挣多少钱?"

"四十块钱。"

"你今年几岁。"

"二十。"

"哈哈哈,我们巡官今年四十岁啦!"

所有被请去坐坐的人都笑了,拘留所里的囚犯也笑了。最后是巡长问这些人的西服的价钱,问各人日常的收入与开支,佩服先生们的阔绰,欣羡先生们的职业,没有什么谈的啦,互相看着,注视着陆续被请来坐坐的七八个,东站一站,西靠一靠,揭一揭那没有水的茶壶盖,摇摇头,蹬蹬脚,忍耐的而精细的侦察着那有椅子坐的人,希望他一移动或去撒尿就预备把自己的屁股去补上,是这样,一点钟,二点钟,恭候着老不回来的区长的审问。

"这些囚犯是怎样生活的呢?"我又开始来打破这屋子的沉闷了。

"他们是吃区上的饭,凡是关到这里的就有饭吃,三天五天,不等,顶多十五天。"巡长说。

我正想说出"这倒是个慈善机关啊!"的时候,忽然汽车已多的一声,说是区长回了,后面跟着许多人,大概是党部里的诸公吧,我们以为得了救,全都站起来,不,许多人原是站着的,挤在传达室门口,只想占有那第一个被审判的幸福。然而等了二十分钟名单才呈上去,又过了十多分钟才开审,只许先审先到的,但我和老邹假冒先到的,捷足的跟着进去了,但又只许一个一个上楼去候审,于是大家在扶梯下的马桶旁边静候着。我是第三个受审的,走上楼,区长和党部诸公围着办公桌坐着,好象有八九个,我想一人审一个也够分派的,他们,大概要三辆汽车才能装来呀。真是,图书馆出了大乱子,他们忙着啦,这样的劳师动众! 清闲的我,真觉有些赧然的。

区长命令我站在穿西服的青年身边，青年的衣服很挺硬，头发也很光滑，戴着双料的玳瑁框眼睛，看样子总有二十来岁吧，这样的年轻，竟有这样的能为，真令我汗颜已极，好在他全没瞧我一下，两手在桌上撑着头，看着那名单，低声的问，其实名单上也写得还详细。

"你是什么名字？"

"我是彭家煌，"

"什么地方做事？"

"商务印书馆编译所。"

"研究什么的？"

"教育，也研究文学。"

"你看过些什么书？"

这就使我为难了。不幸我很健忘，不能记起二三十年来的事。我在乾清光绪皇帝时候就入蒙馆，到民国还入专门和大学之类的学校，出了学校也看过不少的书，虽然没有毕过大学的业，文章也做不通，可是把读过的书造一个详细的表，也不免有些遗漏的，所以我随便的就最易记忆的说出来："我看过《悒郁》，《复活》，《木马》，《教育丛著》——"

大概熟习这些书的内容，回味着书中的描写去了吧，所以那青年裁判官默了一会儿就说："好，你去，在下面等着。"

依然等候在马桶旁边，我很怅惘的，原先我有许多话要说，象平常教课时对学生演说一样，我是一向对穿西服戴眼镜的学生老着面皮的，但我那时竟没有一点的勇气，我是个犯人，我只想怎样开脱我的罪，能够马上被赦免就谢天谢地，所以也不敢这样反问着，"为什么拘留我的呢？"也不敢这样自供着，"象这种看书的罪我是犯了二三十年了啦。大人！"我想这样含默着，巴给着是最聪明不过的。

被拘押进来的人，并不减于走近图书馆的，渐渐的一个一个由传达室升到马桶间了，我们又只得退回传达室听候发落，等了许久，命令下来了："审问过的，要取保。"

虽然为着这命令传达室起了小小的纷乱，却不曾将命令挤动过一厘。要取保固然是顶开恩的，可是星期日谁预先等在府上以备人们来请求作保呢？倘是作保的也犯着看书的罪的，谁有胆量和资格来作保呢？路远些的或是人地生疏的人又将怎样呢？犯人是得关着啊，保人谁给去找呢，这都是不成问题的问题吧？于是，我马上有了主意，我要来碰碰钉子看。我看见住在我家隔壁的是区的巡官，不管平常怎样瞧他不起，意识怂恿我谦卑的走近他，说：

"巡官怕不认识我吧，冒昧得很，我姓彭，我住在二十九号，您住在三十号，我们是贴邻，我在商务印书馆作事，为着到图书馆去看书，不曾进图书馆的门就给拘押起来了，要取保，在平常倒是不要紧，星期日可就为难了。巡官可以给我证明一下吗？我们出去之后，有什么事可随传随到的。"

"这件事我们不管的，全是党部里的人主办，我们区上的人不便作保的，你先生是好人，我相信得过的，看书也并没有错，可是我不便去作保。"

他说完，走进巡官室，看样子他没有把我们当下流的囚犯，况且既经攀上了一门"贴邻"的亲戚，我同老邹就老着脸皮，大胆的跟进房，巡官并没拒绝，不过对跟着我们进来的那位犯人却没十分的垂青。

彼此坐定了，略略寒暄过了，巡官敬了茶烟，将那天在街上的电杆上撕下的"打倒××总司令，"的标语摊在桌上，随即又搓了，然后开始畅谈着。他说贴标语没有用，到处捉人也没用，他说他干了八九年的巡官，只四十块钱一月，不够花的，有家小，区长原薪一百二，一年就加到快二百，科长原薪八十块，一年加到一百二，只有巡官老是四十块。他没有在社会上多事过，全是听命令办事，谁也不得罪，这次抄查图书馆他也没有去。办公没有日夜的，有时不留神就会把性命都送掉，谁高兴干这苦差，人要吃饭，没法儿的。在军阀底下作事，在贪官污吏底下作事全是想弄三十五十混饭吃，不过于今总算好一点，要是徐国梁当警察厅长时代，他想补一个兵也补不上，难道凭本事当不上一个兵，不是天津人不要，多说话还枪毙。于是他摇头表示对时事的灰心，随即谈到作证的事，他又说事情全归党部里办，假使他是一个别的人，随便怎样都可以尽力。最后等跟我们进房的那犯人走了，他低声说等其余的人取了保他不妨去说说，随后他去了，许久之后又转来说党部里的人不答应，以为我们既是好人，为什么不能找人保呢，没有办法啦，他又赧然的摇头。

老邹是找不着熟人的，就由我想出一个不爱出门的同事，巡官给了纸笔，我写好了，他吩咐一个属员去了。巡官是可感的。不久，保人来啦，好象初干这事儿的，面色不自然，我将他介绍给巡官，给老邹，然后把详情说了，他一口承担下来。巡官就带我们回传达室，叫那写字的小官儿在保人的名片上写了取保所应说的话，保人又回去取了图章，盖了章，保人同名片又见过党部的人，于是许可了，巡官用手一挥，通告了站岗的，于是我们和巡官握手，走出守卫线，那时候，太阳快和上海作别了。

"究竟是怎么一会事呢？"保人询问着。

"谁知道？我们只去看看书，老邹还是第一次去，而且只敲了两下图书馆的门。"我说。

除了唏嘘之声而外，大家只是垂头踱着回家的路，顺便到保人家谢过恩，我和老邹各自归家了。

没有回答妻的，"在什么地方逛了这末久"的质问。我头脑昏沉的把自己往床上一掷。丢开由那图书馆借来的一本讨厌的《窄门》：只静听在心门敲着的警钟的音浪：

还看书!? 还捐书!? 蠢才。索兴把头颅也捐了吧！

一九二九，五，九。于上海。

（原载一九二九年八月《北新》半月刊三卷十五期，

选自短篇小说集《出路》

出　路

　　达胆坚决的从老乡大狗家里悄悄的出走，不去关照任何人一声。他的意思是想乘大狗夫妇不备，就独立生活起来，挣了钱之后，再上他们的门，好使他们瞧得起，否则一去渺然，永留个失踪后的悲惨印象让他们在安静中去欷歔的揣臆。

　　其实大狗夫妇绝没有薄待他：从他失业以后，看见他东一餐西一宿的惹人厌，索兴把他安插在自己的茅篷里，弄两块板和一捆草在泥垆边搭个临时床，好使他过夜；每顿饭除豆芽白菜外，又特为添一水豆腐；为了开销大，连病倒在床上的孩子的药资都挪用了作柴米钱；他们只当做放出了一笔债，达明一有了职业，这笔债总可收回的。实际上，在这情形下，达明尽可一壁等机会的到来，一壁安然的住下去；然而不，他的内心不知忽然发了什么痴，硬要悄悄的出走。

　　他逃犯似的急急忙忙从一幢一幢的茅篷中溜走，生怕大狗夫妇见了，会这样假意的喊道："这个时候还到什么地方去，达明，午饭快好了呢?"他是素来拙于言谈的,这一来,他就会回答不出一句话,而且也没有一定的计划可以回答的。他会露出忸怩狼狈的丑态,致令他们骂他是发疯,甚至用恶狠狠的慈悲神气巴他拖回来,仍旧没骨头似的住下去。所以,他不能不那末慌忙的溜走,一直冲到臭水河边才站住。

河中的粪船正袅袅的冒着炊烟,霜风夹着两岸的尘沙草屑纷乱的飞扑,木桶边的垃圾堆趁着太阳垂注的机会,悠悠的倾吐着积臭。本来这里的空气还较胜于大狗的茅篷里的,这里的景色也比茅篷内外还绚缦的,然而达明却不去欣赏,去玩味,只将焦躁而愁烦的心萦系在切身的种种问题上。实在他这人也太易于伤感了,连那点点炊烟也使他感到饥饿,连那几阵霜风也使他感到寒冷,尤其那可笑的垃圾堆,也会使他回忆起在纱厂作"下手"工的隆盛时代来的:那时节,每天早上一到了六点钟就用不着忧虑彷徨,按着老套头去工作,和不停轮的机器去比赛,一天不知是怎么过完的;每日只须干完十二个钟头就能到手四角半,运气好,还可以替几晚夜工捞一点外快;上工之后,一样的和伙友们有笑有说,下工之后,一样的和同伴诸公饕餮着八人一桌的一荤三素的包饭;夜晚也有资格在十几个人住的小房里据着两块硬板床,高谈着某女工标致,某堂客搭上了谁的事;除食宿外,每月也能剩个三五元寄给乡下的老娘;还划出两角的零头在香烟自来火上去奢侈;感觉十分疲乏了,还用烧酒去享乐,连沉醉如泥的时候也有过的。自由自在的,这日子多好过啊!真是鬼蒙了头啦,为什么那天只因摇纱间来不及打扫就忍不住工头几阵恶骂,竟然回起嘴来的呢?好,于今被开除了,东漂西荡,待在大狗家里个多月也找不到翻身的机会,真同被弃的垃圾,只有堆在粪河边腐臭的分儿,这才是自作自受啊!……

由隆盛的回忆到衰颓的现实,这现实又不知几时才能成过去,心中惴惴的忧虑着，他不觉就把其所以衰颓的罪过全堆在自己身上，几乎握着拳要在枯瘦黝黑的脸上重重的连掴几下，替这一个多月以来所吃的苦头泄泄愤，但一转念人是孤单的在臭水河边的风沙飞扑中彷徨，归路全无，前途渺渺，不禁又哀怜自己起来，鼓励自己起来，他把一切情形反复了一下，觉得同是一个人，怎会有被弃开除的事情的呢？而且自己全没有白吃人家的，白用人家的啊！而且世间既然可以这样残暴的对待着同类，自己就不会独立经营，发财称霸，也把弃掉人家的人弃掉，把开除人家的人开除吗？自己难道就只配吃那碗呕气饭，绝不能放英雄点，凭自己的力量去打开自己的江山吗？想念到这里，他就认定人要独立生活是对的，从大狗家出走，也绝对没有错。不过凡百事业总得有资本才行啊，一念及资本；他那开放的心花忽然又收缩了，眼前漆黑了，头低垂着，只将软弱的目光集中在自己的青布棉袍上，痴呆子好久，最后就点一点头，慢慢的踱过木桥，走过几条街道，在街旁又踯躅了一会，昏昏沉沉的将自己搬进一家小押店，狠狠的把身上那棉袍剥下来，往柜台上一抛，公然使出了革命的外交，押了六角钱。这棉袍原赌咒不押的，身上只剩了两件破旧的衬衫和夹袄啦！

资本是有了，可是一切的打算却只能严守在六角的范围之内，绝不能让越雷池一步的，所以他又在押店门口留连着。

"大狗家里死人也不再去的，除非……男的固然一声不响，照旧拉他的大车，女的可常常撅着嘴，无缘无故把东西打得很响，而且他们的孩子病倒在床上，连药钱都没有……上小馆子把肚皮装饱再说?! 可是人穷肚皮大，这点钱够几回饱啊！刚刚有了钱就老早享福起来，岂不马上又是个光蛋？……租一辆黄包车去试试?! 呃，街道不熟，怕还要找人保才行吧？……贩糖果如何!? 不对，制一个木盘先就不止花六角的！……干着路边那个人的玩意，把画着疮疤的屁股露出，伸着手向行人干喊?！这买卖又好象太寒伧一点，而且你数数他那个盘里的铜子看……还有什么好干呢？想想看……"

尽是徘徊，想，达明知道也无济于事，就离开押店门口向前走，可是走了几步又站住，走了几步又站住，换了方向再走，不到几步又还是站住。"究竟走那一条呢？往右？往左？"他这样死劲的推敲，只想用毕生的才智把主意决定，但是，那等于海底捞月，摸不着边际。他简直像失了指针的船，在茫茫的大洋中不知何处是岸。汽车卷着掀天的尘灰，在他的身边猛冲，正同兵舰似的在推波助澜，绝不在意他这颠颠簸簸的危船？即刻就会沉溺；北风也全不想念他是刚刚当了棉袍的人，偏要在他的破夹袄上威武的侵袭，他只得乞怜于自己的两手，将身体紧紧抱住来温暖自己，眼睛半开着，口鼻暂时封锁着，让那些灰尘含羞而退。可是支持了不久，终于眼泪在眼眶里膨胀起来了，鼻涕也淅沥起来了，牙齿抖颤着，虚空的肚皮叫喊着，他的心中焦急而苦闷的几乎要悲哀，幸而一手触着口袋里的六角钱，这才安慰了。

转了一个弯，人已经到了比较闹热的街上。街旁的宽处是个避风的所在，那里不碍巡官老爷的眼。也不防老虎车的奔驰，而且阳光晒得暖和，各种人蝟集在那组成功个特别市：那个囚首垢面的中年胡子蹲在木头上解开衣挎在捉虱子；两个坐在矮凳上刮脸的俄国人被三个拾破布的孩子逗着取乐；老头儿把烂橘子摆在青布上冷冷静静的营着业；那着破外套的胖子却将手里的小铅桶和竹棒扔在一边在乱毛狗旁边睡着了。只墙角上那堆人很拥护的很起劲的在竞争什么。那里有数铜子的声音，有碎石敲碗般的声音，沙沙的，丁当的，极清脆可听。这声音达明理会得，那如礼拜堂的福音，那如天主的呼唤，那是致富的天堂，是命运的裁判所。达明想：假使自己从那里轩昂的走出来之后，他自信可以有一块钱慷慨的把大狗的孩子从沉疴中救出来；他可以有三两块钱还大狗的食宿费；他用不着告诉人家是怎样发了财的，只需用冷峻而严肃的表情，就够把那撅嘴婆收服而且使她崇拜自己的。也可以有一元八角去做点小生意，或赁一辆好的黄包车去试试，将那车拖着能够四五角一给的阔人，每天只须拖上十来趟这样的人物，那一切就好办了……

这幻想使痴呆的达明骤然觉醒了，敏活了，软弱而憔悴的骷髅里竟到处生出坚强的力，血流奔放着，好似狂热的群众雀跃的在赴庆祝会，庆祝他们的伟人革命成了功，一举手就将六角钱革成了六百个，一千二，二千四，以至于无穷大。

走近人堆，达明欢跃的笑，手插入口袋紧紧的握着那六角钱；弯着腰，从一个高汉的腋下偷望着，他很想挤一挤，但抬头望了一下之后，他不敢那样办。一忽儿，"好哇——十六点，赔！"一忽儿，"四喜——好家伙，我算定了这一手的。"这欢呼，这高叫，把达明抬举起来了，簇拥起来了。达明做了皇帝啦。他不由得左顾右盼的又笑了一笑，即刻离开那高汉，在人堆外探望着，逡巡着，整整兜了三个半圈子，最后钉了一个矮子一眼，将右肘当先锋，挤进去，不去理会腰上所受的那一拳，也不瞟旁边睁着眼向他的两幅凶脸，只凝神静气的站在木摊边。眼珠儿跟着六颗在瓷碗中奔跳的骰子旋转着。随着铜子的来去，各人的脸上呈现出欢欣愁惨灰白与红润的种种颜色来。达明看得很真切，然而很久之后，他还是不动手。

这是该庄家倒霉的时代了，庄家连赔了两次"通"，达明认定那是个好机会。自然，光是铜子滚去是发不了大财的，他瞧不起那些人，就捏着一只双角子想大大方方丢在木摊上，"但是，再看看风势吧！"这样一想，就不曾下注子，他要再慎重的将自己的手气测验一下才行的，他这样想："譬如我已经下了两角的注子啦。我就算是邻近的癞子吧，他只下了二百钱……"这时庄家掷了个十一点；"大狗说赌棍就没有一个发迹了的，然而他拉了一辈子大车，于今他又发下怎样的迹？我不信庄家的十一点也赶不上的，癞子……"他看见癞子勒着袖，一手搜着六颗骰子，咬紧牙齿在空中旋了一个圈，慎重的，慢慢的往碗里一丢，这不消说，达明是将整个的灵魂依附在癞子身上的，他在冥冥中着实替癞子出了一把劲，因为二十个铜子的消长就如他在幻想中丢下的两角的消长，"来个十二点，急急如令勅，只要来个十二点啊！"他这样默祷着，看定癞子所掷的骰子，然而骰子不听令，偏偏滚了个九，这一来；他那赤热的心又冷下去了，真像倾荡了一份财产一般的。

他开始在心里怨怼这不好命运的预兆，咒骂在幻想里也得不到一丝满足的这倒霉事体。他愤怒了，简直想孤注的丢四角在摊上图报复，这是说还有两个是刚才在幻想里输掉的，于今只剩了四角啦。"我跟你赌赌看，妈妈的！"他将这没有声息的恶骂向庄家喷，同时把凶眼向庄家瞟了一下，真正威武的瞟了一下，庄家并没理会他。

这时，癞子已经搜遍几个口袋凑了二百七，重重的打在木摊上，"三百！"他威武的嚷，排了一个阵式，好像这一下非把那骰子掷成个"全家福"不成。

"癞子，你顶刮刮啦，是啊，要赌就赌一下，三百算什么，还有四角的呢！骰子归你掷就是，我祝贺你，庄家的十二点小得很。"达明果真又在心里掷了四角在摊上，所以他这样诚挚的祝福癞子，借以判决自己的命运，究竟这职业可干不可干，然而癞子掷了骰子之后，随便瞧了瞧就挤出人堆了，他全不去注意那钱庄家是用那只手拿了去，怎样数法，搁在什么地方，更不去注意旁边还有在幻想里跟着他赔本的，只一走就完事。达明看着他，呆呆的，"还有什么干头！"不久，他就自怨自艾起来也挤出人堆，着实很凄然。

但在马路边颓哭的彳亍着的时候，偶然想及那六角钱，他觉着自己的命运并不坏，角子不曾输去一枚啊！然而人又在北风里移动，肚皮又在叽咕着，他的身体便涌出一种虚热来，头脑昏昏沉沉，只想在什么地方休息一会，但还是往前走，究竟走到那儿去呢？连他自己也莫明其妙了。

越走越热闹，在熙攘中被车马一挤，达明的脸便贴着一家洋货店的玻璃了。"也好、就让我来看看这里面的货色看。"他想玻璃里陈设着许多东西：军官用的皮带喽，热水壶喽，卫生衫裤喽，数不清，角落里还有几个洋团团，靠左边的木架上还悬着一支假手枪，上了锈。达明仔细的瞧着，瞧着，这假手枪把他的心吸去了，把他的灵魂带走了，带到一个非常玄远而奇观的境界。

"是的，人应该放强梁些，在这世界，比如我，晚上拿着那东西，站在冷静黑暗的街上，那里没有巡捕，街是四通八达的十字街便于逃走，自己装做在那里小便，或蹲在地下系袜带，等有人，穿好衣服的，仅仅一个，走近自己的时候，突然把那家伙耸出来，瞄准那人的脑门子，然后威吓着：喂，朋友，识相点，洋钿钞票都拿来啊，皮袍手表也好，快，快，如果不，兄弟可要……不消说，他会跪着哀求的，哼，那没用，定规非全数交不出成功，留着活的让他滚回去，这算顶开恩的啦，干着这样的一回就够了，谁瞧清那家伙是假的，我不是绑票，把人捉去，一开口就十万八万的。而且干了一次又再来一次……"

新的生命之光又在他的眼前闪耀，他又开始笑，笑自己究竟还聪明，山穷水尽之中，公然在三十六计之外发明一条妙计，但脸子向左右转了一转，在玻璃上把自己那尊容端详一下，他好像看见一颗血迹模糊的人头，在那里示众，那人头很消瘦黝黑，不错，那是自己的，于是他的神色便又凛凛然严肃了，不过这严肃的神色不久又给另外一种好想头带走了：

"固然，在黑暗里是不容易发觉那家伙是假的，那末，谁又敢奈何我？况且即令给发觉了，或者被抢了去，自己还有两条腿，不能拚命逃脱吗？……就算逃不了，被警察捉住，这家伙是假的啊，吓吓人的，难道真要杀头吗？枪毙吗？他顶多把自己带到署里去拷打、审问，或者关起来，三年五年也不放，……但是，嘻，那算什么，关起来得给屋子住，总还不致给住茅篷，倘是人挤在一块，这夹袄也就很够了，……稀饭总每天有两顿吃的吧，有现在的吃，那多惬意！"……总之，能办到关上三五年是再好没有，在大狗家里个多月不就像关了吗？在纱厂里两三年不也像关了吗？而且整天得死命的做，出老汗！……大狗不也像关了吗？吃那样的饭，穿那样的衣，住那样的屋子，老婆儿子全靠他一个人，他得像牛一般拉着大车才能办到这样的关着啊！……哈哈，劳巡官老爷的驾把自己关着，那多省事，多舒服啊！是啊，只要能够办到关就了不得啊，至于三五年，那真是……"

达明更加欢喜的笑，笑那种关着的生活，笑那假手枪的神秘威力和它所造成的无穷尽的幸福，他真想买来玩玩，但他看看街上的人，好像也有人注意他，猜透了他的鬼伎俩；看看店伙们，好像他们也知道自己瞧着什么，痴想着什么；看看自己身上的排场，与玻璃里的自己的面影，便很惭愧自己没有一点富有的样子能有余资来购置这玩物的，虽然他觉得如果六角钱能把假手枪买来，决不上当，然而他的一只脚踏着洋货店门口却又缩回来了。

"要什么？"店伙叱扒手似的瞪眼说。

"你们这里的东西不卖的吗？"穷促中反而逼出他的急智来，连忙把这话回答着。

"要买东西吗，你？"店伙微微把脸色退到冷酷的境界上说。

"自然是要买东西喽！——喏，挂在木架上的那东西，——那要几何钮?"

"你指的是那假手枪吗？八毛大洋。"

"拿来看看，——那要这样多钱，小孩子的玩意？"

假手枪由店伙手里懒洋洋的递到达明的手里，他简直没有半只眼睛来酬应达明，达明就泰然的玩了一回，还大大方方笑着，将那家伙向那店伙的侧影瞄了一下准。

"八毛大洋，生了锈的东西！六角小洋怎样，喂，喂，喂，"达明简直叫了好几声，才把店伙的脸叫转来，可是他的眼睛却始终没离开那买毛线袜的标致丫头。

"是你买，唔，六角就六角吧，便宜点。"店伙睁了一下眼，皱了一下眉，仍然将眼光看着那丫头。

交易成功以后，达明将那用纸包好的手枪揣在衣袋里，走出来，一壁计划怎样使用这家伙，在什么地方什么时候用，同时又觉着那家伙太好玩，颇想把这宝物做送给大狗的孩子的礼物，或者这孩子就会病好起来的。又想把心中的计划跟大狗商量商量，但又怕大狗会坚决的反对他，严厉的责骂他，甚至又把他像从前一样的关着，直到他有了正当职业以后。于是他决计不从那方面去想，什么都不想，免得原先那妙计被推翻，，低着头仍然往热闹地方走，简直连在什么地方什么时候使用那家伙也统统丢在脑后啦。

前面，远远的站着一个警察，使达明忽然惊跳了一下，他想还没有动作之前倘使给警察发觉了，把枪夺了去，打了他一顿，又把他放了，这就心思和资本都白费！再没有第二件棉袍可当来购置这个的，也没有别的方法筹出第二副本钱来购置这个的，那就生路断绝了。既经从大狗家冲出，当然无颜这样再见大狗的面，家乡是回不去，往何处去呢，所以他不能不小心翼翼的避开警察的注意。这样提防着的时候，眼睛又不断的去注意街上那些穿着和自己一样的衣服的工人，口袋里也有放着铁器的，这铁器不一样也能伤人吗？但是警察并不去注意他，检查他，于是他胆大了，照旧的前进，不过背上总像钉着一颗大臭虫似的。

走到华租交界处，他又站住了，在那儿他记起了一件事：那是好几个月以前，一群流氓在那儿向华界的警察投石子，大概也是为着检查违禁品吧；他们反抗着，打破了一个警察的脸，伤了一个行人的头，警察吹着哨子追，追到水门汀的界线上却没有冲过去，流氓们在租界的巡捕的枪底下竟安然的得意的通过了。

达明体验着华租交界处的神秘，羡慕着流氓们那英雄气概，在那里留连了一下，就打算进租界溜一溜再说。总之，他的方针是早已决定了，幸福就在眼前，人也就不像先前那样焦忧的。

夕阳软弱的摊在店家屋檐边，快要和夜神办交代了。达明在马路边信步的踱着，身上虽是冷，肚子虽是饿，然而这已经习惯了，无穷的希望充满在心灵的深处，包裹着他的全身，这冷与饿不过是留作饱暖之后的极堪回味的事，他是穷苦透了的人，在饱暖之前是很欢喜有那种回味的。

沿着电车路一直走，达明大概是想到先施永安去逛逛，借此度过残的白日，然后趁着黑夜去实行他的计划吧，然而前面的弄堂口蓦然奔出一群巡捕来，手枪高高的擎在手里向两旁摇摆，电车停了，行人止了步，一个一个的在他们的枪底下受着严密的检查，于是一种浓雾在达明的眼前迷闷着，一个一个的凶恶的雷神都从云端跳出来，监视在他的天灵盖上，于是他的身上即刻浮出一种虚热，这种热在每个寒毛孔里攒挤着。起首他惊呆了，但即刻记起自己是携带武器的人，而且绝对不肯让他的东西白白送掉，于是他慌乱的转过背，跟跄的逃，但是在万般恐惧中，却不曾忘记一件事：就是即令逃不脱，他们顶多把他的那假家伙夺去，但是也总能换到手一个

"关着"的。

忽然"破"的一声，从他的后面发出，他简直来不及思考那霹雳是不是那雷神干的，就觉着背上受了一拍，眼花爆炸了一下，即刻疲乏了，瘫软了，两条腿无论如何也不能胜任，他几乎要跌倒，两个巡捕即刻开足马力奔上前，把他捉住，搜索着，粗鲁的在他的口袋里把那家伙夺了去，并且威武的嚷着："带走——把他关起来。"

这声音达明是清楚的听见的，他觉着自己是在慈母的拥抱中，摩抚中，有说不出的快慰，这快慰把他麻醉着，虽则巡捕又临时变了计把他放倒在地上。赤黑的水从他破的夹袄上潮涌出来，他的愁而黝黑的脸变成慈祥的美丽的灰白色，头正正经经挺在水门汀上，眼睛半开着，痴痴的瞧着苍天，折皱的面颊上嵌着最后的微笑。一切安静了，仅仅那赤黑的嘴唇略略抽扯两下，仿佛是哎哎的对他的好友说："大狗，这一来，我可生活了。"

四月二十二日于上海

（原载一九二九年六月《北新》半月刊三卷

十一期，选自短篇小说集《出路》）

美的戏剧

大田乡火神庙的戏已经演到最后的一天了。

秋收后，人们全有工夫去看戏，至于秋茄子那裁缝，不用说，热天，人们欢喜打赤膊，既用不着他做衣服，他又不能改变行业使自己成天忙；缝纫固是他的特长，然而天杀的大田乡的女人近年来竟自都能动起针线来，他那个"长"也就不怎么"特"，所以，倘使火神庙的戏整年的唱，他尽有工夫整年的看。

班子是从平江接来的，花了不少的钱，朝钱上看，戏剧定规是极美极美的，然而大田乡人却审不出其中的美，惟有秋茄子。当台上正演着一出《打龙袍》的黑头戏时，已经上午十一点多钟了，扮演过的戏子先先后后在台边的走廊里吃饭，而观众们却用油团包子之类的东西去果腹，只有秋茄子象着了魔似的尽敞开喉咙对那黑头嚷："好哇——好——哇!"

他喊厌了，就抽空鼓着掌，好似他的心头横亘着一个问题；一静不如一动，这鼓掌叫好也象对于他那问题多少总有点帮助似的。

不过他所得的帮助除那黑头对他瞅了两眼之外，便没有旁的。于是他愁肠辘辘的不免怀疑着：我和他不认识，尽鼓掌叫好有什么意义呢？……于是他灰心了，不去理会那黑头唱的戏，就急切的和一个乡董周旋着："喝，周家二爹，这响人健吧？——今年府上的收成总算不错的，听说也有七成哈？好福气？"

周家二爹的回答是："嗯，嗯，好，好，那里，三成还不到，说不定到冬上就会挨饿呢？"他那严峻的脸虽对着秋茄子，眼睛却看着台上那黑头，摸胡子。

"你老人家也来啦，哈哈，坐轿子来的吧？福庭四娘姐？"秋茄子很机敏，马上又换了方向对一个老太婆说，而且顺手逗逗她身边的孙男："好脚色，已经进了洋学堂了吧，穿着新竹布褂裤，好个漂亮的公子少爷啊！"

那福庭四娘姐也全不理会这赞颂，硬绷绷的把话顶撞他："你不要惹他哭，秋茄子，这孩子吵起来是没有高低的噢！"

但秋茄子仍然不死心，又向一个农夫瞎扯着："喝，雨青哥，你来了，我说，是喽，你一定会来的，呵，好，好极啦！听说你的猪婆下了一窠崽哈？真是，一下就是十三只，再过两个月又是百多块钱的进场啊！"

"猪是下了一大窠，可就没有东西喂，如今粮食贵啊！"那农夫做了半个笑脸走开了，生怕秋茄子这臭虫爬上身。

颇失望，身子转过半边来，秋茄子的那苦笑的脸即刻沉下了，好象堆了满天云，非常惨暗的。他象从冰窖里走出来，用得着到热火边去烤烤，就往人堆里一挤。他觉得和这些熟识的人，比他资格高的人去应酬是徒劳，离心中所待解决的问题相差得太远，他很灰心的想就此走回家，又觉家离火神庙不近，也觉家就带在他身边，家是除自己的五官四肢外见不到旁的，再三思索，觉得还是看黑头戏的强，那黑头虽和他很陌生，究竟还亲自瞅了他两眼呢！于是当那黑头唱完一节，他又热衷的嚷着："好，好，好——哇！"

不久，那黑头卸装了，退到走廊里，躺在床上抽大烟。秋茄子瞧准了，就慢慢地踱上楼，斜倚在栏杆上，走几步，歇一会儿，最后在那黑头床前的栏杆上伏着。那儿，在戏场没有身分的人谁都不敢站，因为那差不多是戏子的辖境，既便于看台上的戏，也便于看戏子画脸打扮，而在另外一种人，却可以闻闻鸦片或饭菜的香气，那简直是个形胜之地。秋茄子就占领了这形胜。

他耳朵好似极专诚在看台上那个花旦演的戏，眼睛却时时溜着躺在床上的黑头，不屑和先前一样对乡董们那末和颜悦色的，只把个傲慢的样子尽量排出来，因为那黑头这时也真讨厌，只顾自己慢通通的弄烟泡，全不理会他和搁在床的箱上的饭菜，正是吃饭的时候却不起来吃饭，从迷闷的烟雾里透视过去，在秋茄子的眼里，那黑头简直是个出奇的怪物。那黑头费了二十多分钟才抽完两口烟，过足了瘾之后许久，才不死不活的灌了两口茶，闭着眼躺着不动，好象灵魂归了天，一直等到灵魂又回来了，徐徐张了醉迷的眼，偶然向他瞟了一下，瞧清楚了那站在床前的是他，秋茄子，而且似曾相识的向他微笑着点点头之后，秋茄子这才折节的装了半个笑脸，勉强和那黑头搭讪着："累了吗？"

"还好，还好，请坐！请坐！"

那黑头挣扎着爬起来，打量了秋茄子一下，就透着点儿亲热招呼着，但秋茄子依然冷静的不大理会人，他知道一味对人谦恭也不中用，在周家二爹，福庭四　姐那里已经受过教训了。彼此沉默了一阵，最后还是那黑头找着话源开始说："先生对于戏剧也很内行的噢!"

在秋茄子那多年训练成功的驼背,那纸白的脸,那咳嗽,与乎言谈的神气,虽然够得上称"先生",实际,这"先生"也是在他能对于戏剧鼓掌叫好的劳绩上奉赠的,现在既出乎意料的被尊为"先生",这先生就不能不慎重点儿又让雇主儿溜了,因之他又稍稍和蔼点儿回答道:"好说,好说,不内行,我们乡下人一年也难得看一两回戏,不过我还欢喜看戏就是,这儿每年唱戏我总在场的。"

"既然欢喜看戏,这不消说,对于戏剧定规是很内行的啦!——那末,先生,你说今天的戏究竟唱得怎么样?"

那黑头俨然遇了知己似的,假意的探询着,希冀再听一回掌声或赞颂。秋茄子也觉得这倒是一个生意经,他庄严的沉默着,眼睛朝上翻了一下,抿一抿嘴说:

"今天的戏吗?——唔——我不敢说,总算还过得去吧,——在别人看起来呢,自然,象我们这样的穷乡僻土,能化上六七百串钱请班子唱戏,那戏定规是极美极美的,何况贵班在平江乡下很出名,接都接不到,行头又崭新崭新,使人一见就知道红是红,绿是绿,不会错。这不算,这样齐全的班子听说又还在省里攀来了两个脚,当然是没有缝眼给人说的,但是就我一个人的看法,以为这几天所唱的戏也只算还过得去,不过我得说明白,今天唱的那出《打龙袍》却两样,唱得特别好。"

那黑头起首脸色很难看,等到听完秋茄子的话,才又高兴了问:"呵——就只那出《打龙袍》唱得好啊!——那末,这出戏里的角色你说又以那个唱得顶好呢?"

"这自然是那个扮包龙图的黑头喽,他是主角啊!"

那黑头微笑了一下即刻又睁着眼矜持的问:"那末,那个唱黑头的好处究竟在那里呢，我又要请教啦？"

"这个请莫见气，我是外行，我对于贵班里的人是谁也不敢得罪，我说那黑头唱得好，实在是凭良心，并不是信口开河的，"秋茄·子神经很紧张似的带着辩护的神气愕然的瞧着那黑头。

"不要紧，你尽管讲好咧！"

"是真的不见气？——那末我就老实说吧，——比如《打龙袍》这出戏，顶难做的是包龙图，这是谁都晓得的，你想，他要在仁宗皇帝同李太后中间去圆通，一个是当朝天子，咳咳，——"他咳了两声，"一个是瞎眼的叫化婆，要他们认娘崽，这不是笑话，这不是惊天动地的事体？——呃——究竟是青天宰相啊，一上一下，他能够弄得周周到到，服服贴贴！你看他对仁宗皇帝那样下苦心去讽劝，对含冤十八年的李太后又这样耐得烦去访问，相信她，怜惜她，最后太后回朝，要责打仁宗啦，他又想出个打龙袍的法子来，这计策多好啊，两面都敷衍得过；哼，这样烦难的戏，那个黑头他就处处都能照顾到，描摩得活象，又细心，又圆熟，咳咳咳，——"秋茄子大咳着，并且摇着头用手拍着大腿说："唉——这种做工才是出神人化的！"

"还有别的好处吗？"

"不要忙，我的精神不大好，请让我慢慢的讲，——再说，他那嗓子，唱得极多高，极端大啊！——这样放势的唱，没有一点沙喉咙夹杂在里头，这才叫做真喉咙，很难得的；唱别的还容易，唱西皮快板的黑头戏那的确要中气足，"秋茄子讲到这里，顺手拿着箱上一双筷，在桌上敲了一下："你听那黑头唱的字音，哈——妙透了；"他没有方法表示那字音，就将筷在饭碗上敲着拍子一壁唱："'忽听万岁——宣一声——辰州——来了——放——粮——臣——撩袍

——端带——'哈——一个字一个字交待得多清楚，多响亮，我们乡下人就从没有听过这样好的戏，南边人唱京调，别的不说，单是字音就闹不清，比如'岁''宣''辰'这些字眼，都是南边人唱不出的，——'放粮臣'三个字，哈，你看，唱得多干净，多挺硬！前——咳咳咳，前——"秋茄子又大咳着，吐了一泡浓痰才把话接上，这是他临时发明的句子；"前年我记得也唱过这样一出戏，哈哈哈，那真笑死人，他们唱的既不是京调，又不象土调，他们是浏阳班子，先生，不瞒你，那回若不是我在场，他们定规要吃亏的。也不知怎么弄的，那黑头漏了一句，看的人就起哄，草鞋片丢上台，个个口里只喊打，末后，若不是兄弟，先生，您猜那会成个怎么样的局势？连庙里的执年都压制不住呢！这群爱捣蛋的地痞们，个个挥拳擦掌要奔上台，哈，真凶险得很，若不是兄弟出来的话！您猜怎么弄的？，兄弟看神气不对，就几步赶上楼，仿佛也就站在这儿吧，"秋茄子用筷子向楼下指着，一手拍胸脯，雄赳赳的接着说："这就是我，兄弟，——我挺出来对他们骂道：'喊，你们这群化孙子，你们问问良好看，戏是给谁唱的啦？戏是敬菩萨的啊！哼，菩萨还不曾开口，你们倒挥手动脚起来啦！成什么事体，你们这群欺神骂像的东西，定规要遭雷打的！'哈哈哈，这一来，他们才静下来了。——唔——我说到哪儿来了？——呵，讲的是前年那个黑头唱错了戏，是的，那本不成话，咳咳，相比见高低，所以我说，今天这出黑头戏的确是唱到了家的。其余做工啊，台步啊，那是不用说，都很美很美！"

"总也有一点毛病吧？"那黑头虽是一惊一喜的却依然富于兴趣的接续问。

"就只一处地方乱了板，但那是弦子跟不上，不能怪唱戏的人的，——我是乱说一百几，请莫见怪啊！"

"那里，那里，戏本是唱给人听的，演给人看的，没有人在旁边指教一下子，戏是难得有长进的。"

"是的，是的——不过我是不大轻易讲人好话坏话的，也不爱讲，——不过；今天这黑头却的确唱得好，听说就是他，还同一个花旦是从省里下乡的呢？到底是省里来的脚强啊！可惜不知那——"秋茄子欲言又止的犹豫着，随即又改口说："喊，先生，你是唱什么的啦！"

"过奖，过奖、吓，吓，吓，兄弟就是那个黑头。"那黑头笑嘻嘻的站起来，鞠躬如也的伸着两手欢迎着秋茄子先生了："你先生也抽烟的吗？吓吓，不客气啊，请——真的——"

"呵——"秋茄子用筷子在箱上重重的打了一下，睁大了眼睛，伸长了脖子，拖长了尖锐的声音，震骇得魂飞魄散似的嚷着："就是你老先生啊，——那真了不得，——说人人到，幸而我没说别的，哈哈哈！"

"没有什么，没有什么，吓吓，来吧，抽两口吧！"

"不客气，不客气，烟，我不会抽，——呵，就是你老先生，那真了不得！"

"怎样，抽得玩啊！"

"不客气，烟我不会抽，可是——这儿离家很远，懒得回去，您这里的饭，我倒是——"

"啊，还没有用饭吗？好，好，有的是，没有菜，就请随便用。"那黑头盛了碗饭给秋茄子，自己也盛了一碗陪着吃。

"呵，——那真巧极了，那唱黑头的就是你老先生，哈，真难得！"

秋茄子那满含着饭的口冲出这最后的颂词时，偶一望望走廊底下的观众，周家二爹，福庭四　姐，以及许多的脑袋都向着他仰着，再望望戏台上，那儿却已歌沉响绝了，原来最后一日的上半天的戏收锣啦，于是，他不免感慨系之的便又补了一句："唉，好戏，唱得真好，很难得，照我的意思，这样的班子应该接着演下去才对的。"

一九二九年国庆日作
（原载一九二九年十一月《新文节》月刊
第三期，选自短篇小说集《出路》）

牧童的过失

是暑天，每天下午一放学回家，荷牙子就给他阿爹逼着去看牛。讲起来孩子们总以为看牛比上学好十倍，其实也正是他们不知道看牛的苦处。你想，他还只十岁年纪，当然赶不上阿爹那末老练，要看蛮大一条角叉叉的牛，不骗人，牛子虽然不曾对他暴虐过，但他假若不借那枝大马鞭的光，他也许怕它比怕阿爹还厉害，况且又是一个人，要到远处的山边水边去，天煞黑才回来，而他那小脑子里又有的是山神水鬼的故事，所以他不免常常起着非分之想——他少不了一个伴。

和往常一样，一天，他把牛子从栏里牵出来，只想在屋前的塘墈边延捱着把时间度过，和往常一样，他看见他二嫂在塘边洗衣，看见在塘边树荫下织草鞋的隔壁的细毛，也看见在大门口待着的细毛的堂妹成妹子，这些，他全不在意，只顾慢慢的牵着牛子沿着塘墈走，不过有时他也看看他们的，细毛呢，一双眼睛专们瞧着他二嫂也能织草鞋，这种本事他当然很佩服，至于他二嫂呢，老是那件衣在水里摆来摆去，洗了半天还是那件衣，那他就有点瞧不起她了，往常他二哥在家时，他从没见过她把一件衣服洗得这样仔细的，而且他们的谈话也真使他听不懂。

"怎样，我来的啦！"细毛皱眉谄笑着说。

他二嫂总是低着头不响。

"怎样，答应了吧，我来的啦！"

"你来你的，关我什么事！"他二嫂红着脸带笑的说，她好象呕细毛不过。

荷牙子这样想：这算什么呢？来不来有什么希奇的，这样的装鬼脸！细毛如果对我说；我真是求之不得啊！但他不对我这样说，真奇怪！……还有成妹子也使荷牙子心里很奇怪，她在大门口呆呆的发傻，她不曾对他的看牛表过同情的，这时她瞧见他，忽然跳蚤似的跑拢来捱着他，手里捏着个芝麻饼，在唇边舐一舐又拿开，生怕一口吃完就一辈子吃不到第二回似的，眼睛笑眯眯的瞧着他，偏着头，摇摆着身子说："我同你看牛去好不好？"

"你肯同我看牛去，这才奇怪啊？——你妈不骂吗？"

"不骂的。我二叔，不是我爹昨天朝南荻去了，今天我二叔就来了，他同我妈坐在床上讲私房话，我妈不许我听，就给我一个芝麻饼哪，……"这女孩把那饼来回翻转来看，接着说："她叫我到外头去玩，我一出房门她就把门锁了，是她自家叫我出来玩的呢！"

"呵，这就最好没有，那末，我们就到毛家坝去，毛家坝水只这末深！"荷牙子欢喜的做了个手势，"那里的鱼才多呢，昨天我同上屋宝牙子到那里捉了好几个，柳条儿穿着提回的，这末长一串！"荷牙子又做了个手势，虽则他极盼望她回去。但他可不是对她瞎吹牛。

成妹子就牵了他的手笑着跳。

"我也要同去，我也要同去，唔——"他弟弟听见要到毛家坝捉鱼，马上丢了手里那石子，从屋里奔出来，抱着他哀求。"

"要去就去喽，你只不要吵就是，"

"好，我不吵！"

荷牙子总算走点运气，原先他只想找个把人同去就行，于今有了两个，而且都是自己找上门的，于是他们什么都不管，急忙的出发。

七月的太阳虽然到了下午四点钟，还是火一样烧着，而且路上的沙子也象炒得热烘烘的栗子；不过他们虽则全是科头赤脚，也并不在乎，因为他们在路上一点不停留，牛子要馋嘴，他们总不许，以为毛家坝有好草，有好水，尤其是好鱼，到了那里，不就彼此两便了吗？牛子也像知道他们的好主意，并不怎样的执拗。

一到毛家坝，荷牙子首先把牛绳随便的系在草地的一株小树上，其次就是他自己，匆匆忙忙把身上的褂子剥掉，把裤乱下来，丢在沙上，几乎要把它扯得稀烂，再从老远老远的地方排了个阵势，嘴巴把气封足，开始狂奔着，奔到坝边,，纵步跳进水，扑通一声，水沫腾上三四尺高，人沉在水底，他还故意攀住水底的泥泞硬要两三分钟久才浮起，他仿佛要那样才对，要那样才算过瘾，因为水里也实在比岸上凉快得多啦！并且不使得成妹子见了，对他弟弟这样叫喊道："哎呀，你看他哟！"那有什么趣味呢？

她既是头一次同他来看牛，他应该做点花样使她看得第二回还想来才是。

再次是荷牙子象耍太极拳一样，把坝底的泥沙闹得翻起来，水浑了，鱼儿躲藏了，看不见人，他才动手捉，一面叫成妹子和他弟弟在沙上掏洞，掏得见水，然后将他丢在沙上的鲫鱼，寸把长一个的养在洞里，成妹子才八岁，他弟弟才六岁半，他们干这种事业也颇能胜任。

摸一阵鱼，玩一阵水，玩累了，荷牙子就躺在水边把沙子将自己藏埋起来，他弟弟和成妹子也帮着经营这丧事。在平常，他一个人牵牛到那里时，他未尝不想真正葬在那沙里的，可是这时候啊，他全不那样想，他只静静的闭着眼躺着，让他们去葬，等沙子堆满了，他一翻身跳出这坟墓，而且滚到水里大活而特活了，不但如此，他活得更起劲，在水里他还来点俯游仰游等的花巧，有时全身潜在水底还能爬行三四尺远，多自由！多有趣！

"我也下来，"成妹子看起了兴头这样说。

"你下来喽，水里多末凉快啊！"

"好，我把褂子脱了！"她把褂子脱了走到水边，说："真好玩哟，水里，我把沙子替你塞了水口，省得鱼儿逃出去，好不好？"

"只要塞得住，有什么不好！——成妹子如果鲫鱼捉得多，我们一人一半！"

成妹子捲着裤口蹲在水面用沙子塞水口，荷牙子的弟弟也想帮她，水口塞好了，她就在水边捉虾子，只须捉到一个死虾子，她就自以为能干，很起劲的捉下去，她忘记她的裤子那时并不曾开口，以为还象先前一样，只一蹲下去就能把肉屁股露在外头的，她尽蹲在水面妄想再捉个活虾子，好一个波浪来，并不算怎样大的浪，就把她的裤裆荡湿了，加之荷牙子玩水时所打出的水沫落在她身上，就够把她的裤潮湿得有个八开的，何况她还不留心！荷牙子曾看过成妹子撒尿，他以为她和他们男孩子的不同，就只少了那点点，那有什么稀奇的，于是他提醒她："成妹子，你索兴把裤子脱掉吧！"

"我也脱掉裤子啊！……唔，我不，我怕蚂蟥，蚂蟥钉在脚上要出血的。"

"那末，你的裤子不是全会弄湿去吗？"

"我不怕，只要一会儿不下水就会干的啊！"

荷牙子也就不去再管她，随她怎么去弄，她后来把屁股全浸在水里，但也摸不着活虾，连死的也没有，她就在水边玩，后来她竟试着往深处走，水没到脚膝，她就不敢再往前，他告她顶深的地方也不过齐胸腹，也没有蚂蝗，又教她怎样玩，他能仰着在水面玩，只两脚动一动就不沉，又故意两手伸出水，或抱着身子，或捏着小鸡鸡现本事，但成妹子却不敢照样做。

她两手撑在沙上，弯着腰，两脚轮流打着水，象山羊走路，渐渐的她胆大了，公然把身子浸在水里只剩出个头，打得水点跳上来几尺高，象成妹子这种游泳法，荷牙子的弟弟也会的，也伏在水边凑热闹，小坝里有了三个这样的人物，真是天都闹得转，水珠象雨点一般不绝的洒在头上背上，真清凉！

孩子们的毛病就是不知天高地厚的尽管自己乐不顾大人忧的，好，久之，事情发生了，蓦地。坝边上巍然的耸出个成妹子的妈和荷牙子的二嫂。

"哎呀，你们三个畜生在这里啊！——成妹子，你这杀千刀的，不要脸的婊子，你也学男孩子样玩水啊！——我什么地方没找到，你这死鬼，还不给我死上来，我揪你的皮；"晓得他们是几时到坝上的喽，成妹子的妈骂了一阵他们才知道，荷牙子吓了一大跳；即刻走上岸穿衣服，其余两个也跟着走上岸，颤抖的提着衣，身上湿淋淋的，一看太阳，太阳在山那边，只向他们露出半个脸，一看牛子，牛子不知怎的不见了。

"荷牙子你这死鬼，你把我成妹子骗到这里玩水啊，你这不爱脸的东西！没教训的野种！"

"是她自己要同我来的，我又没有拖她来。"

"你没有拖她，难道你就听她玩水啊！这才出了你祖宗三代的奇啊！我没看见过这种刁家伙！"

"她自己要玩水，怪得我啊？"

"何得了，你看这畜生，"成妹子的妈直急得在坝上蹬脚；"荷牙子你要强，我定规回去告。"

"你回去告好咧！我不怕，不是我拖她来的！"

"你不要同他讲，他一向是这样顽皮的！"荷牙子的二嫂也在旁帮嘴。

"定规告，哼哼，你妈早就在门口拿着棍等着啦，——我才看见这种狗婆养的孩子，这样大，有脸带女孩子玩水！——走啊；成畜生，你还望着人家作什么？你死了自己的脸，也把我的脸丢尽了！你，你还不赶快给我罩起那件皮！"

那婆娘的脸好象真为这事气得发黑似的，她那肥胖的胚子软洋洋的堆在坝边上，连步子都走不开，好象要倒下的样子，这样没有精神而她的巴掌却力气足，一阵一阵在成妹子的脸上背上挥，打得她简直来不及接连着哭，她叫一声隔半天又叫一声。

"你还跟那个死鬼玩水不？你还跟那个死鬼玩水不？你这小娼妇，你还哭！"

巴掌又一记一记在成妹子身上打，走几步，打几下，好象就这样一路干回去的。她还说："要是你爹在家啊，哼，他定规制了你的命！"不但如此，她还走几步又转过脸恶狠狠的对着荷牙子做手势，獠牙暴露着；真容易令人联想到她们晚上歇凉时对他说的那吃人的僵尸。他弟弟是哭丧着脸跟在她后面。

那时荷牙子简直痴呆了，她怎的骂他，怎的唬吓他，他全没注意，他只觉得自己有点对成妹子不住，当初没有阻止她；以致吃这样的苦，也觉得是她自己该倒楣，他想：她妈好好的叫她出来玩，怎么又恶狠狠的把她打回去？难道那婆娘当初只顾自己跟她二叔叔关着房门讲私房话，于今私房话讲完了，反而说成妹子出来坏了吗？

早知如此，哼哼，我要是成妹子，他妈的，当初向那婆娘需索十个芝麻饼也不算多。……他这样悲愤的胡思乱想，同时也还有两个大恐慌，攒进他心里，一是怕那婆娘真正回去告，二是那不够朋友的牛子不知到那儿去了。

他不敢走回去，尽咨嗟叹息的留在毛家坝，看看坝里的水，静静的又澄清了，鱼儿们也在水面吐气了；看看两岸的沙子白茫茫的起伏的，而且枯燥的；看看天边，日光全没了，云彩一列一列嵌在青天上，鱼鳞般闪耀着，而远处的树林却现出阴森而沉郁的样子；看看自己的家，家在山那边，并不远；望望自己的脚下，禾田在眼底下旋转，鸣虫到处向他嘲笑，沙洞里的鲫鱼冷静的翻着白肚皮，怪可怜的，可是谁料到它们的暴君于今恶贯满盈了，流亡在荒岛，自生自灭，没人过问吗！真是，他那时孤单彷徨的，在坝边很害怕，同时还起了点身世之感呢！

天快黑了，远远的，他看见他父亲东张西望的来了，口里叫骂个不绝。本来他一个人很害怕，但一有人来，他就胆大了，于是他赶快躲起来，心里愤愤的想：他还在骂，难道他就不怕我淹死了吗？如果我淹死了，只剩一个儿子我看他怎么办，到那时，我看他的牛子请谁看？哼，这样黑心的人，我定规要死一回给他看看，我要看他在我死了之后又怎样，说不定他会跟成妹子的妈办交涉，是她吓得我不敢回去才有这种悲惨结果的，她骂过我"不要脸""野种"我犯了什么罪，要地那样恶骂啊。……还想这样暗呪下去，把气出尽，可是他父亲越走越近，他便伏在田嶽下不动。

"荷牙子——荷牙子你这婊子崽，死到什么地方去了啊？——哼，这畜生那末小就什么都干得来，妈的，一回来我是没有面子给他的！"他父亲尽管东张西望的喊，骂，他尽伏在田墈下细细的想：还只跟成妹子玩玩水就这样苛刻，假使你发现牛子没有了，还不知道会把我怎样宰了呢？……但在他随即又听见他父亲低语道："怎样牛子回来了，他自己又不见了呢？难道——我想不会的，总是躲到上屋宝牙子家里去了喽！"听了这话，他在又喜又恼，喜的是那牛子究竟还够朋友，没和他为难，自己回去了，也奈何他不得，恼的是他父亲竟不以为他是死了，他还没有到上屋宝牙子家去探听，怎么就这样大胆的说了呢？

他本想假装死在外头的，但他父亲一去，他就怕，他悄悄的远远的跟着他父亲走回去，那时天已黑了，他就溜进屋后的菜园里躲着。他看见屋里的灯光，又听见厨房里的洗碗声，这一来，他装死的心思没有了，他只觉着肚子饿，同时他茫然的感到一切太空虚了，他想：我为什么定要有人陪到毛家坝以致弄到这样呢？我为什么不进屋吃两碗饭，却躲在后园呢？我为什么都一点打骂不能忍受呢？象成妹子，她该吃得饱饱的，她该睡得安安稳稳的，她虽挨了打，于今总算苦尽甘来了啊！而我头顶的是苍天，脚踏的是草地，包裹着全身的是黑夜的冷气，两手空空的垂着，不知要搁在那里才好，我什么都没有！我为什么不把沙洞里的鲫鱼带回呢，我真是个傻蛋啊！……

疲劳之后的人们晚上睡得早，庭园寂静的，月亮上来了，照得他几无藏身之所，他两次三番想走进厨房偷点冷饭吃，但后门锁了，他不能不往前门走，可是他向前门张望时，总看见他妈倚在门栏上两手撑着头叹气，有时东走走西望望，于是他又退回后园了，等了半个钟头再向前门一张望，他母亲还是在那里，走进走出，全没有想睡的样子，于是他又退回去伏着不动，他看出她的神情好象比她失掉老鸡婆的时候还忧愁似的，这倒使他心里还高兴！

在后园正等得要瞌睡时，一个影子把他惊醒了，幸而他这小人物还没有使那影子注意，他看见那影子走到他二嫂的窗底下，轻轻敲了两下，随即又听见里面咳了一声，于是那影子爬进窗子了，他看得很入神！他想：那是鬼？是贼？如果是鬼，我二嫂该吓得叫起来的啊！如果是贼，但我二嫂醒了，他敢偷她什么呢？我眼睛看花了？……他想喊，也想不管三七念一借着这机会把自己仍然活活的介绍给他爹妈，但他不知他爹妈究竟要把他怎样，他始终不敢喊。

过了许久，他又向前门张了一下，好，他妈不在那里啦，他心里一喜，就轻轻的向前走，不料正离大门极近时，他妈忽然又推门出来了，她一眼看见他，想奔上前把他捉住，又怕惊骇他，就没有这样办，也没有高声叫，只用手招他，但他还是逃，逃到原处就不动了，好象不这样做作一下，那才丢丑似的。

他妈慢慢的走近，他装做没看见，让她窜上前，把她抱住，他在母亲怀里挣了两下，就开始哭，实在，不这样，这漫漫长夜他将怎样了局呢？他这样的被捕获究竟还是令人感谢的事啊！他妈见他哭，她自己也抽噎着，大颗的泪珠滚到他脸上："唉，可怜的牙子，你害得你娘好急啊！——你爹也真是，这样小的年纪就逼着你抛尸露骨的去看那瘟牛！——"她抓住了他，简直没骂他一句就把他带着走。在厨房里，她点了灯，舀水给他洗了脚，又端出温在热水里的饭菜给他吃，并且在火里煨熟两只条子鱼，随即进房去了。等他吃好饭，她又走出来，把他带进房，叫他仍旧睡阿爹的床，但是他不有。她说："只要你下次不带成妹子玩水就没事，男孩子怎好同女孩子在水里玩呢？"母亲是好的，他也不同她辩论，好，有了担保，就放胆爬进阿爹床，偷偷的看阿爹一眼，阿爹的眉头皱着，胡子翘着，可没有睁开眼。他贴在里边的床板上度过这一夜，那时，他怕他可就比怕牛子厉害得多啦！

第二天，绝早，趁阿爹还没醒，荷牙子就起床了，一个人溜到后园去玩。在那里，远远的他瞧见隔壁细毛的背影。

早餐时，他和往常一样吃着，而且故意装出极大方的样子，看人们能够把他昨天的过失忘记不，因为假使他们一言归正传起来。人多口杂，实在是很难对付的。不料这事竟正大得非常，谁都牢记在心里，个个对他丢着鄙薄的眼色，露出嘲笑的面孔。成妹子的妈在他家门口经过时，还故意推开门，眼睛凶横的向他瞟了一下，好象说："这不要脸的也死回家了！"这婆娘荷牙子是恨透她的，但他还能勉强原谅她，她可以说他带她的女儿玩过水，至于他二嫂，那又何必挖苦人，专寻别人的缝眼呢？她说：

"荷牙呀，昨天你怎么会想起把成妹子拖去玩水呢？"

"你去问她，看是不是我拖她去的！"荷牙子也不示弱。

"我不信，你不拖她，她怎么肯下水哟！"

"你不信就不信，这不关你事。"

"哈哈哈，好，你总算也见过世面啊，哈哈哈，看你不出噢……"

"见过世面，我看你昨晚见了鬼啊！"

所有他有里的大人，他顶不怕他二嫂，顶不欢喜她在塘边同细毛做鬼脸，所以她一挖苦他，他就发气了。起初，他二嫂全不睬他，眼睛瞧着别处；哼，后来她的脸红了，他的脸反而没红，但是最后她恼怒了，把碗打得很响，用筷子指着他的脸，愤愤的说，几乎要同他相打似的："怎么这样顽皮呵，你啦！"

"他究竟是小孩子，不懂事，你就让他一步！"他母亲调解道。

"荷牙子是真有点讨厌，难道你同成妹子玩水是该的，你把成妹子弄病了，她妈还要同你算账呢？"因为正义之所在，他婶婶也在旁帮嘴。

"荷牙子你要留心你的皮噢！"他父亲听见他们这儿有风波，也在远处装雷神镇慑着。

没有人再帮荷牙子了，荷牙子不敢再多嘴。

此后，每天下午，牛子还得归他看，只许他一人，他牵着牛子上大路，大路常有人来往，他不怕，至于有没有草，可管不了，他走几步，牛子走几步，他看着牛子，牛子也抬头痴痴的看着他，他和牛子永远成立了谅解。

一九二九，五，四，于上海。

（原载一九二九年十二月《北新》半月刊三卷

二十四期，选自短篇小说集《出路》）

中国现代小说经典文库

彭家煌（上）

主编：黄勇

汕头大学出版社

图书在版编目（CIP）数据

中国现代小说经典文库. 彭家煌：全2册 / 黄勇主编.—汕头：汕头大学出版社，2014.3（2016.4 重印）

ISBN 978-7-5658-1208-8

Ⅰ.①中… Ⅱ.①黄… Ⅲ.①小说集-中国-现代 Ⅳ.①I246

中国版本图书馆 CIP 数据核字（2014）第 031847 号

彭家煌 PENGJIAHUANG

总 策 划：赵 坚
主 编：黄 勇
责任编辑：宋倩倩
责任技编：黄东生
装帧设计：袁 野
出版发行：汕头大学出版社
　　　　　广东省汕头市汕头大学内 邮编：515063
电 话：0754-82904613
印 刷：北京富达印务有限公司
开 本：695mm×940mm 1/16
印 张：20
字 数：240 千字
版 次：2014 年 3 月第 1 版
印 次：2016 年 4 月第 2 次印刷
定 价：59.60 元
ISBN 978-7-5658-1208-8

发行/广州发行中心 通讯邮购地址/广州市越秀区水荫路 56 号 3 栋 9A 室 邮编/510075
电话/020-37613848 传真/020-37637050

前　　言

　　文学史上，总有一些本该受到赞誉和尊重的作家因为这样或那样的原因，在他身前或身后的很长一段时间里被埋没，幸好历史最终会给他们以正确的评价，彭家煌（1898—1933）就是类似的一位。

　　1898 年彭家煌出生于湖南省湘阴县一户落没的大家族中，早年从湖南一师毕业，经其舅杨昌济的引荐，赴北京女子师范大学附属补习学校任教。1924 年彭家煌考入上海中华书局工作，一年后转入商务印书馆编译所，并开始从事文学创作。1926 年代表作《怂恿》发表后，在短短四五年间先后出版了《怂恿》、《茶杯里的风波》、《在潮神庙》、《出路》等短篇小说集。1931 年彭家煌加入"左联"，投身文艺界抗战热潮之中，因此被国民党反动当局逮捕，在狱中遭受非人的摧残，经营救出狱后身体状况急剧衰落，终因病魔缠身于1933 年不幸过世，年仅 35 岁。

　　在三十年代的小说作家当中，彭家煌以写作题材广阔和小说技巧圆熟而著称。的确，他的小说无论是人物性格的刻画，还是故事情节的演进，又或是语言文字的运用，都十分地流畅自然，没有某些现代作家那种生涩、寡味的流弊。彭家煌的乡土小说在当时便受到了广泛的关注。这些描写湘北洞庭湖滨农民生活的作品，富于浓郁的乡土气息，语言的幽默色彩很浓，但在这种语言风格的背后，又潜藏着作者对不合理的社会的否定和对人生丑恶的嘲弄。以短篇小说《活鬼》为例，小说用看似庄重的描写表现了一个所谓驯良诚实的青年人肮脏卑劣的行为和心理。作品在轻淡柔和的品格中透视出当时国民的某种劣根性，表达了作者对此的深刻忧虑。他的乡土小说在当时是公认的上乘之作，即使是放在半个多世纪后的今天，仍不失其特有的价值和韵味。茅盾早在 1935 年就曾高度评价了彭家煌的农村题材作品，称他"用了更繁杂的人物和动作把农村生活的另一面给我们看"，而"彭家煌的独特的作风在《怂恿》中就已经很圆熟了。"

最让人称奇的是彭家煌不仅能写出风格独特的农村小说，而且还擅长描写反映知识分子和市民生活的都市小说。他的这部分作品同样带有诙谐、嘲讽的轻松笔调，但同时彭家煌又真诚地正视社会的不公和人性的龌龊，并以一种宽厚的情怀将现实融入到更高层面的历史中加以审视和把握。这就使他的小说诙谐中蕴含着悲悯，嘲讽中寄寓了反思。在短篇小说《节妇》中，作者并没有对女主人公阿银从婢女到被迫委身于候补道大人一家三代男人的悲惨遭遇作公开的声讨，但透过作品中对这种惨境的冷静平叙和暗讽式的语言，却表现了当时社会的极度黑暗及作者对此的愤怒与痛斥。

彭家煌被遗忘了几十年，但他作品所特有的审美价值正在受到更多读者的认同与喜爱。

本书收录了彭家煌各种类型的小说经典之作，以飨读者。

目　录

上册

下册

Dismeryer 先生

反奉战争起后，S 市华界的居民，大半因着前次战争所遗留的深刻的印象，对于自己的生命，以及细微的家具，都感觉绝大的危险，稍拥资产的都纷纷向租界移去；因此，城北仁义弄第二十号的房子也在这时空了，只有住在灶披间的两个寒酸学生没搬走。

P 和他的妻乘此机会，以较廉的租金赁了这所房子的前楼；初搬进去时，很觉寂静，自从楼下搬进来一位打拳的武士后，才渐渐热闹起来。

灶披间的租金每月只有两元，不到几天，那两位学生不知怎样搬走了，这间小房便入了武士的版图，他不是租来自己住，却以每月六元的租金转赁给一个外国人。

这外国人搬来后，在房门上贴着一张 W. A. Dismeryer 的名片，窗子上挂起破纱帘，地上铺着旧地毡，小铁床上四散着工业书籍；室内除小柜，衣箱和烹饪的杂具外，壁当中还挂着祖胸赤背的耶稣被钉在十字架上的画图。

P 的妻见不惯外国人，这位 Dismeryer 颇引起她由对普通一般外国人的观察所得来的一种异样的可怕，因为盛气凌人不可一世的外国人也可委曲在这小而卑湿黯淡的灶披间，可断定他是一个旅华的起码货，她于是很不自安地对她丈夫说：

"我们又搬到倒霉的地方来了；楼下呢，住的是一个打拳的，灶披间呢，便住着一个蹩脚外国人，别的不打紧，若是这外国人在这儿贩手枪，造假钞票，一经发觉，可不牵累了我们吗？还有一层，我们白天都要去做工，房门的锁又不坚实，里面的东西说不定有危险呢？"

她发表这高深的见解后，睁着眼睛凝视她的丈夫，等候一个妥当办法的回答。

P 笑了一笑，不假思索地答道："打拳的想不会无缘无故给拳头我们吃的，这外国人的举动虽是不能断定，总不会牵累我们罢。至于房里的东西，那怕什么，家里有看家的娘姨。"

她经过这番安慰，虽是有些相信，却仍不放心，时时背着 P 在娘姨面前刺探这危险人物的消息。娘姨不时在她前面报告，说外国人也能说本地话，常在她旁边看她烧菜，有一次看见瓶子里没有酱油，连忙走到房里把自己的一瓶酱油拿出来送给她，她没有受。有时他又拿出胡椒粉或加里粉来要她放在菜里，她怕是毒药，严词拒绝了。厨房里的东西他常常由这边搬到那边，放开自来水尽量地冲洗，啰啰苏苏使她十分生厌！

主妇夸奖她那谨慎的态度，同时又再三的嘱咐道："小心点，外国人是不好惹的，以后不要理会他好了。"

娘姨守着主妇的命令，从此绝对不睬这外国人，有时他又来管闲事，整理厨房，冲洗家伙，于是厨房里沸腾了诟詈的声浪。这外国人被娘姨斥辱，并不敢抵抗，他只静寂的退到他的小房内。从此，他停止整理厨房的工作，闲着没事做，便每天关着房门躺在床上，低声的念那朝夕不离的工业书籍。他不敢走出门散散闷，开开心，因为出了门，必定要里面有人出来，他才有进门的机会；若是晚上回家稍迟一点，他便会在街头作漫漫长夜的巡游者。

一天早上，P 在厨房提水，发觉这外国人在窗外站着，脸上惨白，眼珠通红，全身似给寒气裹住，战栗地望着 P 微笑。P 会意，连忙开了门让他进来。他谢了 P，渐渐和 P 攀谈。P 从此知道他是三十多岁来华已经两年的德国人，新近被摩托车制造厂辞歇了的劳动者。

P 夫妇移居后，转瞬又是两个月了，这所房子里除了武士和他的徒弟们角力的声音喧闹着外，没有什么危险发生过。娘姨因在 P 家收入太少，藉故走了，这位外国人 Dismeryer，也恢复了他整理厨房的工作；因为他极爱清洁，厨房就在他那房子的隔壁。P 的妻也渐渐对他解严了。

Dismeryer 的房里很少有人进去，只有打拳的武士板起面孔在他的房里坐索房金，有时在他的房门外责骂他，说他假装睡着了，故意不开门；其实就是房门应声而开，难道以武士的威力能够把每月六元的房金在他那瘦削而枯焦的骷髅里榨出来吗？他刚搬来时，每天自己煮一顿两顿吃，两个月后，厨房里连他的足迹都少见了！

一天，好几个邻近的男妇从他的房里出来，那男子脸上满堆着笑容对他的同伴说："这根皮带真便宜，只花了四个铜子。"另一位男子说："这双皮鞋只有八成新，竟花了四毛钱！太贵了一点波？"从这般人得意的走了以后，Dismeryer 的房里才透出希罕的面包香味来，刀叉重新由尘埃里拿出来在厨房里冲洗。不常在家的 P，这种盛况，以后竟还看过好几次。

从这时起，P 的脑子里似乎受了一种强烈的袭击。他在放工回来时，躺在床上追忆旅京时和几位预备赴法勤工俭学的朋友天天从宣武门外步行到西城翊教寺法文专修馆去上课，飘舞的夹袄贴在身上现出高耸的骨头来，脚跟露在鞋袜外面，和冰冻的泥土直接的磨擦，每天早晨饿着肚皮和砭人肌骨的北风打十几里路的冲锋。以后呢，达到目的地的，能够被逐回国，这算是幸福，留在法国的，多是抱着他们伟大的希望在异域的坟墓里长眠，听说现在只有一位 C 君还活着。Dismeryer 不是横行世界的德意志的国民吗？他在积弱的中华所受的待遇，总可断其比留法的 C 君优越好几倍吧！然而这优越的待遇实在够人萦思缅索呀！

P 的脑中充满着异邦落魄者的悲哀，有一天终于被逼得走到他妻子从前认为危险人物的 Dismeryer 的房里去。那时他正对着打拳的武士枯坐着，死的沉寂给新进来的 P 冲破了。他向 P 微笑，眼睛四周逡巡，似在设法掩饰全室破烂荒凉的痕迹，免得刺激这位新来的贵客。P 和他寒暄了几句，便问道：“你为何整天在家不去做工呢?”

“No work，找了交关人写介绍信，不行。”他微笑着，英语里夹杂着十分之七八的本地话。

“那末，不想法找工作，这房里的东西也不够你拍卖的。”P 问。

Dismeryer 没回答，仍然微笑着，渐渐低了头。

P 费了一番思量，又问道：“你的英文程度想必很好，如果你能教英文或会话，我能替你设法。”

Dismeryer 又微笑着，刚要抬起头来回答，那沉机观变的武士满面带着滑稽的笑容，抢着说道：“他是德国人，很穷的，德文很好，英文只勉强能说话。你要请他教会话，每月给他三四十元就行了。"

接连又指着 Dismeryer 说："P 先生瞧着你可怜，要替你找位子，教会话，你得谢谢他。"

Dismeryer 仍然微笑着，没有答话。P 给武士过分的推崇，十分难以为情，心很这多事的武士把麻烦的重担生生的搁在自己的肩上。虽是自己有意援助他，然而成功与否是不能预卜的，何能一开口就是"每月给他三四十元"呢？更何能就要他向自己申谢呢？P 对这事不好意思不敷衍，于是对 Dismeryer 说道："我到房里拿本英文书给你念念，看你的 Pronunciation 如何。"说完便拿了书来。

Dismeryer 接着书，全部灵魂浸在书面上几个字，看了半天然后展开念起来，一字一顿，长的字便一音组一顿，一页一页慢慢地读下去，头上的热汗涔涔的流，嘴唇发颤，但是他的神情是很镇静的。P 已验明他的程度，无须再读下去，便要他停止。他没有听见，精神贯注的仍然读着，似在和强敌决斗，拚命的决斗，全生命都在这孤注一掷了。P 心中涌着无限的失望，觉得很难对付这事。这时武士在旁看得很真切，于是他对 Dismeryer 说道："P 先生有事去，你不必再读了。"

Dismeryer 停止诵读，但眼睛仍注视书上，表示他还有余勇可鼓。P 在心里打算，这事很为难，武士要外国人向自己申谢的话，邻近男妇在外国人房里出来时得意的笑声和拍卖者的结局，这些思潮在他的脑中一阵一阵的激扬起来。他不能白白地使这异邦落魄者受严格的考试，而且他也没有白白地考试他的权力。他是工人，不是教授；他应该生活，不是应该被侮辱的。但这事究竟怎么办呢？P 想着，的确有些无可奈何了。这时他只好笑着说："我现在有事去，过几天回信吧！"

从那天起，Dismeryer 便很专心的到 P 的房里听回信，渴望着会话教授的聘书的颁赐。他把这可靠的希望应付武士催索两月的房金，他也曾以这意外的生机写信安慰远处的一位很挂念他的穷友。他更欢欣庆幸，梦想着自己还有在 S 市立足的可能。但是聘书是用不着商量，P 早就在心里决议，无法递送的了；没有相当的生徒用得着这位教授了。在 Dismeryer 来听回信时，P 常想回避，但是没法回避，而且假慈善家，滑头等的罪名好象都堆在他身上。他心想不如直截了当的回复了他好些，于是等 Dismeryer 又来探回信时，便把早经制造了的几句话回复他道："Dismeryer 先生，我的朋友只愿研究文学，不愿学会话，你的意思怎样？"

他没有表示失望的悲哀，仍是低头微笑。他很能原谅 P 而且对 P 更加亲密，这是使 P 心里最觉难过的。就是 P 的妻也无形中动了妇人们软弱的慈悲，脸上替她丈夫罩了一层抱歉的神色，白眼珠对着 P 连翻了几翻，似在谴责他太不量力，轻于许诺，把这异邦漂泊者过于奚落，过于玩弄一般。

这时，晚餐已经热腾腾的摆在桌上了：一碗稀薄的蛋汤，一碗白菜，一碗红烧豆腐，虽不是佳馐，在 P 夫妇看来，比贵人们的鱼翅燕窝还珍重，在 Dismeryer 的眼中，总也算是中华大菜吧！P 的妻在摆筷子时，低声说道：

"怎么样？问问外国人要不要吃吧？"

"自然要吃的，"低微的声音在 P 的喉间半吞半吐着。

就这房里三个人看来，P 夫妇算是贵族。一个有钱的人请外国朋友吃饭，似乎不能这样冒失，P 这时只好带着抱歉而敷衍的口气对外国人说道："你没有吃饭吧？在这里吃了去，好吗？"

Dismeryer 测量了桌上陈列的蔬菜和三人肚子的容量，于是努力的答道："你们不够吃，我不必吃了。"

这样隆厚的情谊，这样难得的机会，他那能十分客气呢？经 P 再邀请一次，他便就座了。P 把窗帘放下，深怕这情景给别人知道。这是 P 家款待西宾的第一回。

这样的款待，一次两次，P 是能够效力的，无穷次，确是 P 心余力绌的事，但这是 Dismeryer 想不到的。他在孤寂穷愁中妄想着在这慈善家有人类大同之感的 P 家寄海外落魄之身，在潦倒颓丧，生活绝望的时候，已获得希罕的无穷的快慰了。他相信忧人之忧，急人之急的 P 夫妇，必会长此以他自己得着慰藉为慰藉的。不是这样设想，他如何好意思常在吃饭之前走到 P 夫妇的房里去，等候他们殷勤的款待呢？不是这样，又有什么办法呢？旧铁床，有钱的买去了，现在睡的是硬土；穿的只剩了身上破旧的一套；住的是武士势力之下万不得已赊来的一间小房；这样的境况，他不就食于 P 家又有什么办法呢？

Dismeryer 常常吃完饭后，觉得不好意思，曾抢着替 P 夫妇买菜，打水，洗碗，但这些于 P 家没有丝毫的收入，这些他们自己能干得下，无须劳他的驾，P 也不愿因为每天两顿饭的损失取偿于他帮同料理杂务上。P 的妻很胆小，深怕过于牵累了自己，以为与其自己挨饿，不如不作假慈悲，但她又不敢说直话开消他，只想客客气气的招待他，使他自己怀惭而退，但是 Dismeryer 毫不体会这异样的情形，他有时不知道把什么东西换点牛肉来做送 P 夫妇的礼物，有时是一碟小鱼，虽经 P 璧回过，他还是诚恳地奉赠着，他以为这足够联络感情了。

一天一天的下去，P 的妻觉得客气的方法不中用，好象哑巴吃了黄连，她于是怨怼丈夫，和丈夫口角。

"以后不要他再送菜来，送一点点菜，他便可仗着这点情谊更好来骗吃几顿的。我们也是穷光蛋，该天天服侍他吗？"

她怒极时，常说出许多激烈的话，可是一见了外国人却始终不敢开口，只竖着眉毛，板起面孔，故意把房里的东西敲撞着响得很厉害，藉此表示一点怒意，等外国人出了门；便又诅骂起来：

"我们为什么要供养他呢？难道我们中国人还没有受够洋鬼子的糟蹋吗？他们是野兽，南京路，汉口，广州，那处他们不横暴的作践我们！我们的血是猪血，我们的命是狗命，那一次奈何他们过！我们为什么还要饲养这种残忍的野兽啊！我真是越讲越恨呀！况且街上讨饭的中国人不知有多少，专就蹩脚的外国人讲，本地也不知有多少，难道你个个去照顾吗？我看明天还是老实告诉他，叫他别再在这儿讨厌了！"

"不要讲这样不近情理的话，野兽的横暴是不分区域的，不论国内国外，处处都有，它们张牙舞爪谁敢去抵抗，Dismeryer 比我们中国人的遭遇更悲惨，他和我们一样，立在被作践的地位，我们该援助，该同情，你讲这样的话，不仍然是表彰着你的兽性吗？"

她听着 P 这番教训，更加愤怒了："好，你去同情，你去援助，随便你，你要怎样就怎样，反正明天的菜钱米钱，无论如何不能在我的衣服首饰上想法的。"

第二天，P 又和他的妻咕噜咕噜地过了一天，他对那异邦漂泊者的同情敌不过爱护家庭的观念，他不愿为着一个不相干的外国人牺牲自己家庭间的幸福，只得听凭他妻子去摆布。那天，他的妻子便故意把晚餐提早，好使外国人错过机会。她还怕计划失败，外国人进房来难以对付，又预先把房门闩了，夫妻俩胆战心惊的，盗贼般把饭菜匆忙的吞咽着。"这的确是盗贼的行为，这的确是黑心的事?"P夫妇脑中都充满着这样的幻想。

一会儿,有人敲门了,P知道是谁,但他好象无力抵抗巡警的捕拿似的,连忙开了门,P的妻没料到这房门把守不住,一时手足失措,好象没有地方躲避,竟把灯捻灭了,室内便黑暗了,沉寂了,窗外的月儿给浓云遮翳,仅仅街柱的电灯从窗帘的微隙中透入一线的光射在瘦削灰白的Dismeryer的脸上,一个僵尸的脸上。P夫妇很惊恐,很害羞,颈梗上似已被挂了一条冰冷而粗重的铁链,话都说不出来。许久许久,P才抖擞精神说道:"那儿来的风,把灯吹灭了,快点着吧!"

P说了这敷衍粉饰的话,他的妻才燃灯。Dismeryer早就领悟这是怎么一回事,他于是低着头,把手里的一碟菜放在桌上,颓丧的,仓卒的下了楼,走回他的灶披间去了。

这位可怕的落魄者下去了好一会,P夫妇俩紧张着的神经才弛缓过来,渐渐恢复了常态,P愤恨的责备他的妻:"真笨!你为什么做出这样的丑态,竟把灯都捻灭了!"

"唉!这不知是什么玩意?我们不知犯了什么罪?竟这样的慌急!唉!真好笑!这样的事真不是我们能够做得来的!你还是去把他喊来吃饭罢!"P的妻说。

P很不安地下了楼,摸到那黑暗的灶披间说:"Dismeryer先生,你如何回来这样晚啊?快去吃饭罢!"

"谢谢你们的好意,我是已经吃过了。"Dismeryer凄惨的回答。

第二天早晨,P由灶披间走过,只见房门洞开,Dismeryer却不见了,而且一天两天,一星期两星期,一个月快过去了,Dismeryer竟没有回来过,只有几件破烂的行李依然冷寂的躺在水门汀上。武士受了灶披间经营失败的影响,不久也搬走了,邻近的男妇们还不时在窗外探望着。

"他是到那里去了呢？破烂的行李又不一起带去？这穷无依归的 Dismeryer 究竟到那里去了呢？"

这是 P 夫妇在无聊的安静中，不能自己的脑子里时时萦纡着的问题。

（原载一九二六年二月二十五、二十七日《晨报副镌》，选自短篇小说集《怂恿》）

军 事

    战云迷漫，S市的春风依旧温柔的薰得人恹恹的，连骨头都酸软。陈太太的午觉已经挺过了，再睡又睡不着，偏生常来又麻雀的二奶奶竟自几天缺席，于是她的沉闷的脑袋里忽然闪出个"到新世界去"来；虽则她老人家已上了四十五的年纪，又兼着劳心家务，对于这事是久已灰心了，然而每月还勉强去三两次的。

    惯伏于她监督之下的供职铁路局的侄儿阁森，那天正值夜班，午餐后，躺在床上本拟熟睡半天，无意中在丫头桂香口里探听出婶婶要出门的消息，一种不可遏抑的幻潮，乘机浸入他那把持不住的心城，他在床头辗转了一会又兴奋的跳下床，披着长袍马褂在室内徘徊，独自微笑，微笑后又转入沉思。

    他从婶婶下床时起，心萦纡在她的左右：默祝她，不必麻烦的对镜整理那稀疏斑白的云鬓；诅骂她用许多铅粉去填平鸡皮脸上的裂痕是徒劳无益的事；拣选时髦花纹的衣裙更是多此一举；要出门就放爽快点！钞票铜子装入皮匣子里就得，反正大权在握，还仔细的检查数目干吗？他正想得入神，"桂香，叫车去"的呼唤和一片下楼的脚步声暂时段落了他这一路的思潮。他甜津津的打开房门，注视桂香的走过，而且等着她叫车回来又从路门闪过后，才关了门，心弦又按着楼上的脚步声在振弹，推测婶婶在衣镜前打旋转，匆忙的东摸一下西扯一把的在检点室内的一切。婶婶下楼了，桂香在后跟着，一种恐惧逼来，他即刻正襟危坐，预备对付婶婶推门进来时的盘问。

陈太太在阁森的门口走过，果然回头望了桂香一眼，转身来推阁森的门。

"你没有到局里去啊！又是夜班吗，阁森？"她出乎意料的忽见阁森，脸上突现出不安的神色。

"什么夜班，歇一会就要去的。"阁森一瞥婶婶那么艳丽的打扮，知道她有正事出门，不似三两点钟能回家的模样。他立即堆了一副正经的颜色，就这样回覆了。她没回话，直往前走，阁森在门口咬牙切齿的目送。她走出门，左脚刚踏着车板，对门屋檐下一位后生牵动了她的注意。她似在戎马仓皇之中，孤军陷入重围了，左冲右突的应战，眼光射了那后生一下，又回转来钉住站在门口的桂香骂："紧贴在门口干吗？外面有什么好看的，还不赶快死进去，把桂圆汤加点水！等会儿烧焦了，看我晚边上回来讨你的狗命。"

她瞧着桂香红了脸，低了头，转身进去，关了门，才把右脚移上车去，虽则挂念着侄儿尚未出门，放心不下，然而为着自身的享乐，终于暂时放弃监督他们的业务，坐着洋车，风驰电掣的去了。

桂香进来之后，一抬头，她的视线和站在房门口的阁森的视线相交了。他正用非常的神态看她，研究她的全体；富于表情的眉目，隐藏着无名的焦急。当她走近他时，他擦着手，涎着脸，象是自语的说："老厌物也有出门的时候，我的天！二小姐在家吗，桂香？"

"饭碗一丢就出门啦！"桂香漫不经意的回答，直上楼去，为了性命的关系，赶紧去加桂圆汤。"太太在家时，固然应该一股正经，若是不在啊，那是更当小心翼翼的！"她以为。

阁森满想趁此良辰，用那么的姿态，那么动听而新奇的语句逗她，和她瞎缠，渐渐的入港，然后加以猛击。他以为起首这一开花弹中了要害，大功便成，谁知她头都不回的直上楼去，开花弹竟同落到泥泞里一般，泡影全无，他只得目光遥送，口空咽着唾沫，等她的倩影完全离别了他的眼帘，他才哑然的退入卧室。他那时忽然觉着自己的卧室分外的荒凉，有如郊外大战后的荒凉，在这荒凉愁惨的境地里，他发现自己这死尸，横陈在血迹模糊的硬土似的木床上，不堪的岑寂中，只有婶婶盘问的余音犹在耳中扫荡，霎时的冲动，所有的希望，都烟消云散了。

不过，他一念到这半日消磨之难，婶婶出门的机会之难得与乎桂香之娇嫩可人，已息的火又在复燃，一双探海灯似的眼睛时时把守房门空处，生怕桂香又象轻烟般在门前飘逝；把守了许久，始闭了双目，"煎熬下去"和"不妨尝试一次"的念头在脑门激战，心的跳动和楼上的响声刻刻关联着，应和着，幻想愈是甜蜜，房门口一带愈是把守得紧。他摸摸头，头很发热；抚抚心，心在冲捣；下床彳亍了一会又在窗口探望，无疑的，婶婶无影无踪独自享乐去了；潜神默听，楼上渺无音息。许是她正同他一样，在萦思着自己，在需求而且烦恼着自己吧！

"她早已到了明白人事的芳龄，那么玲珑活泼的心地，难道绝无方法使她领悟此中的玄妙？""一次，只一次，谁能查出破绽来！""她不能为着太太，就牺牲自己的青春，连一次都不肯吧！""楼上楼下，只有她，只有我，唉，倒是一个机会啊！" "我是……她是……这还有问题？这还不能自如的操纵！""桂香真蠢！太太，管她，她那么大的岁数儿还……反正男女就是那么一回事。"

阁森想明白了，坚决了自己的心，走出房门，堂堂皇皇的径上楼去，不知怎样，脚刚踏着楼梯，又缩回来，沮丧的退回卧室，等第二次努力的稳定了那意念，排除了一切的羞怯，才放胆穿云插雾似的跑到婶婶的门口。他如到了禁地，摹拜神庙，恭恭敬敬的站着不动，婶婶戒严时的况味，重温一回，他打了个寒噤，几乎又要退下楼了，幸而桂香望了他一眼，还算是给了他一个响应，才将他留住。

站在房门口有什么用，桂香除了一望之外，仍然蹲在楼板上照料桂圆汤。慢慢进行吧，楼下偏有些轻微的响动，冥冥中似有人在侦察，到处隐伏着婶婶，二妹时时可以回家的危机，他愤极，几乎要将性命拚了，奋然的走进去，在桂香身上跨过，腿故意在她身上磨了一下。她不自安的瞧着他。

"要什么，阁少爷？"

这是个极难回答的问题，不能冒失，阁森只得这么着："我要……我要……喂，太太到什么地方去了啊？"

"新世界。"

"二小姐呢？"

"不知道。"

"那末，家里只有我们俩啦！"

"……"桂香没回话，苦笑了又红着脸低下头去。

"红了脸，又笑了，又低了头，哼，她明白了。明白了怎么办？动手……说不定这时会闯进了谁。放弃了吧！如果她真肯……我不……那就他妈的枉费了一场心血，逃跑了这千载难逢的机会，往后就不必什么啦！可是……可是……"

阁森想来想去，瞻前顾后，痴呆着，心慌了而且发颤，发颤的结果，仍然迸出无意识的循环的语句。

"太太是到什么地方去了啊，桂香？"桂香两目晶明透亮的望他，完全明白他正需要自己。阳光照在壁上的太太的照像上，反射入她的眼帘，她忸怩了，畏缩了，渐渐的要遁逃。这严重的形势逼着阁森先开了脚步下了楼。他悻悻的关了房门，脱了衣服，蒙着被睡了，在被里他恨婶婶，恨桂香，恨自己，恨世间的一切。他想就此屏除杂念熟睡一阵，可是越睡越醒，越醒越想，越想越不能自治了，渐渐的探出头来，床边的小凳上的《武则天》，《红楼梦》，《东周列国志》等的小说，都在有兴致的地方照着摺页揭开，摊在枕边浏览，总和这些有趣的材料和自己的幻想，精细的印证。他俯着身体颤动，渐渐抱着被了，抱了一阵，觉着不能得到安慰，忽又将被推开，不顾一切的叫喊："桂香，桂香，桂香。"

"来啦，来啦，就来啦……什么事，阁少爷？"桂香一路应着下楼，走进阁森的卧室。

"给我打洗脚水。"

"少爷不是下午要到局里去吗？是时候了，还洗什么脚！"

"局里去！那是骗太太的。今天是夜班，嘿……嘿……嘿……夜班。"

阁森高兴了，吆五喝六的支使桂香，异样的微笑浮在脸上，想借此堂皇的支使掩饰自己的丑态。他已变更战略了。他的工作务在这纷纭的支使中入手。他的目的，务在和她接近的机会极多时达到。如果仍旧失败，就痛痛快快的使她奔波一顿辛苦一顿也值得，就这样报复她，泄了自己一肚子的闷气也值得。

水，打来了。擦脚布等，预备了。阁森坐在床沿，两脚一伸，触着桂香的膝，"给我脱袜子。"袜子在桂香战栗惊惶中脱了。"给我洗，"他的脚在桂香羞惭时洗净了，但这于他没有丝毫的裨益。他将桂香的手拉开，自己擦了一阵，但是更无味了，又将她的手仍然拉回来，终于叫她洗完功。又叫她收拾房间，预备茶烟，这样那样，在冗杂的使唤中，他很用了些功夫，使着她的脸上渐渐表现出和他同样的焦急，各人的心坎中爆发了同样的火花。

"整理好了吗？我要睡了，把房门向里面锁好，你再出去。"

"向里面锁好我再出去！那不是仍然没有落锁吗？"她说着，羞答答的笑了。

"你别管，锁好了，要开要开，我为的是怕风。"

门，真的锁了。

"来，给我盖被，我有些怕冷。你不怕冷吗？"阁森笔直的躺着，真的冷得发颤。

"我不怕冷，"桂香答着，跪在床沿，给他盖被。

"外边就这样行了，里边再给我按紧一点。"

桂香俯着身子去按里边的被，冷不防被里两支异军突起，她被包围。奇怪，那时阁森一点都不觉着冷，被推开在一边。

五点钟后，陈太太由新世界尽兴而归，在楼上的卧室吸烟。阁森穿着长袍马褂由大门外走进来，上了楼，照例的在婶婶的房门口站了一站，手里还握着灰呢帽。

"你刚由局里回来啊，阁森？"

"哼，刚由局里回来，军事紧急，晚上还得去。"

（原载一九二六年十二月十八日《晨报副镌》，

选自短篇小说集《怂恿》）

怂 恿

一

端阳节前半个月的一晚，裕丰的老板冯郁益跟店倌禧宝在店里对坐呷酒。

"郁益爹，旁大说：下仓坡东边政屏家有对肉猪，每只有百三十来往斤，我想明日去看看；端阳快了，肉是一定比客年销得多，十六七只猪怕还不肯。"禧宝抿了一口堆花（酒），在账台上抓了一把小花片（糖）；向老板告了奋勇后，两只小花片接连飞进了口。

"嗯，你去看看，中意，就买来；把价钱讲好，留在那儿多喂几天更好，这里猪楼太小，雅难寻猪菜。"郁益安闲的说，忽然想起旧事，又懒洋洋的关照着："你去了第一要过细些，莫手续不清，明日又来唱枷绊，翻门坎。他屋里的牛七是顶无聊的家伙，随是什么，爱寻缝眼的。"

"那怕什么，凡事离不了一个理，不违理，就是牛八雅奈我不何！"禧宝满不在乎。

牛七是溪镇团转七八里有数的人物：哥哥四爷会八股，在清朝算得个半边"举人",虽说秀才落第,那是祖上坟脉所出,并不关学问的事,只是老没碰得年头好,在家教十把个学生子的《幼学》、《三字经》,有空雅爱管点闲事;老弟毕过京师大学的业,亲朋戚友家与乎宗祠家庙里,还挂起他的"举人"匾;侄儿出东洋,儿女们读洋书的,不瞒人,硬有一大串。这些都是牛七毕生的荣幸,况且箩筐大的字,他认识了好几担,光绪年间又花钱到手个"贡士",府上又有钱.乡下人谁赶得上他伟大!他不屑靠"贡士"在外赚衣食,只努力在乡下经营:打官司喽,跟人抬杠喽,称长鼻子喽,闹得呵喝西天,名闻四海。他雅喂过蚕,熬过酒,但都是冒得一眼经验,凭着一鼓蛮劲去乱《幺,每年总是亏大本,没得"打官司","抬杠"那样的成绩好。他的身胚很高大,大肚皮水牛一般的,在文质彬彬的兄弟里,他真是走了种的蛮。他的排行是第七,人们便派他一个"牛七"。他胆量很大,又学会了刀,叉,拳,棍,武艺,黑夜里听见屋前后有响动,一个人敢拿短棍入山赶强盗。有一年清乡委员下了乡,还几乎挨了他的做。横冲直撞,那里找得到对手;牛眼睛钉住了谁,谁就得小心些;若不幸闯在他手里,就同黏了油漆样,弄不清爽。他那黑漆的脸又油晃晃的,顾名思义,雅有尊他"油漆"的。但"油"与"牛",厉害很悬殊,因而尊他"牛七"的毕竟占了势力。

禧宝洋腔海白惯了,生意经他知道点巧妙,是非场里可没得他的份。他相信老板郁益的大哥原拨抵得牛七的四爷;二哥雪河而且是牛七顶怕的,而且他家里雅有人挂过"举人"匾;尤其雷河为人刚直,发起脾气来,连年尊派大的活祖宗雅骂的。有一年牛七冲撞了他,托族叔枚五老倌到裕丰放鞭爆赔礼,雪河叫细人子把鞭爆踏灭,跳起脚,拍桌子骂:"枚五爷,你书由屁眼里读进去的啊?这事由你放鞭爆就了啦吗？好不粪涨！"枚五老倌给侄孙骂了一顿，垂头丧气，出门投族人，要开祠堂门整顿家规，但是，空的，蛆婆子拱磨子不起，还是由牛七亲自送礼赔罪了事。雪河在省里教过多年洋学堂的书，县里是跑茅厕一样，见官从来不下跪的，而且在堂上说上几句话，可使县太爷拍戒方，吓得对方的绅士先生体面人跪得出汗，他还怕谁！这在溪镇的妇孺都知道，背地称他雪豹子。牛七只蛮在乡下碌的人，撞了他，不是小蛾子扑灯火！裕丰有这样的声势，禧宝那有"牛七"在眼里。

翌日早餐后，禧宝换了件白褂，赤脚上加了一双袜，扣在裤腰带上的牛骨头烟盒子也取下装一满盒条丝烟，找了一把黑摺扇往脖子上的衣里一插，掮着洋伞，出门邀旁大到下仓坡买猪去。

下仓坡是述芳政屏两兄弟的产业。他俚（他们）保管不住，不能不找主儿。牛七是他俚的从堂兄弟，本有承受的优先权，但他那几年事事不顺手，于是述芳将下仓坡的西边，连屋带田卖了一半给裕丰，现在归原拔经理着。卖祖产，就是卖祖宗，这在溪镇人认为是奇耻。牛七瞧着述芳兄弟许多人拖拖踏踏挤在下仓坡东边住着，对东边的祖产真有丧了老妣一般的悲哀。

"你屋里　么成了这个样子，以后真不好办！蛮好的祖产，轻松的送掉，真碰得鬼，我看你，述芳！你想想，当年骅四公创业如何的艰难苦楚，到了你们手里，就风吹落叶样凋零下来，再空两年，怕连东边也靠不住。将来我看你迁都迁到哪里去？"牛七这样说，述芳雅不愿将一口闷气从屁眼里撒出去，仗着牛七和政屏二娘子的娘家那一霸人物为后盾，于是信了牛七的主张，在卖给裕丰的一邱田的那一头耕种起来，原拔质问所得的回答是："妈妈的，我耕我的田，碍着谁的祖坟啊？"裕丰的雪豹子知道了，拍桌子骂牛七。因为原拔自从搬到下仓坡，家里常常闹鬼，黑夜里有石子飞进窗，裕丰就闹贼，这是牛七的鬼，雪河早就有耳闻，于是他派人警告述芳。述芳蛮不讲理，到许起七日七夜的朝天忏，说裕丰欺他，人不知道天知道。族长贡老爹知道什么葫芦装什么药，牛同豹子会有一架打，于是邀人出来和，哼，白忙了几天，贡老爹缩了颈根，其余没面子的白菜鬼谁来管这闲事！于是雪河在县里告了一状。述芳没料到要见官，逃了。雪河又一禀帖，加了述芳个"恃势凌人，畏亏逃审"的大罪，在县署请动了四差八票下了乡，寻到盂兰会上，将述芳抓了去。祸是牛七闯出来的，就是千斤的磨子，不能不硬着背，只得联合劣绅，上堂抗辩。雪河斩钉截铁的几句话，县官就戒方一拍，牛七随着"跪下"的命令，伏在地下，半句屁都不敢放。那场官司，牛七掉了"贡士"，述芳挨了四百屁股，还坐了一个多月的牢，赦出来后，就一病登了鬼籍。这是牛七一世不会忘记的，而禧宝却忘记了，即令禧宝不忘记，但是裕丰这样的胜利，恐怕更使他没有"牛七"在眼里，况且他是跟政屏买猪，这关牛七的鸟事？

二

买猪，禧宝是老手，政屏自然弄不过他。譬如人家一注牛头对马尾的生意，有他在中间谝谝，没得不服服贴贴成功的。好比一楼猪，他只在楼边吼几声，挥几鞭，那些货就从他那猪腰子眼睛里刻定了身价：大肚皮的那只分量多少；白颈根的油头如何；黑尾巴的吃路太差；那怕那些货喂过隔夜粮，又磅过斤两，雅逃不过他的神谋圣算。他人和气倒还在次，惟一他那嘴啊，随便放句什么屁，都象麻辣子鸡样塞在人家口里，又厉害，又讨人欢喜。平常倒是跟政屏还讲得来。他一进政屏的门，就搬出他那生意场中的口白："嘿，政二哥，发财发财。一向不见啦，两公婆都好吧？"

"好，好，你自己好！"

"这晌如何不到店里来？舍不得二嫂吧？哈哈哈！店里正熬酒呢，你来，我准为四两堆花的东。"禧宝嬉皮笑脸的说，伸出四个指头在政屏前打了个照面。

"有酒呷，好的！明后天许来秤肉。"政屏很欢喜。

"今年府上喂些什么宝楼？我看看去。"禧宝说着，政屏领他进去看猪。

"卖吧，这对货？"禧宝在楼边吼几声，拍几下，试探着问。

"节边子来了，卖是要卖的，但是有好多人来看过，都是价钱讲不好，吴桂和出了五十块，中费归他出，我没答应，至少要五十五六。"政屏表示卖意，顺势吹了几口牛皮。

"政二哥真厉害，这对货四十块卖得掉算气运，你还想五十五六，做梦喽！"禧宝用先声夺人的语句，直往"五十五六"上压。

"五十六末，雅要看什么货啊！"旁大凑着说，"到火房里来谈吧？"于是三人走进火房。

牛七的野猫脚是常在政屏家走动的。他自从跟豹子交过手，掉了"贡土"后，他到政屏家，最爱走后门；那里有茂林修竹，是僻静的地方。这天，他走进政屏的后门，听见火房里有禧宝的声音，他怔了一怔，点点头，悄悄地踱到窗外去窥听。"禧宝之来是什么坏勾当，政屏不经他的同意，擅自跟这坏蹄子干什么！"他急切要探出个实在。他由窗纸破处瞧见政屏在桌上拐着水烟袋，取了插在炉边的火筷，箍着火炭，又将火筷夹入拿烟袋的手指缝里，腾出右手来擦一擦烟袋嘴，才伸出指头到烟筒里去掏烟。烟筒是空的，即刻就起身，于是牛七的头避开了。

"不必去拿了，我自己有烟。"这是禧宝的声音，这声音又将牛七的头引回来。禧宝双手接着政屏的烟筒和火筷，取下裤腰带上的烟盒，上了烟，引火抽着。政屏睁眼凝视空中缭绕的烟，有时还钉住地上的烟屁股。牛七板起油漆的脸，眉毛皱着，似乎有谁欠了他的钱不还的神情，"若是政屏还暗中呼吸禧宝那腐尸喷出来的臭烟味，那真是下流透了顶。可恨二娘子还泡了茶一杯杯分递，禧宝配接她的茶吗？"牛七似乎有些看不上眼，心里在咒骂。

一刻子，政屏竟公然抽起禧宝的条丝烟来了。条丝烟，在政屏家是稀罕的宝贝。他生怕辜负黄生生的烟，抽出半年难洗一次的烟斗，用小棍子通了几通，将周围凝结的黑黄色胶汁往自己的赤脚上一揩，随即装烟抽着，一口长气，连两颊都吸进去半寸深，烟如进了坛，没一点糟蹋的，过足了瘾才递给旁大。"禧宝的和气，堆花，条丝烟"连连的在他的心里打转，楼里的那对货，无形中已轻轻的减了价，如果禧宝诚心买的话。然而在窗外牛七的脑里，却是"政屏那一世没吸过丝烟的丑态"。"禧宝那鬼脸，那刁滑，那可恶的语调，总而言之，处处讨嫌得要死"。"裕丰那么兴盛，他妈的禧宝还孝顺他，猪卖给他真得十倍的价钱才行。"

"这对货是真的要卖吗？如果真的要卖，那我真不敢向你开口。政二哥，我买，你总让点，再开个实在价吧！"禧宝正式开口了。

"怎么不卖！你不是别人，让是要让一点的，只是……"政屏在桌上摸了一个算盘，在算盘的横木上扒了一颗子，又在横木下偏右的一行扒了一个"二"，交把旁大，一面将口里含着的"不到这里不成"吐出来，旁大看了，递给禧宝。

"什么，政二哥雅真是……，还是这个价钱，那有什么讲头，就是过秤，雅跟价钱差得太远啦。那只大的连毛不过一百二十四五斤！"禧宝说着，掉转头。正伸长脖子在窥听的牛七的头，于是猛然的又缩了。

"两边都吃点亏吧！"旁大擅自在算盘上扒了一个"四"，一个"二"，给禧宝看，禧宝接连说了几个"这不行"，可是算盘已到了政屏的跟前。政屏啰哩了半天，才在算盘上扒了个"四"，扒了个"八"，几个"再少就吹了"连翻套似的出了他的口，算盘同时又到了禧宝的跟前。这样的来回三四次，结果是禧宝袖子一勒，坐了个骑马装，一手叉腰，一手劈空气，用劲的说：

"当面的锣，对面的鼓，我俚打开窗户说亮话，政二哥，你是三两块钱不在乎，我出价雅实在不算少。一句话，买卖成不成在你，四——十——五——块——钱。你愿意，我俚就空几天来赶猪，不愿意，我俚就对不起，在府上打扰太久——啦——"禧宝本没讲完，眼钉着政屏，站起来，口仍然张着探形势，等回话。旁大雅起身，装出要走的神气。形势很严重，政屏似乎已屈服，很为难的苦笑着说："这样，我就太吃亏了。你们真厉害！"

"好啦，好啦，话就讲到这里止，政二哥，过几天来赶猪就是。恭喜恭喜，两边如意，我俚走了吧！"旁大两边作揖，政屏起身预备送客，窗外的那位客，咬紧牙关，一溜烟的早两步走了。

五天后，禧宝到政屏家赶猪，政屏不在家，关照了二娘子说过几天送猪钱来，随即将猪赶走，又空两天，那猪肉已装进了人们的肚皮。

三

为着这事，一天，牛七起了个绝早，跑到政屏家，在猪楼边张望了一下。

"为什么这样早，七哥？"政屏有点惊异。

"不为什么。……你喂的猪卖啦？"

"呃，禧宝买去了。"

"啊，禧宝买去啦！多少钱？"

"四十五块钱。"

"啊，四十五？只卖四十五啊！钱付清了吗？不卖把张三，不卖把李四，单单卖把禧宝！禧宝的钱好些？……你卖把范泰和何如？他会少给你的钱？"

"禧宝同旁大来，讲了半天，不好意思不卖把他，我愿是不大愿意。赶猪的那天我雅没在家，听说猪赶去不久就杀了，钱是一个还没到手。"政屏为积威之所怯，见牛七问得奇怪，敷衍着说。

"既然你不愿意，他俚如何趁你不在家就把猪赶去杀了呢？钱还一个都没有到手，有这样强梁！当初你如何跟他讲的？"牛七假意的盘问。

"那天，我逼住了，他俚只肯出四十五，我说这样我就太吃亏了，后来雅没说不肯。旁大就两边拱手道喜，说空几天来赶猪，随即就走了。"

"那就有大戏唱啦！这件事你硬可以讲没答应他俚。人不在家，胆敢把猪赶去杀了就是，把你当什么东西！事情没得这样痛快！生米煮成熟饭啦！政屏，禧宝送猪钱来的时候，难为他一下，硬要活猪还原，随他是多少钱不要答应。政屏，这是个顶好的岔子！我看裕丰好厉害，娘卖ㄅ丨的！”

“看着，今天初六，明天初七，……端阳快了，现在还不到手钱……七哥，裕丰不裕丰，猪是禧宝买去的，如何好奈何裕丰！况且从前吃过裕丰一回亏，现在何必……”

“裕丰怎么样，禧宝怎么样，禧宝买就是裕丰买，你当禧宝是好东西，他专会钻裕丰的狗洞，不管他是谁，我都要请他结结实实上老子一回当。娘卖ㄅ丨的！从前的事，不必讲得，鸭婆子进秧田，来往有数，于今送肉上钉板，还不砍他个稀烂？政屏，你不听雅随你的便，以后，你屋里的事就不必来问我啦，”牛七跟政屏赌气，“你屋里的事，”就是政屏每年少饭谷，少不得拿钱到牛七家去籴，政屏那敢开罪他！

“不是这样讲，七哥，我单怕是脚伸出去收不回，又是一跤绊倒山磡脚下爬不起。七哥既肯替我出主意，我还有个不好的？”

“那么，这样，政屏，我是无论什么事，没得不卫护你的。禧宝送猪钱来的时候，你硬说从前没答应卖猪给他。不管三七二十一，死人要活猪还原。没得活猪还原，跟他拚了。隔壁原拔伢子同裕丰是一家，叫二娘子死到他家里去。”牛七刚断的替政屏出了个好主意，又睁着眼睛凑近政屏的耳边。“原拔伢子不到这边来的吧？”政屏答声“不来的，从来不来的”，于是牛七放胆的解释那主意的内容：“政屏，‘要活猪还原’，这不过是一句话，‘要二娘子去死’，雅不过是小题大作，装装样子。我的意思是跟他俚闹翻了，二娘子，就悄悄的到隔壁去上吊。你们即刻在外头喊‘寻人’，并且警告原拔；事情是为他俚起的，他俚当然会寻人。人既然在他家里，他自然要负责。你屋里有我作主，你就赶快把信二娘子的娘家蒋家村，叫几十个打手上他俚的门，只要一声喊，就够把原拔、裕丰吓倒的。将来人是好生生的，就敲点钱算了。如果人真的死了，那就更好办！"牛七说到这里，顿住了，在腿上拍了一下。"政屏，裕丰有的是田庄屋宇，哼哼，叫他俚领教领教我七爹的厉害！"牛七抿着嘴，保持着盛气，腿上又搲了一下。"雪河伢子在省里，三五天之内，料雅没得谁敢跟我作对。"牛七依然是抿着嘴，板起脸，牛眼睛睁得酒杯一样大，在室内横扫；政屏只有"是"的应声。只是这主意决定了以后，二娘子关着房门痛哭了一场。

四

"嘿，政二哥，老等你来拿钱，牌子真大，一定要人送上门！"禧宝一进门就搬出他那油滑的老调。政屏装做没看见，低了头，板起面孔，预备发作，半天才心一横的答："什么话，我并没答应卖猪把你，请你仍然赶回来。"

"猪早就杀了，今天送钱来。你要仍然赶回来，你到那些人的肚子里要去。"

"啊，杀啦？不同我商量好就赶去杀啦？不行，我要活猪还原。"

"要活猪还原？有的是，政二哥，这晌买进来不少啦，嘿嘿嘿，你要那一只就那一只，加倍赔你的钱雅行。"禧宝仍然嬉皮笑脸的跟他缠。

"放你娘的屁，你跟你爷老子弄幌子，狗入的，没得活猪还原没得好收场。放仔细些，我告你。"政屏鼓着勇气说完几句破脸的话，几步冲到妻子房里不见面。

"哎呀，政二哥动气啦！这何必呢？无缘无故的，这何必呢？"

禧宝朝着墙壁说，事情僵了，只得退出来跟原拔商量。原拔走出来想大公无私的来调和，在大厅上见了政屏，正待开口，突如其来的给政屏臭骂一顿。原拔回了几句，政屏就纵步跳上前，一手拐住他的辫，一手撩着他的阴。禧宝那张空嘴没用场啦，站在旁边只发颤。文绉绉的原拔无可奈何的嚷出几声"救命"。幸而他的崽甫松来得快，甫松是开豁了两下子的，三两个笨汉不会拢他的身。他只在政屏的太阳穴上轻轻的一按，政屏全身软了，甫松又一掌刷去，政屏一鹞子翻身倒在天井里。二娘子听了信，赶来帮忙，给原拔家的长工盛大汉一把搂住，正合其式，她那肉包子似的乳峰，贴胸的粘在老盛的怀里。她那又肥又嫩的水豆腐一般的身体，还给这久旷的鳏夫上了一把暗劲儿。原拔这边人占了优胜，即刻退进房，关上门让政屏在厅上一跳八丈高的骂，让他的堂客蓬头散发，哭哭咧咧，直朝窗木上砸脑床，额上竟自挂着鲜红的彩。

牛七编的剧，第一出刚闭幕，第二出拿手的又人不知鬼不觉的开始了。常人的口白，"出嫁从夫"，这是天经地义。二娘子虽是响屁都不敢放的贤德女子，标致堂客，本来犯不上做一对死猪的殉殡，但是这幕剧的花旦只有她一个，为着要圆牛七和她丈夫的台，而且可趁此机会以公济私的出出被搂抱的气，她不出马，还有谁告奋勇！因此，在原拔家正午餐时，她援进他家的窗。她单单溜进老盛的房里，在床湾里上了吊。

五

牛七自从替政屏决定了大政方针后，天天只等禧宝送猪钱来，这天，政屏喘吁吁的走进来，他知道是喜信到了。

"有什么事？有什么事？政屏，禧宝来了吗？"牛七奔上前问。

"来了，来了，我跟原拔打了一架，二娘子已经上了吊。"政屏急促的凄然的说，几乎要流泪。

"那么，这样……我俚就去，四哥，我俚一同去吧！二娘子的娘家报了信吗？"牛七三脚两步的奔着，一壁问

"去是去了，但是这件事情如何好收场呢，唉！"政屏依旧是很凄然。

"有什么收不了场，这样好的岔子，难道还给别人占了上风去！政屏，你真是多心！"牛七有点不咸服，但是事情闹大了，如果二娘子果然有差错，说不定惹起雪河豹子的威，他不能全不顾虑，于是他凑近四爷问："四哥，你看要如何才稳当，这件事？"

"我看，这件事我俚只能暗中出主意，出头闹是要靠政屏和二娘子的娘家的。还是等蒋家村来了人再说吧！不过这苦肉计，我是不大赞成，如果二娘子有个什么，就是裕丰倾了家，政屏有什么了不得的乐趣！你……"四爷镇静的低声的说，责备牛七，眼睛防备着政屏，怕他听见。牛七皱眉无语。不久，到了下仓坡的竹山，走进了政屏的后门，在蒋家村没来人以前，一切都照牛七原来的计划。

"二娘子不见啦，寻人啊！""啊呀，二娘子好好的，为什么不见啦！""如果有什么不吉利，和原拔家脱不了枷绊，事情是由他家里起的。"政屏家人来来往往将这套成语送到原拔家人的耳边，原拔家人喷出口里的饭，丢下筷子，纷做一团去寻人。盛大汉是顶关心的，走到卧室取围腰布，预备去寻找；忽然他狂奔出来，"不得了，吓死人，吊在我的床架上啦。"

"快点，快点，把她解下来摊在床上。"原拔镇静的发号令，于是大家拥进去，七手八脚把二娘子抬到盛大汉的床上。二娘子的身

段颇柔软，脸上依然有几分美丽的桃花色。原拔用手指在她的鼻孔前探探，点了一点头，"嗯，不碍事，不过暂时晕去了。"他想，即刻派人到裕丰取高丽参，西洋参，闻鼻散，顺便要老弟郁益着人找堂侄日年来。原拔娘子用湿手巾将二娘子脸上的凝血揩去，又摸摸她的身体。"身上还有热气，救总有救的。高丽参不知什么时候才能到呢？这真是天大的祸，唉！二娘子，你平常对我俚雅蛮好的啊！为什么心一横，命都不要啊？"她几乎掉下泪来。擦凝血，是受了原拔的指使，因为那凝血很可助牛七、政屏的威，虽则是二娘子自己流的。

政屏过来瞧了一瞧，冲进冲出的很气愤，口里嚷着："遭人命，还了得！"他的带着胜利的威武，很使原拔家的孩子们有些恐惧，因为孩子们雅有看过"遭人命"的。

裕丰在溪镇可算是众望所归的人家，四嫟姐为人很慈蔼，最爱周济穷苦人，治家又严肃，儿子原拔、郁益又能安分守已，满崀中过举，在外面很挣气，雪河又爱急公好义；家里无论什么事，有的是帮忙的，虽则说人们爱钻狗洞，雅不能说绝无感恩图报的。乱干一百几的小通州得了信，雅赶到下仓坡。他在二娘子的身上摸了一摸，说好救，不过要赶快。他没进过乡立的小学，当然不知道科学的人工呼吸法，但他主张通通气，那通气的方法是：一面吹屁眼，一面吮嘴唇，这是他发明的。淹得半死的螃蟹坳的毛牙子就照他这法子治好的。原拔虽明知不必通气，但他是最谨慎的，又不便辜负小通州的热心，就让他去包治。

这办法决定了后，原拔的家眷躲开了，二娘子的阴魂回来了，脸上红一阵白一阵堆了变幻的彩云。不久小通州拿了吹火筒来，关了房门。

"死在你的床上啦，你不能只在旁边看。我在这头吹，你在那头吮，这算便宜了你，何如？"小通州笑对盛大汉说。

盛大汉只是笑，小通州找不到帮手，迟疑着，对于手里的吹火筒没法办交代，对于吹女人的屁眼免不了有点含羞；一直等盛大汉口里唱出一声"好的"，这才回复了高兴。本来二娘子虽是乡村的姑子，然而白胖带嫩的小胚子，很有点曲线美，礼教森严的溪镇谁敢对她问什么鼎，虽然这是严重的时候，他俚仍是观望着。最后是小通州先告奋勇，吹火筒在地上一蹾的说："老盛，这是要救命，管不了那些，动手吧，来！"

盛大汉走拢来，他俩颤着手去解二娘子的裤子，窗外面的孩子们鬼鬼祟祟的徘徊着，发出嗤嗤的笑声。那援着窗户想偷看的，冷不防挨了甫森的"耳巴子"，哇哇的哭。真个，二娘子死了，不知道羞耻，即令没死，想顾羞耻，要奋勇的爬起来，但是这人命案可就功亏一篑了。恐怕这两个莽汉有进一步的举动，为着要贯彻牛七和她丈夫的主张，她雅只有忍着点吧。小通州素来是帮裕丰的，平常雅遭过牛七的铁蹄，二娘子并不在乎通气，他非不知道，但这是借题发挥的好机会，对于桀傲不驯的家伙，只有用通气的方法去治疗。他的吹火筒已经瞄准了，嘻嘻哈哈的送着气，吹了几口又喷了几口唾沫。盛大汉却是甜津津的在二娘子的樱桃口上用尽平生的气力来吸吮。如果吸不转气来，他愿意自己也断了气的。那时二娘子的全身震战得很厉害，痉挛般在抽引，那种味况，恐是她前生所梦想不到的，在牛七、政屏心里，怕雅是梦想不到的。通气，通了十多分钟，盛大汉还想通着，又通了几分钟，盛大汉开起玩笑来："小通州，我吹着，你吸着，不一样吗？"小通州骂了一声"放屁"，即刻他找了一皮鸡毛在二娘子的鼻前试了一试，鸡毛前后摇动着，这可证明大功已告成，无须再通了，于是他俚才收手，一切恢复了原状。原拔家人得了这喜信，视若无事的笑着，又聚在二娘子身边。

"原拔爹，人是很稳当的，没事着急得，你府上每年闹鬼，以后如果再有这样的事，我还有更好的办法来包治，我预定了这笔买卖。哈哈哈！"小通州当众表功，原拔又笑又气。

六

牛七在政屏家干着急。二娘子虽是上了吊，而政屏一个人闹不起劲，所听到的只有"二娘子脸上通红的，鼻孔里有气流出入"的噩耗，"二娘子被通了气"的消息，也微有所闻，不过不曾证实，他真气得热血倒流，在室内彳亍个不住，直到两点钟后，才见到四五个穿长衫马褂的和两个戴大眼镜杖着旱烟袋的白胡子老倌，带着五六十短衣赤足的大汉浩浩荡荡的拥进下仓坡的大门。牛七的精神奋发起来，春风满面的接待那些蒋家村的绅士，并且请他俚号令带来的那些汉子，四散在原拔家。他跟他俚画蛇添足的谈了一阵，把担负这次事变的重任，堆在他俚的肩上：

"二娘子自从上了政屏的门，两年啦，周围邻舍，没一个不讲她贤慧。政屏对她，重话都没讲过。本来喽，她自己这样在行，谁敢讲她半个'坏'字。这回为啦受了裕丰的欺侮，不明不白的死在隔壁，谁不瞧得气愤，寒家就是死截人毛种，雅要跟他俚拚一下子的。只是讲到来龙去脉，人总是蒋府上的人。"牛七眼睛周围巡视探形势，"诸位老爷是平常接都不到的，今天既是看得起政屏，都发了大驾，那末，政屏吃了亏，雅就不是蒋府上各位老爷的光彩。嘻，嘻，嘻，诸位老爷看对不对。"牛七眼睁着仍在巡视，他效了秦庭之哭，自然得到那些绅士的"是，是，是"，于是他胆壮了，即刻吩咐着政屏：

"政屏，你关照蒋府上的人一声，只管放威武些，这是人命案，不要太便宜了裕丰。硬要在这回把他家里洗成流水坑。想什么就要什么，不好生办出来，就把原拔家毁啦！再讲，这是人命案。"牛七越说越声音大，"闹出了祸，诸位老爹跟我七爷担当就是。我七爷不信邪，就是碰得恶老虫雅要咬它一口。"他一手斫空气的喊，捏着拳头拍胸脯，头向侧面一摆，大有"不可一世"之概。政屏应着，带啦白胡子老倌们到原拔家去查看个实在。

预备来大显身手的这群莽汉，本闷得发晕，忽然得了政屏的暗示，于是原拔家的桌椅跳舞起来，杯盘碗筷，响声杂作，同时还有许多人叫嚣着助兴："把谷仓打开。""把大门取下来当柴烧。""把家里的祖坟掘了，妈的。""……"真是天都闹转了。

但天崩地裂的声音，骤给一位来客镇住了。那来客在人丛里挤进去，这群纠纠的汉子竟先让出一条路来，痴痴的站着看。那来客的魁梧，红脸盘，服装的完美，到处显出"了不得"。他虽是戴着眼镜，但似乎不大看见下仓坡有这许多英雄在耀武，只低着头，谁都不理，一直冲到原拔的卧室。原拔家人互相传语，脸上浮出喜色，好象得了救星，吓散了的灵魂又归回了。"这不是裕丰的豹了，就是举人，总而言之，至少是裕丰请来的大好老。"蒋家村的人这样猜着，没得从前那样放肆了。

牛七听说原拔家来了一位红脸汉，知道是日年，他当着许多人臭骂：

"哼，他来了怎么样，日年，我还不清楚，裕丰隔房的穷孙子。他伯伯打流，偷人家的家伙，当众丢过丑。全屋都是跛脚瞎眼的，娘偷和尚还说不定，读了这些年载的书，还是个桐油罐，破夜壶，猫屁不通的红漆臭马桶！这没出息的杂种，我料他跳起脚雅屙不出三尺高的尿。政屏，你去看看，他如果不安分。叫些人结结实实的排他一顿。"牛七跳起来咒，口里的唾沫飞上了政屏的脸。他骂，是会骂，能不能"排"，却没有他的责任。

政屏跑到原拔家，日年正跟蒋家村的绅士开谈判，其余的挤在后面，集中视线，注意日年的议沦。政屏知道形势不对，日年果然有些不安分，可是牛七要他排日年一顿的话，竟无从入手。

日年起首对蒋家村的绅土们道歉，借他俚的力量镇住可怕的暴动，随又质问他俚带那么多人来的用意，语意中带有"趁火打劫"的讽刺，又请禧宝、政屏等当事人将事实辩明，那时旁大进省去了，由禧宝、政屏据实报告，辩正。日年再逐项简洁中肯的解释：什么"买卖手续不清的责任"喽，"禧宝、原拔、裕丰界限很分明，陷害原拔近于可笑"喽，"二娘子自杀嫁祸的无聊"喽，这许多富于理性的事实，竟封住了那些绅士们的嘴。他俚无从抗辩，悄然的先后散去了。然而坐镇东边的牛七却坚持着，大概裕丰不洗成流水坑，他不便就收场。

二娘子躺在床上有呼吸，有热度，脸上红艳艳的，只是口眼紧关着。原拔家人寸步不离的谨防着。胆小的原拔娘子那时雅安闲的说她那老鸡婆孵鸡蛋的要事，孩子们聚在一块抛石子，小通州时时"可怜啦，我的二娘子死得真惨啦！"假哭着凑趣，有时也来几句"死得够了吧？"的俏皮话。真个，他俚看二娘子死到几时，大有任其自然之势。二娘子脸上硬露出死得不耐烦的神情，大概她死了这么大半天，不免有些肚饿和尿胀！

这样的情景，谁敢闹人命案，掀天的波浪，竟平静下去，这是牛七意料不到的，半夜三更，不很相干的，谁肯陪着他丧气，蒋家村的不消说，牛七的四爷，雅只顾他自己干净，走了，只剩得牛七在东边屋里对政屏发脾气：

"你们真无用，以后看还找得到这样的好岔子不？蒋家村的人雅真是些饭桶，来了这么好几十条，没得一条中用的，半天啦，没闹出一眼子印象，唉，真气死人，气死人！"牛七拍着腿唱埋怨，埋怨了一阵，仍是不甘心，"政屏，我的话你是不肯听的，事情闹到收不了场，你雅不能怪我，时候不早啦，我是要少陪！"牛七前行了几步又站住。"但是原拔伢子不肯多出钱，人不要抬回来，听见吗？我走了，有什么事你跟五婶婶商量商量就是。"政屏知道他的臭脾气，送他出了门。

政屏的五婶婶跟牛七有意见，因为她怜惜二娘子活受罪，才出头来调和。她向原拔商量，要他出百把串钱，放鞭爆赔礼，原拔不答应。五婶婶是专走五湖四海的女光棍，刁横的牛七雅蛮怕她的。她对原拔说：

"原拔爹，你想想，二娘子尽留在你这里，于你有什么好处。可以抹糊就抹糊点吧！这件事就是政屏没道理，你是读书明理的大量人。家里又富足，就可怜他这一趟辛苦，雅可怜二娘子这趟糟蹋吧！我是不相干的，只愿邻居的和好。实在和不了，雅不关我的事。"

原拔生怕二娘子会饿死，承认出五十串钱，和放爆竹，政屏自然不敢再坚持，于是猪钱和赔款点交清楚，爆竹一响，二娘子依然笔直的死着被抬回了家。

七

第二天晚边，原拔在屋后的竹山散闷忽然发觉四五丈远的政屏家的后门口走出个穿长衫的蛮汉来。

"这件事，真吵了七哥的心！"政屏送他出门，很难为情的忙鞠着躬说。

"这有什么讲头，都是自家人。"那蛮汉头都不点的仍带责备的神气答，他忽然瞧见了原拔，急忙的直往前冲，即刻，他那伟大的肉胚，在暮色朦胧的竹山黯处消逝了。

二娘子呢，可怜，她自从死过这一次，没得谁见过她一次。真个，她是被活埋了。但是，雅奇怪，空几天，玩青苗龙的玩到下仓坡，谁都出来瞧热闹，政屏也出来了，只是他的房门虚掩着，门湾里有一堆黑影，迎龙的鞭爆就从那儿放出来，惹起许多人打哈哈。

八

热闹的端节过了，在省垣勾留了一晌的旁大回了家，到裕丰闲坐，那时郁益、禧宝都在店。

"唅，我说，宝先生，前回下仓坡那对货味儿何如咧！"旁大莫名其妙的问。

禧宝没回话，涨红了脸，眼向郁益一睃，转背朝着旁大，把舌头吐出来两寸长。

（选自短篇小说集《怂恿》）

活　鬼

铜邑人谁能明瞭邹咸亲的身世？他初到铜邑，似乎带来一种好感，迷蒙着一般人的心灵，使人失掉观察他的知觉，连他的住址也今天可以说是这里，明天可以说是那里的。起首他替人家织布，大家称他织布匠，但不久织布匠的名义竟给取消了，他的专业究竟是什么也成了问题。

他的伯父会算命画符，在乡村建树了些功德，是为着这个，咸亲才被荐在一个小学校当厨子吗？不，以咸亲的才力是颇能自致于青云之上的，瞧，他那长短合度的身段，有魔术家那样的灵活；走路时身体跟着脚步一上一下，有蛤蟆跳跃般的烂熳；一眨一眨的眼睛，嵌在深的睫毛里，在一开合之间，就象有一个一个的计谋闪出来，当前的景物，游移的色相，在人们不知不觉间，他只眼球轻描淡写的那么一溜，就全给纳入眼帘；这足证明他很伶俐。有谁骂他"好狗，别碍着我的路。"他的回答必是"好，我就站开点。"假使有谁支使他"小子，来，给我挡着西北风。"他必定很高兴的说"站在那边哪?"这足证明他很驯良。这样伶俐，这样驯良，谁不愿意照顾他，什么事他干不来?

他是个单身的小伙子，没有爱人和他彰明的往来。自从伯父去世，他似乎以学校为家，以厨子终老;在厨子任上，一向做事稳健，纵然偶有差错，也与风化无关，自能博得教职员的信仰;那怕教员要大便，也得叫声"咸亲，给我看住这群小牛，别让跑出课堂门一步。"但驯良和善的他，虽则做了临时的学监，连小牛也不肯得罪的，只站在课堂外弄眉挤眼，惹他们发松，教员远远的来了，他使个眼色走开，职务算交代清楚，小牛们也就因此都心感的归化了。

课余饭后，他手里有的是糖果，使孩子们在怀里流连，口里有的是动听的鬼怪的故事，使他听着优于上课。尤其夏夜，寄宿的孩子搬着凳椅到操场歇凉，茶烟都给他预备好，拥挤的凳上公然留出个坐位来，且相互关照着"这是咸亲坐的，谁都不准占去。"操场的四围，绕着苍郁的古木，泥堆杂草间，昆虫唧唧，黑魆魆的幕下，幼稚的心灵本就给恐惧包围了，偏生咸亲一来，爱讲的又是蓬毛露齿的僵尸和凶狞的吊死鬼的故事，作古证今的讲述，潜伏的妖魔，似乎就在他们的前面跃舞。他们越听越欢喜，越听越害怕，一个个都挤在他怀里，被挤落的，吓得嚎哭，甚至就寝也非他相伴不可，咸亲也似乎是义不容辞的有和他们伴宿的必要;不过，他每讲完故事，少不得叙述点自己能捕妖捉怪的特长，与乎绘画护身符的专技。好啦，他在孩子们中有了名誉，渐渐的连在他们的母亲姐姐们中也有了名誉，咸亲得了伯父的真传，铜邑之鬼，会葬身无所呢!

孩子们中有个荷生，他的家距校很近，他所以要寄宿的缘故，除了咸亲的糖果和鬼怪的故事外，怕没有别的吧!浓厚的交谊的种子，深深的播种在他俩的心田，因而咸亲每到荷生家量学米时，颇得他的母亲们的厚遇。荷生虽则不久辍了学，这交谊依然是维系着而且更形密切呢！

荷生家是个畸形的组织，换句话就是女子多男子少。祖父是个勤俭起家的老农，当年感着膝下无儿，五六百亩田产会徒劳一世的无所寄托，时时抱怨。邻里散布关于他的夫人蔡氏的谣言，他很高兴的说："管她，看能替我养下一千崽不。"可是蔡氏不挣气，成绩毫无，他只得弄到个过继的崽，赶早给娶了媳妇，差强人意的算替他养下一个孙女，一个孙男——荷生，可是不久，这会生产的儿媳偏又守了寡，老农深感着一个孙男没有换洗的，于是年轻的寡妇体贴公公的意旨，领受婆婆的庭训，努力的工作；渐渐在邻里声誉雀起，连那不出闺门的孙女也追步后尘。不过她们没有成绩报销出来，老农可不能不预备身后了，他赶紧替十三四岁的荷生讨了个年龄只比荷生大十来岁的老婆，这才一无牵挂的溘然长逝！

老农去世后，荷生才回家执政，感恩知报，来往的宾客当然以咸亲为最体己。

荷生的家宅很宽敞，白天常有咸亲来相伴，到不见得怎样，可是深夜偏偏到处有些响动。在他的祖母，母亲，姐姐们当然有认为鬼怪的必要，而在富于鬼智识的荷生的脑中，便觉着那是和咸亲所说的一般无二，他问过咸亲，咸亲说"这是阴盛阳衰的缘故。"按之实际情形，谁敢否认这断定？老农健在时尚且阳气衰微，夜间屋前后常起怪声，狗汪汪的乱窜，堂屋里有脚步声，开门声，这里那里，到处有魔鬼潜伏的征兆。老农去世，阳气又骤减了，沉霾的天气，月儿躲在浓云里的时候，群鬼便猖獗起来，在屋后的竹山中嚎叫，甚至争斗，有时沙石飞进来，妇女们不怕那些阴气，只安闲的做她们的甜蜜的梦，全靠荷生这孩子去镇慑，荷生如何不胆怯！

"咸亲，给我画一朵符吧！"荷生每每要求着，咸亲便"好，缓一下，现在不得空。"的应付着；等他有空了，便又"明后天我到你家里来画吧！"咸亲有时被逼得没法，叫荷生预备一把猎枪。荷生便预备猎枪，白天在山林里打鸟儿显显威风，夜间便拿来打鬼；枪口搁在窗上，枪柄放在被里，梦里听见有声响，风儿吹动了窗纸或耗子偷米所发出的声音，他即刻惊醒，"哼，来了，妈妈的，赶快放！"于是机关一扭，"砰"的一声，万籁俱寂。第二天在竹山或发现一块黄鼠狼吃鸡的血痕，他逢人遍说那是驱鬼的成绩，建树了功勋。他多么感谢咸亲啊！但日久弊生，猎枪失了效力，荷生仍不免要求咸亲画符，而咸亲总是推托着。

咸亲虽则画了一手好符，但他并不搭架子，更不会在荷生前搭架子，就是别人请他，也一样，他总慎重又慎重；但在同样的慎重中，咸亲却是极情愿替荷生画一朵很灵验的才可以对得住他，对得住他的母亲姐姐们。不过那画符的地点要在荷生家，而且要在夜深时；因为如果万一不灵验，他便可住在他家里就近的通宵的坐镇。但是时期没有到，这要待荷生恳切的请求。

荷生执政的第二年，祖母去世，寡母不久被鬼缠着，得了鼓腹病，因为她不肯公开的诊治，过信自己的秘方，于是结果不妙，跟着婆婆一道。常常不愿嫁的姐姐，也在那年嫁后，在婆家吞洋火死了，原因是丈夫诬陷她不规矩。她们的魂说不定时时回家来相聚，荷生一方面要对付野鬼，一面又要对付家鬼，于是除放枪之外，还按季节焚化纸钱，不过总是没有多大的效验。

咸亲到杂货店去，必走捷径由荷生家的竹山走过，顺便在荷生家歇歇脚。一天，他似乎预知荷生家又闹着鬼，照例的在他家里闲坐，那时荷生正坐在大门外的石凳上消闲。

"咸亲，你快来，我告诉你一件事，昨晚我家里又出了鬼啦！石子，酒杯大一个，打得屋瓦哗喇哗喇的响，她是死家伙一样，捏她的腿，动也不动，我真个蒙头蒙脑的闷在被里吓出了一身臭汗。你看有什么法子，啊哟，你来得正好！"荷生一见成亲，指手划脚的报告这恶劣的消息，余怕活现在他的脸上。

"我不信。那有这样凶的鬼！"咸亲眼睛一眨一眨的微笑。

"不信就不信，我难道骗你，真是……"荷生不高兴。

咸亲以"我不信……"将荷生一激，果然料敌如神的激出了荷生的不高兴，于是一种计划涌上他的心头，脑壳斜着，白眼珠朝上翻，回忆起往事，口里虽则"不相信"，脑袋里却能翻出许多的故实，证明鬼怪在荷生家横行并不是绝对虚无杳渺的事：

"呵，呵，难怪。我记得这口塘。"咸亲手指着眼前的大塘，"乙未年枫树湾兄弟争祖产，在塘磡上扭打，淹死了两个在水里，这你也许知道的。竹山里呢，就有王大嫂上过吊，哎哟，那吊死的样子呵，真吓人！舌子掉出来尺把长，眼睛珠子暴出来比算盘子还大，那么的惨死，保不定冤魂不散！还有……"

"还有什么，别再讲了，讲得这样凶险，到了晚上真是要我的命，咸亲真爱作弄人！"

"别忙，让我讲给你听喽！我每回夜里走过竹山，总觉着离身的五六尺远有一阵阴风，由这儿忽然就吹到那儿，这一定是什么鬼怪在躲避我，这倒不是骗你。鬼是——自然是有的，不过象你说的那么凶，我还没碰过。"

"骗你是畜生。"荷生气得当天发誓，"你想，一年中间，老了两三个人，这不是鬼是什么。妈妈在世的时候，我每夜睡了一觉醒总听见她房里响动。第二天问她，她说好象有什么东西压在身上动不得，喊也喊不出口，她怕是婆婆的阴魂回来了。你不信！象昨晚那么一响，你不怕才是真本事！"荷生涨红了脸，跟咸亲赌气，随即又补一句："你不信，你今晚就在我家里住一晚试试着。"

"这怎么行，学校虽则放了假，我还要守屋。而且我干吗要来打你们的岔！"

"那要什么紧，你是怕她吧，她，我要如何就如何，你放心。"

"不成，不成，你晚上有伴，让我一人在鬼窝里送死，那我不干。"谈锋早已入港，咸亲还进一步的顶着。

"那末，就同在一房睡吧，我房里有两个床，真搭架子，你这家伙！"荷生终于许他一个最惠的条件。

咸亲庄严的沉默着，欲言又止，竟半推半就的承认了。他知道不承认，荷生会另请高明的。那时荷生嫂挑着水桶走进大门，预备到塘边的井里汲水，她每次瞧见缸里没有水，就自己去挑，因为如果靠丈夫的力量，恐怕他费尽吃母乳时的力也挑不起一担水，而且她除了洗衣烧饭外，没有事情可以消磨她那过剩的精力。她见了咸亲，脸上泛起两朵红去，低了头，忸怩而微笑的走过去。咸亲也庄重的笑着目送了她一程，而且乘着机会，活溜溜的眼珠在井边和荷生之间来回的闪动。荷生嫂在井边流连了些时候，终于一伸一缩那带着玉圈的手，弯着腰，提了两大桶水上来。在这平日，她不过是一举手之劳，然而毕竟累了，歇了许久才两手托着扁担一耸。这一耸，也和平日并无二致，然而那扁担老是失了平衡，不然便是扁担钩儿歪了，消磨了好些时光，那担水才顺遂的上了肩，才摆开时髦边的裤脚底下的那双粽子般的金莲，在地上一蹙一蹙的踱着八字路，胸前微凸的乳峰上下的震动，股上的衣襟摺左摺右的摺成个"人"

字形。她走近大门，发现丈夫和咸亲注视自己，步法乱了，桶水泛滥，泼湿了裤子。

"你也太享福了，要娘们挑水吃！荷生嫂，我给你挑进去吧，横直我要进去取烟袋抽烟的。"咸亲啐了荷生一口，走到荷生嫂的跟前说。"我自己挑，我自己挑。"荷生嫂谦恭了两句，走了几步，终于歇了，让咸亲挑去，自己在后跟着。荷生依然坐着不动，只心感的说抱歉的话："要劳你的驾，真是对不住得很！"过了稍久的时间，咸亲才取了烟袋出来，抽完烟便走了，荷生嘱咐着："晚上早点来！"咸亲应了一声"好"。"今晚会阳盛阴衰"的满意，充塞了荷生的脑门。

晚上，咸亲在校延捱了很久才赴约，欣领了荷生的一餐"搭架子"的责骂，在咸亲看来虽则驱鬼可操胜算，而伶俐驯良的他，却是诸事不妨谨慎谦和，荷生对他的责骂愈多，则驱鬼纯系被动，系应荷生的恳切的要求，是很彰明的了。

他在荷生家的屋前屋后巡视了一遭，口里咕噜着神秘的法语，尽了相当的职责，才进荷生的卧房。绣阁中骤添了一位生客，他们并不感着不便，本来咸亲那么谦和驯良，素来同他们是一家样，他们简直早已融成了一体，不过名义上咸亲不能有荷生那样多的幸福。床位的分配，是荷生嫂独睡一床，这许是她的年龄大了些，不大怕鬼；荷生便同咸亲一床睡。在荷生脑里不过是重温在校寄宿时的旧梦，在咸亲或有惊人的快咸与满足罢。息灯后，室内寂静，屋瓦上不再有石头搏击的巨响，荷生渐渐酣睡了，只有咸亲的时间时作的轻微的咳嗽与荷生嫂"嗯——唉——"的叹息应和着，聊慰漫漫长夜的寂寥。

翌晨，荷生先张着矇迷的睡眼起来，一壁赞颂咸亲镇压的功勋，一壁下床着鞋，忽然发现了咸亲的鞋在离床几尺远的地上躺着。

"咸亲，你的鞋怎么会到那里去的，这真是活鬼敢大胆的跟你斗法，这还了得！"荷生以为咸亲被鬼作弄，鬼之魔力不可思议，他真有些惊惧！

"或许是我们自己将它踹开了也说不定，今晚再看吧！"咸亲很慎重的说，竟以研究的态度又预定了一晚，开辟了后路。

次晚，未睡之前，咸亲点三根香，焚着纸钱，在房门上喷着法水，才就寝。寂静一如前夜，只是在咸亲鼾声大作之际，一种小物件在地下擦着沙沙的响，似乎有鬼用线牵着它走。荷生很惊恐，扭醒了咸亲，咸亲审辨了一会，大声的骂："安分点，老子在这儿，"那声音果然寂了。荷生胆壮了许多。

次晚，咸亲自然照旧在荷生家寄宿。在他们快入梦境时，一颗石子打着楼板响，这在别人或可断定那是在室内抛的，活鬼很容易擒捉，而在荷生，这响声便是一炸雷。他被吓慌了，抱着咸亲战抖着；咸亲大咳一声，预备动作，荷生也乘势大喊着助威："如果真有活鬼，就再来一下！"他原想就这样将活鬼吓退，出乎意料的，一只茶杯破空而下，落在书桌上砸得粉碎。荷生可吓哑了，头上的冷汗直淋，倒在咸亲的怀里战栗。咸亲抚慰了一番，猛虎下山似的跃下床，在桌上一拍，在室内还追逐了一阵，才找着洋火，燃着灯。荷生大胆的下了床，他的妻也愕眙的探首帐门说："吓坏了我啦，这究竟是怎么一回事啊？""哼，吓坏了你，睡得死猪一样的。"荷生的恐惧变了愤怒。

"茶杯不是搁在楼上毒耗子的吗？怎么会砸碎了呢？"荷生拾起碎片说，"咸亲，你睡觉前在椅上看过的，看见这茶杯吗？"

"看见的，看见的，还放在墙角那里呢，无缘无故是不会掉下的。"咸亲很正经的答。

"是呀，还是我放在墙角上的呢，我画算放在那里会毒死几只耗子的。"荷生嫂也斜头摆脑的补了几句，无疑的，活鬼的确进了房。于是他们点着灯睡，提防着，勉强的煎熬到天明。

这天，荷生主张晚上点着桐油灯睡觉，桐油相传是辟邪的，大概好奇的荷生还想在桐油灯下一窥活鬼的原形，但是咸亲不赞成，他主张自己画一朵极灵验的符。结果，荷生主张画符与点桐油灯并举，咸亲不便十分反对，只得照办。就在那天，咸亲在山中斫了一枝桃，削去皮叶，慎重将事的用朱笔画了一朵占怪的符在上面，桃枝的一端用红绸缠着，钉在卧室的一角，夜深时，他在桃符前设了香案，焚香三揖之后，将预备好的雄鸡的头一捏，鲜血涔涔的染在桃符上，合掌闭目，诚虔的请了天师，然后告退。在多鬼的铜邑，这是驱鬼顶辣手的办法，而且这很关咸亲的威信，于是结果非常的灵验。这虽则是咸亲之功，而荷生的主张——点桐油灯——也不能说绝无裨益。

在半个月里，荷生家的活鬼似已绝了迹，咸亲不得已仍然回了校。荷生虽则没有什么厚贶报答他那驱鬼的劳绩，然而咸鱼干肉的款待，与乎旨酒的醺浸，更兼荷生很看重他与乎荷生嫂待遇他比荷生还亲密，这对于他那枯焦的人生已滋润了温和的时雨，他还有什么不满足？然而不！

沉霾的一晚，暗淡的月儿已跨过于高峰，荷生家屋后的竹山弥漫着妖氛，大众都已入梦，一颗石头又在荷生的屋瓦上响了。荷生卧房的桐油灯许是油干了，灭了。他异常的恐惧！他虽则胆怯，但不能不勉强去应付。他扭醒了妻，蹑手蹑脚的握稳猎枪，向窗口探视了许久，室内虽是墨黑，然而室外究有深灰色的微光在，微光里却能迷离的看出一堆黑影在动移。那不是树于，竹山里没有树；更不是竹，竹山里没有那么粗而矮的竹；也不是风儿吹花了他的眼。他真的看见了一堆黑影。他虽则怕，但那是无益的事，于是他即刻举枪瞄准。这孩子曾用猎枪打落过喜鹊，也打落过山鸡。那么一大堆黑影当然逃不出铁沙弹的范围，于是"砰"的一枪打去，除了宿鸟惊啼的声响外，还起了一阵足音，那足音渐渐的在竹林远处消灭了。

次日午后，荷生又未雨绸缪的走到小学校，想将这活鬼复现的消息报告他的挚友咸亲，再设法对付，但咸亲不在；过天又去访，可是学校的厨役已有人在代理。

（原载一九二七年五月《小说世界》周刊
第十五卷十九期，选自短篇小说集《怂恿》）

贼

新年还没过完，振宇先生又为着父亲的明片，沉入恼愤中了；明片上除照例的"丹儿学膳费无着，穷年饭谷亦差数十担"外，还加上"汝敦哥自去年九月入伍后，至今音信全无"等的寒酸话。他常收到家中索款的信，没一回照办过，他父亲明知不能将他怎样，但这种信还是一封一封的寄；他也明知那于己无损，有时且可借此对付向自己借钱的朋友，然而还是一次一次的恼愤着。本来，家里穷，再加上敦哥当着兵，而且音信全无，已足够恼人了，这没脸面的事偏又堂皇的载在明片上，设或给阔友或爱人知道，甚至给识字的听差浏览一遍，那岂是闹着玩的?！因此，他非常恼愤。不过徒恼无益，愤更不值，为补偿因恼愤所受的损失计，索兴把家书销毁了，出去消遣消遣，这在他差不多成了个例规。于是他咬紧牙齿，手指头全神贯注的抓着那明片，差不多几世纪以来蓄积的怨毒至今才碰着机会，得以发泄净尽——就使劲的一扯。明片粉碎的飞进字纸篓里后，他抽了两口气，擦着火柴吸烟，可是神经更加兴奋起来，皱一会眉毛搔一会头，一种受了羞辱的苛酷而愁烦的样子全露在脸上。

"敦哥除了当兵不能做别的。当兵自然免不了危险，如果阵亡，也就算了啦他一世。""丹弟的学膳费，……唉，三十多块钱若不在正月初五那天花完，即令不寄家，也不至死在公寓里烦闷。""半个月没出门啦，昨儿雇着车满想一进老张的门就叫他垫上车钱再开口借，他不在家，就原车访老徐，访老陈。他妈妈气死人，辗转的奔波，鬼影子都没有，仍然挺尸样的回了家，叫听差垫了十五吊，这算是逢时遇节对他慷慨过，不然……""灵芝芳的《馒头庵》偏在这时候开演……自从邀人捧过她两回后，听说现在很能叫座儿啦，那小妞压根儿不错，我不捧，终归有人捧的。一回生，两回熟，再捧两趟，说不定就可上她家去遛搭。""老罗作过几次的东，和他是新交，难道一次都不回礼，薪水七八十元一月，好意思?! 只是钱……嗨，有啦，明天预支薪水去，管得了那些!"

不管身边半个"乾隆通宝"都没有，他想排遣脑中的"敦哥"和"穷年的饭谷"等，瞧着身上黄生生的大氅，贸然发一发狠，不答价就跳上车，吩咐车夫在单牌楼歇一歇，车抵目的地，他跳下来走进有"当"字的大门，刮下大氅往柜台上一抛，那神气好像是："老主顾，狐皮袍九成金的闷壳表都当过，件把大氅算得了什么! 大爷虽则穷，总还有大氅当。"伙计照他所要求的数目，给了他十圆，他象当店里的大掌柜一般跨出来，不可一世的跳上车，指示车夫往游艺园的路上奔，心腔突突的嫌恨车夫追不上汽车，游艺园的包厢会落空，游艺园里丽人们的脂粉浓香会徒然的向天空飘散，心爱的灵芝芳会等得心焦而意懒。车夫喘着气，冒着汗，腿儿跟不上，全不看见似的只顾使劲踏着脚铃催。软弱的夕阳已给严寒逼上了万家的屋顶，夜幕渐渐在跟前开展，冷气一丝丝侵入腋下，朔风一阵阵送进裤脚管，他虽有些抖颤，但腰身扭一扭，肩上的负担倒是轻松了，裤里有新鲜的气流漾动着也颇有益于卫生。"敦哥至今没音信，许他忙着当排长，迟早总会荣归的。于今当老兵的谁肯白卖命！家中的苦况，算得了什么，这年头那家有剩的！"这念头飞燕掠水一般的飘逝了，翻腾着的主要的打算，却是"清老罗老周等，连自己，门票一元少不了；包厢三元；小有天的和菜，不，点菜，三元；香烟和杂费至少一元半，剩下的还公寓的听差，好维持以后的信用。逛他个痛快，他妈妈，逛他个痛快。包厢顶好在前排的中央，那末，她一出马就瞅得见，心里一定惊喜的跳着叫：哟，我的他坐的还是包厢呢！……那简直不待捧，她眼眶里那对活溜溜的珍珠儿怕不会向我怀里滚！单怕惹乱她的注意疏忽了做工倒是真！"

兴尽归来，已是夜阑人静的时候。老罗不便回家，振宇先生邀他到自己的公寓去。

公寓在后门外僻静的街尾。振宇先生的卧室在院南。院西的一道墙，塌下一大块，下面堆着预备补墙的泥砖，排成二尺高的长方形。卧室是狭长的，窗和房门朝北并开着，窗下摆着桌椅，床在南头。房门口的壁上挂着些春服，桌椅上堆着他俩新脱下的。

在老罗的呼呼的鼾声里，时钟敲了两下。那时房门口ㄊ丨ㄊㄚㄊ丨ㄊㄚ的响着，耗子啃东西似的。

过十二点睡，便通宵难得好睡，这是振宇先生的老毛病。况且白天他过于劳苦奔波，神经系起了"恒动"性，那时就不肯停止运用。他虽是闭眼仰睡着，实际上，灵魂是在乱梦的状态里，在接近他的理想的另一个世界里。在那世界里，他是有威权的天使，能任意指挥一切，满足一切。他由父亲的明片上演绎起，俨然的看见敦哥穿着脏透了的灰衣，废疾院的残伤者一般，托着过重的长枪，摆在壕沟里瞄准，消瘦的脸上，生气全无；肚皮贴着背脊，软弱到不能随意的转动。那完全是饥饿压迫他，命令驱使他，机械的勉强的挣扎着，生命在杀气森森的枪刺上摇晃。唔——敌人的通红的炮弹从天边闪出，冲破浓云，斜落在他那不幸者的壕沟里，哗喇——他消灭子，他的同伴消灭了。唉，可怜，这算了啦他一世，难怪音信全无！爹妈从此别罣念了吧！我也别罣念了吧！孤寂的他在消灭之后还有我在遥遥的罣念着，魂如有灵，该记取我这点手足之情吧！如果这是梦幻，那便还得罣念，还得忧烦，而且也没用，甚至今生再能相见，更没用，除非他仍往另一个枪炮堆里钻去。他不能做别的，也没别的给他做。在这世上，他徒然留着不良的印象在人们的脑中，粮食缺乏的家庭里徒然增加了消耗。……

在老罗的呼呼的鼾声里，时钟敲了三下，房门口还是ㄊㄧㄚㄊㄧㄊㄚ的响着，耗子啃东西似的。

振宇先生觉着自己并没睡熟，又侧转身朝里面试试看，但头上发热，热水似的在酝酿着沸腾，脑中思虑的火继续的燃着：涵瑜，你的嫂子也到了游艺园，她最爱逛那儿的。她曾在你面前说我来着，说我家里铜钿没有，薪水一眼眼。哼，小有天里吃着满桌酒菜的是谁？她缩在角落里正吃着一碗素面，忽然瞧见我，三口两筷将面装下肚就赶快遛着走。她好像瞧见我没穿大氅，但这是逛，并不在乎礼貌，大氅交给听差收着也作兴。我堂皇的在坤剧场前排的包厢里坐着，多写意！不怕她穿得很标致，还是由杂座里躲到新剧场的人堆里去，她还许逢人偏说包厢里是她妹子的未婚夫呢！哼，那样的逛也算是个老逛家！像她那种上海人，一粒花生米要做几口吃，表示口里常常有的吃，我吴振宇就瞧不起！……

在老罗的呼呼的鼾声里，时钟敲了四下，房门口依然是ㄊㄧㄊㄚㄊㄧㄊㄚ的响着，耗子啃东西似的。

振宇先生还是不能熟睡，他有点心焦意躁了，但黑魆魆的天地颇适合他的幻境，他在床头辗转反侧的真是闲愁万种，幽怀沉结，一切的一切，他所感觉的只是渺无边际的空虚，于是他俯着身子睡，脑门里又换了一个花样：可惜同床的是老罗，不然正好并头……床是这么的窄！灵芝芳的确向我笑过，射过多少回媚眼。但是还得努力的捧，现在就追她的马车是徒劳。唉，牺牲大氅去逛，究竟是打肿脸称胖子的事。不过，逛得老罗他们个个都开怀，于自己的情面总算过得去，往后该叨谁的东，我算算看，嗯，老周好像在预备请吃一台花酒。……

在老罗的呼呼的鼾声里，房门口比较强烈的响了两下便蓦然寂静了。

振宇先生恼闷的转身向外睡，索兴张开眼睛看天亮了不。窗纸上蒙着一片深灰色，房门口处却现出半截淡白色的天空，星星一眨一眨的似在开玩笑。他微微的咳了一声，可是那淡白色突然伸长了，好像房门开开尺把宽。但在几分钟的寂静中，那淡白色又缩短了，给什么障着了似的。他受了强烈的刺激一般，胸部一起一伏的跳动着，捏了老罗一下巴，但老罗却是很闲逸的合着节奏打着鼾。他想再观动静，但是一种恐惧逼来，不容他再侦察。他不信妖魔的，他决定那是偷儿。"糟啦，偷儿在门口一伸手，桌椅上的皮袍马褂和壁上的一切，会一扫而光，对不住老罗还在次，明儿个怎么好起床，那儿来的第二副本钱再添制？！偷儿是刚来倒还不打紧，单怕他是最后的搜索！妈妈的，来不及喊醒老罗啦，得吓他个措手不及，追回原赃才算数。"于是他扔开被，赤着脚，纵步跳下床，"贼来啦！"

他喊着助威，追出了房门，顺手拾起两口断砖，继续凶狂的嚷："你爬墙，你爬墙，我送掉你的命！你动，我开枪打死你，妈的。"他就如有不共戴天之仇似的鼓起毕生的勇气去应敌，深夜中的虚伪的咆哮竟将偷儿压服了。

"怎么啦，怎么啦？"老罗惊醒后，喊着奔出房。

"贼，贼，老罗，只有这儿是出路，我守在这儿，请你快快叫醒听差点灯来。"

两个听差持着灯来了，偷儿将头藏在砖堆的角落里正同鸵鸟见着人埋头沙里一般的可笑。他被捕时瑟索的立起，本能的挣扎了两下便无抵抗的低了头，脸儿黑瘦得可怕，身上穿着一套泥色的夹裤褂，比尘埃还脏。他在抖战中似乎不知道这世间有他自己。

"打，打，打，偷东西啊！打！"振宇先生磨着牙齿，晾出蓝筋突起的拳头在偷儿的眼前晃动，"简直没有王法了，非把他打死不行！"

"还是把巡警叫来吧?!"听差提议。

"不行，不行，吊起来打他个半死半活再交给巡警。"振宇先生始终坚持的要严办。

"天快亮了，我看短了东西没有，再瞧着办吧?!"老罗说。

偷儿在听差手里屈服着，振宇先生和老罗即刻进房查看，什么都没短，又都跑出来。只是振宇先生的甜蜜的梦被闹散了，而且受了虚惊，他决不肯轻轻放过那可恶的偷儿，还是跳起来嚷着"打，打，打！"

"唉，打他干吗？这种人也是没法才做这事的。不过他进错了门，他是个倒霉的贼！唅，你看对门房里，门还是敞开的，皮袍大氅挂着好几件呢！"老罗用闲逸的口吻说，又指着那羞怯到万分的偷儿，"贼啊，你太倒霉了啊！偏偏走到我们的穷房里来，偏又遇着这位先生——手指着振宇——醒啦！"

"老罗，你真见鬼，这种贼骨头你跟他开什么玩笑。这次不警戒他，下次他又偷别人的。你优待他，他将来不会优待你的。你说他倒霉，如果他今晚在这儿发了财，那就该咱们倒霉了。真见鬼，真笑话"

"这不是笑话。咱们现在是正倒霉的时候，他光顾了，即令不被捉，也就是倒霉透了顶。若果咱们现在足发财的时候，就让他今晚不倒霉也算不了什么！你说优待，不打他，这算得是优待?!"

"你的话不近人情，你去瞎煽你的，我是冷，我要穿衣去。"振宇先生十分不高兴的进房穿了衣。"冷"字提醒了老罗，老罗跟着顶了他几句："冷吗？何如！你也知道冷。我想凡是生物都想活，这条路上不能活，便在那条路上活，总是打着主意要图活。就比方他——手指偷儿，一壁自己也往卧房移动想穿衣——吧，不一定就想靠'偷'来活着，不过'偷'也是他一种暂时不得已的生活方法罢了。你看他那枯瘦如柴的样子，那恶心的单薄的衣服，在这样冷的晚上，他那能不想打点生活的主意，你别打他，我是爱管闲事的，倒要去问问他看。"老罗一壁穿衣服，口里还是不断的叽咕着"唉，一切的生物总是不择手段在谋活的，一切的生物总是……"

"好，你问他去，我不管。"振宇先生消极的抵制着。那时偷儿也已被押进了房。

"喂，我问你，你干吗要做贼啊？——你说啊，低着头干吗？我们不一定要办你，你老实的说啊！"

偷儿缩做一团的战栗着，他以为老罗还在跟他开玩笑，始终低着头，后来被逼不过，才死气沉沉的眼睛向老罗翻了一下，他为老罗那和蔼而诚挚的表情所激动，他顿觉以前的话不是开玩笑，他相信他是天地间的极好的人，他为他的真实而伟大的感情所支配，眼泪婉蜒的流下，腿儿慢慢的弯曲了，蹲在地下，终于颤着嗓子说："先生，我不敢瞒您，我，我，我是个逃兵，由阵上逃出来的。到这儿三天了，没得吃，没得穿，也没地方住，靠人家布施，大半天也接不到几个大，不得已才干这下流的事，下次可真不敢了，请您开恩放了吧！若是上头知道，这条命还不知……"偷儿说着，捣蒜一般的叩头。

"你别叩头。"老罗挥手止住他。"我不把你交巡警就是，你放心，再说下去吧，既是好好的当着兵。干吗要逃呢？"

极苦闷的表情呈现在偷儿的脸上，他不愿旧事重提，只是摇着头，但他感于老罗那慈悲的样子，关怀他那般的深切，只得又鼓着勇气放胆说下去："说起来，唉，话就可就多啦。先生，您不知道先年的兵好当，于今的兵简直是白卖命。象咱们当小兵的，无非为着一份儿口粮。口粮?！上起火线来，有时两三天见不到又霉又臭的馒馒。在阵上受了伤，三四天没人管，"他手触着伤处，喉儿给什么塞住了似的。"大寒天穿的还是这个！"他瞧瞧身上的服装，眼眶儿红了。"提起饷，每月十块还得扣伙食，三四月不关是常事。当新兵的还得挡头阵，炮火连天，许进不许退。唉，讲到当兵，我，我，再世也不想啦。我是大前天晚上开差时跟弟兄们打伙儿逃的。没想到逃到这儿……"

那时候儿，听差的无形中解了严，兴致很浓的听得正入神，老罗的脸上笼罩着浓厚的愁容，可是振宇先生却在床边皱着眉头打瞌睡。

"那末，你不想家吗？你逃到这儿打算怎样呢？你家在那儿？你姓什么?"老罗杂乱的问。

"想是想回家,但……"偷儿瞧瞧自己的模样又顿住了。好象说不出口似的,即刻又改变方针说:"听说我老弟到这儿半年啦,他是由山西到这儿的。不知他在那儿,干的什么事。他出门四五年啦!我在营里常常调动的,好久没写家信。家里也没信给我,我不知我老弟在那儿干事。我是 P 府人,我姓吴,名字叫吴敦诚,我老弟叫……"偷儿神经纷乱的,还要往下说。老罗打断了他的语句:

"老吴,这人是你的同乡,又是你的本家呢!"老罗带笑的瞧瞧振宇先生,又回转头来问那偷儿:"再说,再说,你老弟叫什么?刚才我不该打岔的。"

振宇先生早已由梦里惊醒,他早就怀疑偷儿的语音怪耳熟的,"吴敦诚"已使他万分的愕眙,而"我老弟叫……"更是一炸弹,炸得他的灵魂飞溅了满地一般。他在灯光之下敏锐的隐约的辨出偷儿是谁了,他想不到在几年的睽隔中,那偷儿的像貌变得那般的凄惨可怕,简直比梦里所见的还可怕。他也没注意自己的样子也变得使偷儿认不出,许是他在自己威武的"打"的声音里震悸得不敢抬头的缘故吧,许是自己离灯光稍远为黑影迷蒙了吧。起首,他的脸上拼凑着愁烦,忏悔,羞惭的种种颜色,但一目睹偷儿那寒酸透了顶的姿态,与其卑劣达于极点的行为已暴露在听差,在阔友之前,那不啻会将自己的一切葬埋了,他不能将自己的名誉和他的同归于尽,于是各种情绪骤然转变而为剧烈的恼愤。他不等偷儿开口,暴跳起来,将自己竖在偷儿和老罗之间,深赤色的嘴唇,不断的朝上翻:"放屁,放屁。我的同乡没有这样贱的贼骨头,我的本家没有这种烂污胚。把他带上区去,带上区去,我不能让他在我房里瞎说霸道的。"

"那何必，那何必，我看这人怪可怜的，送他到区上去于咱们没有什么益。我刚才说错了，别动气，别动气，啊！"老罗竭力和缓振宇先生的盛怒，一壁掏出两块钱来，说："喂，姓吴的，你别再干这事啦，强盗收心做好人。好在离家不很远，你还是回你的老家吧！这里我给你两块钱。唉，老吴，咱们虽是穷，两块钱也不过两个子儿一般的，你也给他两块吧！"

"不是动气，实在的，这家伙太可恶了。老罗，既是你这样的慷慨，据他自己说又是 P 府人，那末，我带他到会馆去查查，看有人认识他的老弟的没有。"振宇先生很张惶的两只眼睛钉着那偷儿。接连的说："顺便也好请同乡多捐几个钱打发他回去。真是见啦鬼！捉贼，捉贼，捉出那末大的麻烦来，这是我今生头一次，老罗我告诉你。"不知如何，振宇先生公然对偷儿开了恩。

偷儿初不料到申述自己的身世会闯出滔天的大祸来。他虽是出没于枪林弹雨中，早置生命于度外，然而既已逃出了危险境，又要尝铁窗的风味，这可不值得，而且自己是逃兵，或许还要受军法的审判和处决。他为着不绝如缕的生命，又起了动摇，于是又颤栗着，又泫然的流泪了。一直到振宇先生赦了他，他才匍伏在老罗的跟前叩了两个头，勉强的收受两块钱，随即又向振宇先生跪下去。当他诚虔的叩头时，老罗的"同乡""本家"在他的耳里似仍在荡动着，卒致引诱着他向振宇先生大胆的看了几眼。振宇先生脸色很难看，不情愿受这卑劣的偷儿的敬礼似的，头转向着别处。

白日钻出了浓云，普照着大地，偷儿换了一套半旧的棉裤褂跟着振宇先生在往会馆去的路上交谈的走，到了会馆后，振宇先生关照管事的，请他收留这流落京华的一位同乡。于是那偷儿暂在听差的房里住着。

当那间房里没有别人时，振宇先生颓丧的立在房门口，瞧着那偷儿说不出一句话。心里不知是恼愤，是羞辱，偷儿却伏在桌上抽噎着，他回忆军中的生活，逃遁时的惶恐，在街头行乞时的丑态，在公寓偷窃时的苦心，与夫老罗，振宇先生的脸子，他不由得抽噎了。

"唉。"振宇先生叹了一声，"哭什么，我真不好怎样的骂你。我告诉你：在这儿我不许你说我是你弟弟，你明白吗？"最后的两句话，声音是轻轻的。

会馆里的听差——老王——走进房来，振宇先生很神气的吩咐道："老王，你陪他去洗个澡，吃吃，逛逛，听见吗？"老王欢喜的答应了。振宇先生掏出两块钱给偷儿便走开。即刻，以援助同乡的名义，在会馆募起捐来，以他平口应酬之周到，公然在几刻钟内募了八块钱，很高兴的回了公寓挺了一大觉。

下午，他到衙门里预支了半个月薪水便出来，看了几家公寓，不能自已的又到会馆去。

偷儿一个人躺在床上，振宇先生又在房门口站着，默默的，默默的，眼光炯炯的射着那偷儿，脸额上的蓝筋皱成交织的河流一般，真像谁该欠了他十万八千的不高兴。他从偷儿的头上看到脚上，看透他的骨髓，看透他的全体，总而言之讨厌透了顶。于是一把无名火烧起来了，便开始对偷儿烦，算是抑制着盛怒的对他烦："不知道你如何这样爱睡觉，唉，我一见你们这种人就头痛！好好的兵不当，要这样的没志趣！"在茫无头绪的千言万语中，他只随便挑选了这几句。

"兵实在是当不了，我情愿安闲自在的饿死。"

"那末，你还是回家去，搭晚十二点的车。"

"回去怎么办呢？做手艺，学我那行的于今又不行时，唉，还是请你留留意找找事看吧！"

"找事，找事，有什么事可找，这副样子你别再在这里丢我的脸啦。还想找事，我为你气够了。"他的牙齿似乎又在磨励着。"唉，昨儿接到爹爹的信，说你音信全无，又说些丹弟的学膳费无着和穷年的饭谷什么，饭都不够吃，丹弟还读什么书，读了什么用！"他提起明片上的事又恨起丹弟来，最后才归到本题上："爹妈很罣念你，出门大半年也应给个信他们，只顾自己在外面去瞎混！我看你还是今晚动身回去的好。登在这儿，有什么好处，嚼用这样的贵，我是自己还管不了。像你这样子找得到什么事，莫在这里丢我的脸！"

偷儿的神情异常的沮丧，他望了振宇先生一眼，默然的将头低下去。

振宇先生在身边掏出一包现洋来，往桌上一压："喏，这是十五块钱，连早上的四块，除了路费，总还可到家十多块。回家后，你对爹妈说，我每月薪水不过二三十元，衙门里欠了好几个月不发，应酬又大，脸面又不能不顾，暂时是无论如何没有钱寄回去的。"说着又敷衍了两句，"唉，四五年没回家啦，看六七月能回去转一转不。"

老王端了一杯奉承振宇先生的茶来，振宇先生即刻吩咐道："老王，晚上十一点时，你陪他到北车站去，替他打好票，送他上车噢，车十二点十分开，别误了事！喏，我给你半块钱喝酒！"老王微笑的谢了。那时同乡也有开怀那流落者的，站在房门口探望，振宇先生当着他们显显自己的功能："唉，为别人的事，受了劳苦还得掏腰包。除了你们替他捐的八块之外，我一个人还给了他十五元。老王都看见的。"老王跟着补了一句，"是，十五块现洋。"

"唉，好人难做，于今的世界好人难做。"振宇先生苦笑着朝同乡的点点头，立刻走出会馆去。偷儿在房门口痴痴的目送，他瞧着振宇先生那深毛的羊皮袍，那柔软的獭皮帽，那金丝眼镜与夫那一画一画的打狗棍，自恨没有资格叫他一声弟弟，于是做梦似的怅惘着，眼眶儿又潮湿了一回。

后门外的僻静的街尾的公寓门口停了三乘黄包车，门口堆着好几件行李。振宇先生挥着打狗棍指挥车夫搬运着。

"嘿，你搬家吗？搬到那儿？"老周来了，问。

"吼，住在这儿不妥当，搬到鼓楼后身的大成公寓试试看。"

"老罗说你昨晚捉着一个贼……"

"管他干吗，早已打发他走啦。"

"喂，游艺园今晚的戏是灵芝芳的《宝蟾送酒》，我已经打电话包好了厢，你一定去的吧！到七点钟我同老罗来邀你好不好？我知道你现在很忙的。"

"去的，去的，今天闷极了，正想逛他个痛快！要叨你的东那受当得起！那受当得起！"

行李上了车，振宇先生也上了车。他侧转头向院内的断墙连连的望，一壁应酬着老周。车行了几十步，他还点头的口里咕噜着："去的，去的，不必来邀了，咱们在游艺园见就是，一定的！一定的！"

一九二七，七，十九。

（原载一九二七年七月《小说月报》十八卷

六期，选自短篇小说集《茶杯里的风波》）

父 亲

　　仲夏的一晚，乌云棉被似的堆满在天空，风儿到海滨歇凉去了，让镜梅君闷热的躺着。在平时，他瞧着床上拖踏的情形，就爱"尺啊，布啊，总欢喜乱丢！"的烦着，但这晚他在外浪费回来，忏悔和那望洋兴叹的家用的恐慌同时拥入他的脑门，恰巧培培又叽嘈的陪着他丧气，于是他那急待暴发的无名火找着了出路啦，眉头特别的绷起，牙齿咬着下唇，痧眼比荔枝还大的睁着，活像一座门神，在床上挺了一阵，就愤愤的爬起来嚷："是时候啦，小东西，得给他吃啊！"

　　照例，晚上九点钟时，培培吃了粥才睡。这时夫人闻声，端了粥来，抱起培培。培培在母亲怀里吃粥，小嘴一开一闭，舌头顶着唇边，像只小鲫鱼的嘴。镜梅君看得有趣，无名火又熄灭了，时时在他的脸上拨几下，在屁股上敲几下，表示对孩子的一点爱。粥里的糖似乎不够，培培无意多吃，口含着粥歌唱，有时喷出来，头几摇几摆，污了自己的脸，污了衣服，夫人不过"喊，宝宝，用心吃！"的催着，羹匙高高的举起来等，可是镜梅君又恼起来啦，他觉着那是"养不教父之过"，不忍坐视的将培培夺过来，挟着他的头一瓢一瓢的灌。培培也知道一点怕，痴痴的瞧着镜梅君那睁大的眼和皱着的眉，将粥一口一口的咽，吃完了，镜梅君将他放在席子上。

培培肚子饱了，就忘记一切，攀着床的栏杆跳跃着站起来，小眼睛笑迷迷的，舌儿撑着下巴颚开开的，口涎直往胸部淌，快乐充满宇宙的尖脆的叫声在小喉里婉转，镜梅君的威严的仪表又暂时放弃了，搂起他在怀里紧紧的，吻遍了他的头颈，只少将这小生物吞下去，毛深皮厚的手又在他那柔嫩的股上拍。培培虽则感着这是一种处罚的不舒畅，但究竟是阿爹的好意，镜梅君也很自慰，即刻就想得到报酬似的命令着："喊，爹，爹，爹！培培，叫我一声阿爹看。"培培不知道服从，只是张着口预备镜梅君来亲吻似的。颇久的抱着玩，培培可就任意撒尿了，小鸡鸡翘起来不辨方向的偏往镜梅君的身上淋，这是培培一时改不掉的大毛病，也可以说是一种过分的扰乱，而在镜梅君的脑中演绎起来，那可断定培培一生的行为与成就，于是他的面孔就不得不板起，牙齿从兜腮胡子里露出来："东西，你看，你看，迟不撒，早不撒，偏在这时撒在我身上，忤逆胚！"他骂着，手不拘轻重的拍培培。培培起首惊愕的瞧着他，即刻扁着嘴，头向着他妈哭。但这怎么能哭？"你哭，你哭，我敲死你，讨厌的东西！"镜梅君更加严厉了，培培越哭他越使力打！打完了，扔在席上。

培培，年纪十个月大的男孩，美观的轮廓，为着营养不足而瘦损，黯黄的脸，表现出血液里隐藏着遗传下来的毒质，容颜虽不丰润，倒还天真伶俐。他常为着饿，屁股脏，坐倦了就"嗯——

嗳——”的哭，但必得再睡了一觉醒才得满足他的需求，因此，他妈非常可怜他。

“他懂什么，你没轻没重的打他？你索兴打死他啦！也没看见这样不把孩子当人的！”培培遭了打，夫人看得很心痛，等到自己抱着培培在怀里，才敢竖着眉毛向着丈夫咒。

“不抱走，你看我不打他个臭死！讨厌的东西！”镜梅君本懒于再打，但语气里却不肯收敛那无上的威严。

“讨厌!？你不高兴时，他就讨厌；你高兴时，他就好玩，他是给你开玩笑的吗？”

“不是啊！他撒湿我的衣服，还不讨厌，还不该打！”

“干吗要给你打，我养的？”

“不怕丑！”

夫妻俩常为孩子吵，但不曾决裂过，其原因是镜梅君担负家庭间大半经济的责任，他常觉自己是负重拉车的牛马，想借故吵着好脱离羁绊，好自个儿在外面任情享乐，幸而他的夫人会见风转舵，每每很审慎的闹到适可而止，因而夫妻的感情始终维系着，镜梅君也就暂时容忍下去。那时，他觉着过于胜利，静默了一会，又觉着夫人的责备不为无理，同时便心平气和的感到有一种文明人的高玄的理想不能不发表出来似的，因为文明人的智识和态度不能落后于妇女们，见笑于妇女们的。于是他用半忏悔半怀疑的语气说：

“不知怎样，我心里不快乐时，就爱在孩子身上出气；其实我也知道尊重孩子的地位，知道哭是满足他的欲求的工具，爱吵爱闹是他天赋的本能。他的一切是自然的，真实的，我也想细心观察他，领导他，用新颖而合理的教育方法陶冶他，使他的本能顺遂的在多方面健全的发展，但我不知如何，一听见他哭，或看见他撒屎撒尿撒了满地，就不高兴！"

"是呀，你就爱这样，我知道是你肝火太盛的缘故，明天上医院去看看吧，老是吵着也不是事。"

好，孩子被毒打了一顿，已归罪于肝火，一切便照旧安静。培培瞌睡来了，他妈将他安置在床上，自己也在旁边睡了，镜梅君也一个人占一头，睡了。

不管天气闷热不，到了晚上，在培培便是凄惨黯淡的晚上。蚊子臭虫在大人的身上吮吸点血液，他们不觉着痛痒，即令觉着了，身体一转，手一拍，那蓬饱的小生物，可就放弃了它们的分外之财，陈尸在大的肉体之下；但它们遇着培培呢，自己任意吃饱了还雍容儒雅的踱着，叫它们的伙伴来。培培不敢奈何它们，只知道哭，在床上滚，给全床以重大的扰乱，而镜梅君之陶冶他，处理他，也就莫过于这时来得妥当，公道，严肃而最合新颖的教育原理！

五尺宽的床本不算很窄，但镜梅君爱两脚摊开成个太字形的躺着，好像非如此，腋下胯下的一弯一角的秽气无由发挥，而疲劳也无由恢复似的。那时培培睡得很安静，连镜梅君的闲毛都没冒犯过，镜梅君得恬静的躺着，于是悠然神往的忆起白天的事，众流所归的脑海忽然浮起一支"白板"来。那是 C 家麻雀席上的下手放出的。当时，他如中了香槟票的头彩一般，忙将自己手里的"中风""白板"对倒的四番牌摊开，战栗恐惧的心得到无穷的快慰，可是正等着收钱进来，对门也将一支"白板"晾出来，自己的"四番"给他的"念八和"截住了。那次是他的末庄，捞本的机会错过了，一元一张的五张钞票进了别人的袋，于是他血液沸腾的愤懑的睁着眼睛瞧着对门。他回忆到这里，不觉怒气磅礴的。这时候，培培不知天高地厚的像一条蚯蚓样在他的脚边蠕动了，"嗯——嗳——"的声浪破静寂而传入他的耳膜，愤懑的情绪里搀入了厌恶，于是所有的怨毒都集中在这小蚯蚓的身上，直等床上不再有什么扰乱，于是，"蚯蚓""对门"随着那支"白板"漂漂荡荡的在脑海里渺茫了，继之而起的是一阵漾动着的满含春意的微波。

那微波也是 C 家麻雀席上起的：一位年轻的寡妇是他的上手，她那伶俐的眼睛时时溜着他，柔嫩的手趁着机会爱在他的手上碰，那似是有意，在她的枯燥生活中应该是有意。他的手好像附在她的手下蚁行前进着，到腋下，到胸膛，由两峰之间一直下去。想到了玄妙的地方，他便俯着身体想寻求满足，在没得到满足时，那怕半颗灰尘侮辱了他，也足够惹起他那把肝火的，漫说那末大的培培在他的脚边有扰乱的行为。

那时，夫人被挤在一边倒是静静的，可是培培竟又昏天黑地莽撞起来，左翻右滚，在床角俨然是个小霸王，但这是小丑跳梁，在镜梅君的领域里是不作兴的。起首，镜梅君忍着性子，临崖勒马似的收住脚力，只将培培轻轻的踹开，诚虔的约束起自己那纷乱的心，将出了轨的火车一般的思潮，猛力一挟，挟上正轨，然后照旧前进着；可是不久培培仍是毫无忌惮的滚，他可就加力的踹着，开始烦起来啦："讨厌的东西，闹得人家觉都不能睡！"

"好，又起了波浪啦，我真害怕！"夫人恐惧的说，连忙唱着睡歌想稳住培培，但培培受了镜梅君的踢，更加叽嘈了。

"我不是爱起波浪，我的肝火又在冒啦，我告你！家里叽叽嘈嘈，就容易惹起我的肝火，我真是不希望有家庭，家庭于我有什么？"镜梅君已经仰转身体睡，想寻求满足的目的地已给夫人和孩子扰乱得满目荒凉了！

"你总爱说这种话，我知道你早有了这付心肠，你要如何就如何吧，我不敢和你说话，反正我是天生成的命苦！"

"来啦，鬼来啦，来了这末一大串！哼，晚上吵得这样安不了生，就只想压住我不说话，我早有了这付心肠！就有了你要怎么样？这小畜生……"镜梅君手指着培培，一条小蚯蚓，"你瞧，一个月总得花八九块钱的代乳粉，吃得饱饱的还要闹，屎尿撒得满屋臭熏熏的，光是娘姨服侍他还不够！"

"唉，那家没有孩子，那个孩子不这样，像他还是顶乖的，你怪三怪四的埋怨干什么？"

"我埋怨，我埋怨我自己当初不该……"这时培培又在镜梅君的脚边滚，他不由得使劲的踢着说，"嗒，你瞧，这家伙还在我脚边讨厌，他好像爱在人家肝火盛的时候故意来呕人，九点吃的粥，滚到现在……"说着他坐起，在培培的腿上捏了两把，又继续的嚷，"你寻死吗，老是滚来滚去的。"培培不但不静止，反而"哇"的哭起来，镜梅君的肝火的势焰也随着冲到了极地。"你哭，你哭，我打死你，小畜生，闹得人家觉都不能睡，我花钱受罪，我为的什么，我杀了你，可恶的小杂种！"他口里一句一句的数，巴掌一记一记的在培培的脸上股上拍。夫人起首忍着，渐渐心痛起来了：

"唉，他连苍蝇站在脸上都得哭一阵，蚊子臭虫想咬他还找他不着呢，这末大的孩子，那能受得起这样粗重的手脚踢啊，打啊！欺侮孩子罪过的！"

"放屁，放屁，我不懂得这些！谁讨厌，我就得解决谁！女人，我知道很清楚，很会瞎着眼睛去爱孩子，宠得他将来打自己的耳巴，除此之外就会吃醋争风，吃喝打扮，有的是闲工夫去寻缝眼跟丈夫吵嘴。你当然不是这种人，受过教育的，我知道，但是，你还是收起你的那张嘴巴强。"镜梅君压服了夫人，便专心来对付培培："这杂种，他什么地方值得爱？像这打不怕的畜生，将来准是冥顽的强盗，我说的错不错，到那时候你会知道。现在我得赶早收拾他，你瞧，他还往我这边滚！"镜梅君想使孩子的罪恶有彰明的证据，颤着手指给夫人看，顺势将那只手纷纷的打培培。"轻轻的打你几下就送了你的终吗？你这该杀的，我就杀了你也并不过分啊！"

培培只是拚命的哭，夫人闷着一肚子的气，本想不睬不理，但她抑制不住母亲对孩子的慈悲，终于伸出手去抱，但她的手给镜梅君的拦回了。

"不行，不行，我不能让谁抱起他！我要看他有多末会哭，会滚！我知道他是要借着吵闹为消遣，为娱乐；我也要借着打人消遣消遣看，娱乐娱乐看。"镜梅君阻住了夫人又向着培培骂："你这世间罕有的小畜生，你强硬得过我才是真本事！你哭，你滚，你索兴哭个痛快，滚个痛快吧！妈妈的，我没有你算什么，我怕乳粉没人吃，我怕一人安静的睡得起不了床！"他很气愤，认真的动起武来了，打得培培的脸上屁股上鲜红的，热热的，哇一声，隔了半天又哇一声。夫人坐在旁边没办法，狠心的溜下床，躲开了。她不忍目睹这凄惨的情景，一屁股坐在邻室的马桶盖上，两手撑着无力的头，有一声没一声的自怨着：

"唉，为什么要养下孩子来，我？——培培，你错投了胎啦，你能怪我吗？——这种日子我怎么能过得去，像今晚这日子——我早知道不是好兆头，耗子会白天跑到我的鞋上的，唉！"

这种断续的凄楚的语音，在镜梅君的拍打声中，在培培的嚎叫声中，隐约的随着夜的延续而微细，而寂然。

培培愈哭愈招打，愈打愈哭；打一阵哭一阵之后，他竟自翻身爬起来，身体左右转动，睁开泪眼夆望着，希冀他妈来救援，但他妈不知去向了，在他前面的只有镜梅君那幅阎罗似的凶脸，在惨淡的灯光之下愈显得吓人，黯灰的斗室中，除泰然的时钟"踢踏"的警告着夜是很深了而外，只有他这绝望的孤儿坐以待毙的枯对着夜叉，周围似是一片渺茫的黄沙千里的戈壁，耳鼻所接触的似是怒嚎的杀气与腥风。于是，人世的残酷与生命的凄凉好像也会一齐汇上他那小小的心灵上，他伏在席上本能的叫出一声不很圆熟的，平常很难听到的"姆妈"来，抬头望了一下又伏着哭，等再抬头看他妈来了不的时候，眼前别无所有，只镜梅君的手高高的临在他的额前，一刹那就要落下。他呆木的将眼睛死死的钉住那只手，又向旁边闪烁着，似乎要遁逃，但他是走不动的孩子，不能遁逃，只得将万种的哀愁与生平未曾经历过的恐惧，一齐堆上小小的眉头，终于屈服的将哭声吞咽下去。微细的抽噎着；惨白而瘦削的脸上的泪流和发源于蓬蓬的细长的头发里的热汗汇合成一条巨大的川流，晃晃的映出那贼亮贼亮的灯光的返照，他像是个小小的僵尸，又像是个悲哀之神，痉挛似的小腿在席上无意义的伸缩，抖战的小手平平的举起，深深的表现出他的孤苦与还待提抱的怯弱来。

人穷了喊天，病倒了喊妈，这是自然的，培培喊"姆妈"算得什么，然而在这时的镜梅君的心上竟是一针一针的刺着一样。他蓦然觉着刚才的举动不像是人类的行为；用这种武力施之于婴儿，也像不是一个英雄的事业，而且那和文明人的言论相去太远，于是他的勇气销沉了，心上好像压了一块冰。他感到自己也是爹妈生的。爹虽活着，但那是在受磨折，勉强的度着残年，和自己年年月月给迢迢万里的河山阻隔着，连见一面也难。许多兄弟中，他独为爹所重视，他虽则对爹如路人一般，但爹容忍的过着愁苦日子，毫无怨言，至今还满身负着他读书时所欠的巨债；岂仅无怨言，还逢人饰词遮掩儿子的薄情，免避乡人的物议，说："这衣服是镜梅寄回的。这玳瑁边眼镜值三四十元，也是镜梅寄回的。"妈呢，辛苦的日子过足了，两手一撒，长眠在泥土里，连音容都不能记忆。她曾在危险的麻豆症中将他救起，从屎尿堆里将他抚养大，而他在外面连半个小钱都没寄给她缝补缝补破旧的衣服，逢年过节也不寄信安慰安慰她倚闾念子的凄愁，于今感恩图报，可还来得及？爹妈从来不曾以他对付培培的手段对付他过，将来培培对他又应怎样？培培的将来虽不能说，或许也如他对爹妈一样，应遭天谴，但他对于仅十个月大的培培，那有像爹妈对他那末的深恩厚德！何况这末小的培培还吃不住这种苦啊！反复的推敲，他的眼泪几乎潮涌上来，立即将培培抱起，轻轻的拍着在室内踱着，凶残的硬块似已溶解于慈祥的浓液中了，但偶然听见一声啼哭时，他觉着又是一种扰乱来了，那又是一种该处罚的忤逆行为，慈祥的脸子骤然变了，不肯轻易放弃的威严又罩下来，口里又是："还哭啊，还哭啊，我打你！"的威吓着。他好像不这样便示了弱，失了自己的身分似的。

培培在他的怀里缩做一团的低声抽噎，经过许久也就打起瞌睡来了。夫人悲哀得够了，也就上床睡了，于是镜梅君将培培放在夫人的身边，自己也尽兴的躺着，随着肝火的余烬，悠悠的入梦，更深夜静，只有培培在梦中断断续续的抽噎的声音。

第二天，清早，第一个醒的是培培。他那肉包子似的小拳在自己的脸上乱擂了一阵，头左右摇几下，打了一个呵欠，小眼睛便晶明透亮的张开了。他静静的看看天花板，看看窗上的白光，渐渐的，小腿儿伸了几伸，小手在空中晃了几晃，便又天真烂漫的跟窗外的小鸟儿一样，婉转他的歌喉，散播着乐音如快乐之神一般的，昨宵的恐惧与创伤便全然忘却了，他眼中的宇宙依然是充满着欢愉，他依然未失他固有的一切！

第二个醒的是夫人，她也忘了一切，高兴的逗着培培玩，格支格支的用手轻轻的抓着他的腰胁，有时抱着他狂吻。培培发出婴儿的尖脆的笑声，非常好听！

最后醒的是镜梅君。他是给大门外的粪车声惊醒的，他当那是天雷。那雷是从昨宵那满堆着乌云的天空中打出的。但他张着眼睛向窗边一闪，射入他的眼帘的不是闪电，却是灿烂的晨光，那光照出他的羞惭的痕迹，于是他怯生的将眼门重行关了，用耳朵去探听；培培的笑声，夫人的打趣声，一阵一阵传送进来，室内盈溢着母子自由自在的在乐着的欢忭。镜梅君觉着那又是故意呕他享受不到那种天伦之乐，心中起了些恼愤，但同时又反衬出其所以致此之由，全然是自己的罪恶，情绪完全陷入懊悔的漩涡里，不好意思抬头望夫人，更难为情看那天真烂漫的孩子；但又不能长此怯羞下去，于是念头一转，重要的感觉却又是：犯不上对属于自己统治之下的妻儿作过分踚踏的丑态；犯不上在妇孺之前露出文明人的弱点来。他只得大胆的将眼门开了，故意大模大样的咳嗽着，抬头唾出一泡浓痰，望了培培几眼，又嘻皮笑脸的逗他玩："Hello，Ba-by！Sorry，Sorry！"

"不要脸的！"夫人斜着眼，竖着眉头，啐了他一口。

培培听了奇怪的喊声，旋转头来向镜梅君愕眙的瞧了一眼，他认识了那是谁，便脸色灰败的急往他妈的怀里爬！

一九二七，八，一九，三次改作。

（原载一九二七年九月《民铎杂志》九卷一期，

选自短篇小说集《茶杯里的风波》）

劫

　　张妈将两个月工资寄回家后，个把月还没接到丈夫的回信，虽在冗忙时，她心里总是上七下八的，好像身子挂在危崖上摇晃，又像乌云托着她在渺无边际的空虚中漂流；为着几个钱，恩爱的夫妻就同散了伙被转买到千十万家，连信都不能常收到，本来，寒苦人家有几个人识字的，要寄信就寄信，那有这么方便啊！

　　她的神情惝恍的，每逢前后门"劈拍劈拍"的响，心里就起了共鸣："说不定他来了，他说今年春上准到上海来玩玩的。不然，便是邮差送信来，许多信中有这么的一封：封套小小的，软软的，很脏，中间有一条红签或是用粗纸当封套，上面有淡墨写的歪斜的字。"于是她的脚步就快了，像鸡婆弹土似的忙，把门开了。门外倘是客人，她就问明了找谁，心冷了半截的把话回复了，果真是邮差送信来，她就如发了洋财一般的抢着一把接住，一封一封的去认明，看有没有封套上有红签的，有，她就脚不停轮的奔上楼推推亭子间的门，问："何先生，请你看看这里面有没有绍兴寄来的？——这封是不是？"她还拣了一封合于自己所推想的，俨然就能断定只有绍兴有那么的信封，何先生瞧着她那焦急的样子，偏要接着信看了又看，越耽误时候越有意义似的将那个"不——是"悠悠的唱出来，等她灰心的拿着信要交给太太去，他却又叫她回来说："仿佛有一封是的样，我还没看清呢！"当真，她又奔回将信给他看，他馋涎欲滴的瞧着她笑迷迷，慎重其事的，"哼，真没有绍兴寄来的！"这样说了，她才决心的走去，她只要得着真实的消息，也就不思索自己这样跑来跑去是怎么回事，她的脑海里有时不过有个这样的影子："何先生很柔和，不像东家和太太那么的爱对她板起严峻的脸子，自己不识字，太太也不识字，没有他，看家书，写回信就可真糟了糕。"

信，星期日的下午她竟收到了一封，套上有红签的，经何先生证明是绍兴寄来的，她将它贴身的藏着，很高兴，洗衣，泡水，无论做什么平常不愿意做的事，这时脸上总是露着桃红的笑靥，不过"他该平安吧？孩子乖吧？婆婆健旺吧？"这些思潮在脑中一回旋，眉毛便皱起，容颜又是愁戚的，信虽则收到了，里面包藏的是安慰，是悲哀，这还没证实，她想请何先生替她看看信，只是几个月以来才接到这价值万金的家书，信息不好，固然不妨缓缓的知道，乐得自己空幻的快乐一阵，倘是信息好，这一丝的安慰在纷忙冗杂中也就不容易领略到，那太糟踏了，不如等自己闲逸时再请何先生读给她听，顺便请他写封回信。这样回来的一推敲，主意就决定了，她还是埋头低脑做她的事，赶快料理她的事务，预备腾出充分的时间来专办这件事，便中，信纸信封也买好了，回信中应说些什么，那是早是已有了底稿的。

晚餐后，东家和太太上了电影院，家里没有谁，她想这时候了，就喜滋滋的推开亭子间的门。

"何先生今晚不出门吗？"

"没一定，有什么事？"

"想请何先生看看信。"

"好啊，因为你要看信，我就不出门吧！"

她笑着就进了房，转过背，伸手在衬衣里找了半天，找出那封信，交给何先生。何先生就拆开来看，她虽不识字，也伏在桌上，忧喜的容颜时时在脸上变幻，眼睛却注视何先生的脸，希望在他的神情里探出家中的消息的好坏，何先生看了信，脸上浮出的是滑稽的笑容，她的摇摇摆摆的心似乎就安定了，面部的愁云也消失了，家中平安的消息，在何先生的笑容里探出了，然而还是急切的问："我家里该没有什么吗？上个月寄回十块钱信上不知说了没？"

"没有什么，钱也收到了，只是……"何先生痴痴的瞧着她笑，俨然信里有笑的材料。

"只是什么？请你念给我听吧，谢谢你！"她的心里有些恍惚，担心着家里出了什么丑事似的。

"念是自然念给你听，可是念出来你可不要难为情噢。"他笑着，眼睛斜斜的瞅着她，"你靠拢来点，我轻轻的念给你听吧？"他两手抱着自己的身子两边摇摆，摆得很入神。

"别装腔，请你爽爽气气的念吧，谢谢你！"她口里虽是这样说，心里真的有些难为情，只是"靠拢来点"，却不肯照办。

"好吧，那末我念噢？"他微微的有点不满意的念："妹妹，二月初三收到汝信，并大洋拾元，我非常欢喜。汝近来身子不知好否，甚念，在外总要保养身体，钱要用时尽可留用，不必每月全数寄回，家中一切平安，二妹生了小的，元宵后回家住了半个月，银儿也乖，前几天他受了感冒，晚上发热，口里只是喊姆妈，现在已经好了。我呢，近来精神有些不济。"这些不关紧要的话，一气就念完了，他默默的瞧着她，探探气色，她的脸上忽然灰白了，"银儿才五岁半，这末小的孩子就离了娘，婆婆老态龙钟的还得要人服侍。他是整天辛劳那有工夫管，冷热屎尿，有谁照应他，这些还事小，他又没有伴，门前的那口塘，水光闪闪的，设若掉下去，那就……，她正在暗地里酸楚，何先生又火上加油的把信中的话接上："饭也吃不下，做事是无精打采的，走进房，冷冷清清的像是和尚庵，一躺在床上就做梦，每每梦见你，梦到那些事情上去。两年多的日子都是这样凄凄怆怆的过去，妹妹呀……"他又停住了，眼睛向她睃了一睃，吓吓的干笑着。她的灰白的脸忽又血红了，眼眶里泪珠莹莹的。她发现何先生注视她，她用手遮了脸，转过身子去。

"还有要紧的话，——怎么着！站拢来点啊！"

"唉，谢谢你，不要念了，我是光眼瞎，你随意造些话在里面，谁晓得。"她羞羞的回转头来说，精神又渐渐的舒畅了，快慰了。

"真的，句句是真的，我还骗你吗？你素来对我很好的，我还骗你吗？"

"唉，那就是他受了人家的骗啦！——唉，作孽，他也是少读了几句书，家信也要请人写，请人看的，你晓得又是请了个什么化孙子写了这些鬼活啦！唉，真作孽！"

"是呀，写信就要找我们这样老实人写，这作兴是谁跟他开玩笑也说不定，我是照着信上念的。只是你已经出门这样久，他就难道真不想你吗？"他瞧着她融融的笑："那个男人不想堂客，那个堂客又不想男人的。"

她把头低下去，避一避灯光，何先生越瞧越神往，"还有要紧的话"也就没有了。她像受了感冒似的，身子动了一动，却启却又停住，沉思了一阵说："何先生，真的不出门吗？如果不出门，那就还要麻烦你一下。"

"你既是有事，我就不出门也行，你不是别人，什么事我都肯替你尽心的。"何先生谄媚了两句，又启示她说："太太又不在家，说不定一二点钟才回来，趁着你有工夫，就把你要做的事情替你做了吧！"

"是的，太太在家就忙不开，趁着今晚就请你写一封回信吧？一次不了一次的麻烦你，真是折磨人！"她实实在在的抱歉，虽则自己平常也替他打水，买东西，究竟写信看信是比什么都难的。

"啊——就是写回信呵，我以为有什么好事情麻烦我，好吧；你就站在我面前说，我一句一句替你写就是。"

她得了何先生的允许，就像喜鹊一样的要飞下楼去取信纸。

"不必下楼了，你是取信纸吗？我这里有，早就替你预备好了的。"

"信纸信封也要用何先生的，这怎么要得！"她一壁说，一壁走回来，倚着桌子边站着。"请何先生这样写，就说我身体好，事情末，也不很忙，只是没有什么大味分。信末，收到了，我很望念家里，不知为什么老是几个月不寄信来。"她响了一响嗓子，又再往下说，许多的话就赛跑似的纷乱着，一齐拥到口门来："婆婆末，唉……"说到婆婆就有无穷的慨喟要向何先生申诉似的："那末大的岁数，不知还常常发气痛不，事情要她老人家少做一点，这样要管，那样要管，一张碎米嘴整天烦个不住，我要出门末，也不是纯然为着家里穷，实在也是受不住叨嘈，你怕我真忍心——"她的喉头像塞了什么，"二妹是前年出嫁的，她老人家就只有这个女儿胎，几多看的重罗！生了孩子，我好意思不送礼吗？二妹是跟婆婆一气的！在家里的时候，指鸡骂狗，受她的气也真受足了。但是，我不送礼，她们不生气吗？讲起来，我在外面赚钱，赚洋钱，唉，一天忙到晚，伤风头痛，还敢睏在床上吗？"她越扯越远，费了一番思索才找着了头绪："呵，请你添上一句，说我要寄点衣料给毛毛做点什么，有便头就寄回来，说起来，也算是舅姆胎！就是这几件事。呵，还清添一句，问问婆婆的安，二妹两娘崽人好不，孩子乖不？我末，在这里身子好……"

"慢点，慢点，我闹不清，你这封信是写给谁的？信上开头总要有个称呼才行啊。这又不是咱们俩在说话！"

"自然是写把他的。"她羞羞的一笑。

"他是谁，我是谁，你是谁，他，他他，嘿；嘿，嘿。"

"他叫邹士林啦，什么'你是谁'，'我是谁'的！"

"你平常就称他邹士林的吗？这样还算恭敬吗？真是！还是称他哥哥吧，他称过你妹妹的。你对哥哥就没有一句没有说的吗？"何先生笑迷迷的，目光灼灼的就像射进她的心窝的薄膜，她的眼光就避到窗外，对面亭子间里也是一男一女在作什么，她渐渐的露出苦脑的样子，夫妻之乐在脑里一闪烁，就像做了亏心事，当了官说不出口供。

"怎么，你对哥哥就说不出一句体贴的温存的话吗？他不是精神不济吗？不是也在想你吗？不是……"何先生耸一耸肩，皱一皱眉眼，偏着头，鹰钩鼻子也动了一动，一双贼眼死死的钉着她，她是二十五六的，久旷之后的妇人。

"好啦，好啦，你就替我添上一句：要他自己也好好保养保养身体就是没别的话了。"她苦笑着说，掉转头，不敢正视何先生。

"替人家写信就得把人家心里的话写出来，有些话是说不出口的，我含糊的替你写着就是。"

何先生拿起笔就写，重要的事，几句就包括了，他就自出心裁的写些动情的句子，预备念给她听。只是几笔写完了，就没有什么戏唱了，怪乏味的，"可是在写信上耽误时候太多也就是徒劳的事。"这样一思量，终于笔如游龙的，一会就写完了。"好，完了，嘻，嘻，嘻！"他笔一搁，眼睛就射着她，射着她的眉，眼，两峰凸凸的胸部，腰，而且幻想着腰以下的一切。

"笑什么，笑里藏刀，我不相信你写的，你得念给我听，你别欺我光眼瞎，看你那神气就看得出，你别瞒我。"她带笑的说。

"自然念给你听啦，你站拢来一点，高声的念，像什么，这是私信。"何先生伸手将她那露出衣袖外的手臂像黏了面糊似的一拉，她已神驰到家园，丈夫为她想病了，她该对丈夫安慰几句，她就像站在丈夫的床沿，被他一拉似的，站在何先生的身边。她听到："哥哥，你的信，收到了。近日婆婆安否？二妹和小儿乖否？银儿吵事不！甚念！妹想送二妹一点衣料，给小儿做衣服，有便即当寄回家，妹在外自知保养，请莫悬念。自己身体要紧。"她就像在跟丈夫对话，相距咫尺似的，"哥哥，请晚上不要胡思乱想啊，像我，难道不时常思想你吗？只是想来想去，还是一场空，这不是无益之事吗？哥哥呀……"何先生有神有韵的念，一壁笑着偷偷的瞅着她，她的确又落到凄愁的海里了，她顿觉自己还自在他乡，对着别的男子的面孔，这些情话虽是自己心里所要说的千万分之一，然而这是别的人替她说出的，这不是说给丈夫听，是何先生说给她自己听，凄切，羞惭的情绪在她的脸上交织着，眼泪几乎流下来了。但她的眼泪不愿对着何先生流，她强作笑颜说："你们当先生的就没有一个好人，请你写封信呢就爱鬼扯腿的乱写，唉，我要是认识几个字，自己能够动笔，真是一世也不愿求你们的。"她狠狠的啐了何先生一口，但她那春情骀荡的神景，徒然使何先生加倍的醉迷！

"真是，费力不讨好，我贪图个什么，这样体贴的替你写信？"何先生拿着写好了的信，紧紧的握着，咬紧牙齿装出要扯去的形势。

"好啦，好人做到底，我说得玩的，请你将信给我吧，谢谢你！"她恳求的说。

"是啦，这就是话了！"何先生笑着说，一壁将封套照着原信上载的住址写了，昂起头来沉着的咕噜着："你将什么谢我啊，口口声声'谢谢你谢谢你？"

"啊——啊——我替你洗衣服，干干净净的洗。"

"不行，洗衣服我还是给钱你，而且多给。"

"替你扫地拖地板，擦桌椅。"

"更不行，这我自己能动手，不必劳你的驾。"

"那末，怎样谢你呢？——买两盒香烟送给你。"

"见鬼啦，我少的是香烟吗？有的是大联珠！"

"那末，我谢你什么，你说出来啊！"

"不要你花钱去买，也不要你向别处去寻求，你自己身上有的，现在就带在身边呢，我要的是那东西，你猜。"

"我身边没有末，你指给我看，你所要的。"她毫不思索的说。但她为何先生的奸诈的丑态所提醒，胸部就一起一伏的，神经紧张起来，怯羞与苦闷笼罩在她的脸上，室内惨淡的夜色四合着，她融合在里面化作一片朦胧，她头晕耳热的，眼睛痴呆的瞧着何先生，身子不由得慑缩的往后退，何先生强盗般的窜起来，"我要的是这个！"他抢着用手撩她的衣服说，纵步跳上前，"扎，扎"的把房门锁了，"碰，碰"的将窗户关了。

"我不，我不，我不……"

"嘻嘻嘻，嘿嘿嘿！"

软弱的挣扎的声音渐渐的微细，亭子间的灯光突然灭了……

一九二七，双十节，于上海。

（原载一九二七年十一月《幻洲》半月刊二卷

三期，选自短篇小说集《茶杯里的风波》）

莫校长

要显赫便显赫；要兔子装老虎便装老虎；有门路可钻，干吗不去钻；人谁不想满足自己无边的欲望直往安富尊荣的道上闯啊！彰明的自私算不了自私；一个人始终不改变其固习的不真实，也仍不失其为真实。真的，这也是一派的人生哲学，而这派人生哲学的精髓，怕只有莫校长最能豁然的贯通，而且宗奉得特为彻底！

莫校长似乎是办腻了乡村小学才离乡的，其实并非真腻，因为他是两个小学校的校长，身兼多职，而校长夫人只一位，这是一个应设法救济的缺点，兼之心慕 S 市的繁华，因此兴了远游之念，毅然的敝屣尊荣，到 S 市留学去。

他在一个专修学校当学员，但校长的名分却藕断丝连的仍然遥领着长衣马褂穿得很整洁，一举一动，颇有文质彬彬的仪表。他不跟谁诙谐活泼，也不加入一切学事的组合，以示与纯粹的学生子大有区别；群居寂寞，少不的检出旧信和心目中认为优秀的分子谈谈：

"这信是我一个学生写的，他十九岁就考上了省立师范，如今是二年级了呢！这是县长的孙子的信，写的不错，也是我一手教出来的。"言下唏嘘，追念他往昔的功勋；伤怀自己如今怎生的埋没；至于差不多的学友想和他攀谈，充其量，只博得他头顾左右的应酬的一笑。他除了做校长之外也随班上课，但只专修致书学生家长，说某生欠学米半升，某生欠学费几角几分，拖延至今殊属不成事体；或与职教员函商办学的大政，厕所里苍蝇太多，有碍卫生，窗纸破旧应赶早糊补。总而言之，在教室专修这种功课，显然是和讲师分庭抗礼，若是讲师不识泰山的瞟了他一眼，就该挨他的"哼，什么东西！"诚然的，从头至尾去研究他，谁都默认他就生成一具"校长"胚，兀自永远有做校长的福分！

他并非瞧不起人，平时看见同学老C常有国务院，交通部或陆军部的信件，证之老C那堂皇的像貌，与乎言谈之间的气派，又加以年初五的牌九席上，莫校长做了厄运的庄家，老C维持正义的阻止小子们对他的欺瞒，他于是万无一失的结交了老C。

九个月的校长式的学生时代一刹那过去了，莫校长资格又增加了，自然不屑屈就原职；只是在S市永远闲居下去，究竟有隳令誉，而那时老C却是一个大书局的职员，他乘此机会，便做了老C一个理想的同事，他关照朋友们寄信给他只在信封上写着"CH书局编辑所莫休先生收"就万无一失。老C虽没受过他的吩咐，自然给他转去，这样，一个双料的乡村的小学校长，在人们的心目中，又是一个大书局的编辑，至少也是一个职员，谁不心羡他有"能自致于青云之上"的天才！本来，他和老C彼此一体，老C做了编辑，不就像他做了编辑一样吗？

虚荣究竟无补实际，许是不胜沧桑身世之感，莫校长终于掏出一张大号的排队伍的官衔的名片，到 CH 书局去会老 C。

"老 C，尽住在 S 市，真是无聊，我想拿出一千八百在此地来独立经营，你看，开店啊，还是办学校？我筹谋了一向，至今没个主意。"

"开店未尝不可，办学校更是你的本行，反正 S 市这样的繁华热闹，什么都可干得好，只看各人的经验与兴趣。"

"如果办学校，第一是校址顶难找：热闹地点，房金太贵，冷静地点，又怕招不着学生，开店吧，也一样。我想最好在市东一带赁三上三下的房子，楼上办学校或租出一部分，楼下抽出一间来开纸烟糖果店。学生发达便取消商店，买卖发达便取消学校；但学生发达，商店却是仍然可开的，为什么，只要拉拢了孩子们的买卖，收入就很不少，你以为何如？"

"这是关乎资本亏盈的事，我不能替你作主。只是学校和商店同时开办，你有许多的精力照顾得到吗？"

"不成问题，学校方面我有许多朋友可以尽义务，商店方面我可以叫父亲母亲来管，这是非自己的人不可的，而且他们也可以兼顾学校方面的事。"

"经常费呢？"

"经常费要不了多少。房金伙食每月五十元差不多了。学生每人每季缴十元的学费，这算是特别价廉了，只要能招到一百学生，每季便有千把块钱的收入。我想一百学生不难。"

大体的计划就这样决定了，以莫校长的资本的雄厚，又富于勇敢果断的精神，在一个多月中便校舍也找着了，桌椅等校具也在乡下做好运来了，校章也简单的草就了，教员是现成，只要供给膳宿，终有人来承乏；所难的，是专供给膳宿怕找不着女教员，但无论如何，一个是不能少，目前虽许办不到，缓缓的终须另行设法；其次是校名还待斟酌，校董还须接洽几位中等的名流或半边绅士；再次是学校的匾额最好是唐驼的字，只是这些非借重老 C 不可。他匆忙的带着校章和教职员录等又会老 C 去。

"老 C，一切都筹备好了，阳历八月可以开学。这是校章，教职员录，请你介绍印刷。"他很忙乱的将带来的一切拿出来。"你的名誉教授请不要推辞，还有几个相好的同学我也写了他们的名字，这是名誉职，我想他们没有不愿意的。"说着，觉得这样给老 C 和朋友们以不小的面子似的。"校董也拟就了，这要烦你去接洽，没有他们出名是办不成事的。唐驼是热心教育的，劳你的驾介绍写个匾额，该不会要报酬吧？"

"别的我可以代劳，但唐驼我不认识；至于校董，我觉着你既是独立经营，似乎不必勉强他们出名，办规模大点的学校，不妨来得冠冕一点，小规模的可无须过于铺张。凡事只要脚踏实地，切于实用，就赁一间亭子间也可以办学校的。"

"亭子间里可以办学校，你真挖苦人！"

"什么挖苦人，在 S 市，亭子间里办大学都行，只要办得认真！如果要办得奇巧一点，不一定向办教育的标准上进行，那末，将亭子间装饰得精致一点，开一个小小的店面，里面置一张睡椅，自己翘着大腿坐着，学生一个个或两三个一排，站在店台前面听讲。铜元五枚一次或十枚一次，价钱随意定，交多少钱给多少货，当面交易，出门不换。一天真可教百把个学生的，这多经济而且实惠！我将来穷极无聊时，许就这样干一下看。"

"不和你说笑，真的，你看学校起个什么名儿？我打算起个'世界公学'，不过这名儿虽是可以压服一校的校名，但我觉着太渺茫一点，'五民中学'好不好？现在五民主义风行一时，我这个学校正是应运而生，青年们瞧见这时髦的校名，一定很踊跃报名的。你觉得怎样？"

"我觉得政局不定，这种名色的学校恐怕容易惹起官厅的注意吧？"

"不，讲老实话，这校名，我有个巧妙的解释：五民主义如果在S市行时，我的学校便可以说是宣传五民主义的机关；是发扬民衣，民食，民住，民乐，民工主义的机关；反之，便可以说是为'士，农，工，商，兵'而设的。这样随机应变，政府查办也查不出什么，我想决不会受政潮的影响，决不会受政潮的影响。"

"好，妙绝，妙绝天下之伦！哈哈哈。"庄重的老 C 也不禁敲掌的笑了。

"喊，听说密司 H 生活很艰难，我很想聘她，但不知只供膳宿行不行？如果将来学生发达，仍然可以支薪的。你可以替我游说游说吗？"莫校长始终不忘记往年的那缺点，找出一位密司 H 来。

"大家都是同学，她的住址你也知道，你不妨自己去试试喽！她和你也有相当的交情的。"老 C 早知道他的宗旨，推托着说。

距这次的商酌，又是半月了。市东一带的街壁上满堆着各色的"五民中学招生"的广告，而且"莫休"两字在"校长"底下端端正正的列着。十字街的电杆上，簇新的"五民中学"的小横匾，从许多的旧校牌里挤出来，峨峨的在迎接如梭的行人的面孔，表示它是大海中的塔灯，是盲目的青年们的向导，是闹智识荒时代的救星；多么有意思呵，那转湾拐角处的带剑的"五民中学由此往北"的小横匾，不拘日夜的牵拉着青年们到光明之路去！

老 C 久仰莫校长是富于办学精神和兴味的，很想去参观他的学校。一次他到市东访友，不幸迷了路，走到一个弄口，那"五民中学"的匾额忽然显现在他的眼前，他仔细看去，匾上虽是署着"唐驼书"，但唐驼似乎没有那们一派的扁形欧体行世。他曾听说莫校长的几百份校章不到半个月便给索完了，报名的必定很发达，现在的莫校长不知又是怎生的一个气派，于是他决计走进去参观一下，且和他再作一度的趣谈。

找着了校门，老 C 不待通报的闯进去；也不用通报，进门便是办公室，里面一位四十以上的妇人勒着袖擦桌子，见了老 C ，即刻来接待。她的衣服很朴素，但不十分像一个娘姨。不久，隔壁的教室里一位穿蓝布衫的老者走出来，头上五寸多长的灰丝，显然存留着清代的古迹，面色黝黑，大类忠厚传家的田主。

"校长在家吗？"老 C 问。

"不在家，嘿嘿嘿，先生要会他吗？等一会许就回来的。"

"那末，我等一会吧！"

办公室仅有能容四个方台的面积，三个人在里面想走动一步，似乎很费周折；壁上挂着几片尺多宽的镜架，因为光线过门不入，看不清写的什么，但可决定其不是"财源广进"，"万事亨通"之类。校址是三上三下的房子，楼上有一间摆着桌椅，似乎没有学生坐过，余两间住了人。楼下一间是办公室，余两间打通，虽不很大，二十条二人椅尽摆得下。芝麻大的学生子足有二十三四枚，在教室里散漫着，有的互相唾骂，有的在吃花生米，个个带着一幅鼻涕和墨扮成的花脸，追来逐去，口中时时发出一声声的"娘操"。也有三四个十六七岁的学员，在高声叫喊。振臂挥拳的左右大局。许是校长不在家时，他们趁此千载一时的机会尽情来快乐一下。

老 C 一壁候着，一壁参观，忽然二位太太推门进来，恰巧那时楼上走下来一位先生。

"先生，我们的孩子早就缴过学费了，书籍费也一文不短，开学快个把月了，干吗还不给他书念?"一位太太气得冒烟的开始质问了。

"这事，你顶好问这儿的校长，我是房客。"那位先生昂然的走出去了。

别装腔，在学校青黄不接的时候，房客担任教授，不过正式教员却总共一位，就是莫校长自己；学监兼听差就是他的父亲，顶上盘着辫子的；舍监兼娘姨是她的母亲，擦桌子的那位；招生的期限没一定，以无人纳费为截止；招生的手续只考验学生缴费的能力，能一次缴足或分期缴足，便"进"，若仅缴一月的费而读过了三天未续缴的，便"滚"。莫校长教课很严，学生不听号令便罚跪罚站，甚至打。他的教育方针是采设计教学法，中国式的，他拿着书本照着讲，学生呆呆的坐着仰着头听就是，没有错，书，纸，笔墨大概用不着。那两位太太的质问，真是神经过敏，因为待遇既是一律，难道将她们的孩子特别优待起来给他们书念!

老 C 参观不久，校中的盛况已一目了然，只是脑中蓦然间涌出一个回忆：照莫校长当初的计划，三上三下的房子应有一间是纸烟糖果店。许是学生不发达，无开办之必要；不然，便是改变了计划，校旁的成衣店和柴炭店必有一家是他附设的。再次是女教员不知找着了没有，总共有几位。

近年 S 市的学校，很是当年，正如春雨后的杂草，在旷野漫无限制的自由自在的蔓延着，与商店的发达并驾齐驱，而且学校的内容之丰富，也和商店的"百货俱全"一样。莫校长的学校当然不会落后，在三四个月里，什么平民夜校啦，英算补习科啦，国文专修科啦，国语讲习所啦，无一不备，"五民中学"的校匾之下，陪衬着数不清的招牌。这真算他的能为！

被驱策于探险的意念，老 C 公然还去参与五民中学的休业式。不过那次去参观，着实是身不由己。他走到学校门口，发现"五民中学"校匾之下，许多的招牌里又有"女子中学筹备处"的一块。三间校舍，在冷静中似又粉饰过了，而且流通空气的窗户又多开了一个。教室里的墙壁上，还粘着许多印刷的彩色画。

"久违久违，老 C ，"莫校长见了老 C ，微笑着站起来。

"上次曾来看你过，你到什么地方去了啊?"老 C 勉强的应酬着。

"上次因为有点事，失迎得很!"莫校长答着，按铃："听差，泡茶来，快点。"

"来啦，来啦!"还是那位灰丝盘顶的老人应声端了茶来，退立一边，敬候别的吩咐，他的像貌和莫校长的相像。

"你去关照娘姨，早点烧饭，今天有客。"莫校长严厉的命令着，老听差还没进去，那娘姨，从前那擦桌子的，早在门口"是"的答应了。她好像很能体贴莫校长的旨意，故意使老 C 瞧见五民中学果然有个娘姨。

"不敢打扰，我就要走的!"老 C 的脸上很有些看不惯的神气。

"不要客气，多坐一会，咱们多谈谈吧!"莫校长忙里偷闲的应酬着。

他们谈着，谈着，老 C 察出他的气派，果然比前显赫多了。衣服很漂亮。也不像遥领小学校长时代的蹩脚。他在老听差老娘姨前面吆五喝六的支使着，真像只老虎，在敬茶敬烟与眉目间所露出的笑容，仍然未改往日的真实。

"摇铃!"莫校长命令着。老听差摇了铃后,二十多个学生子,静静的,烂冬瓜似的滚进了教室,然后莫校长请来宾也入教室,一齐向国旗鞠躬。莫校长请老C训词,老C婉谢了,于是他自己上台,诚诚恳恳的演说,要学生下学期早点来上课,学费带足,欠缴的限一星期之内缴清。演说毕,休业式也就闭幕了。学生鸟儿似的散了,老C也就告辞。莫校长,很客气的送他出大门,在大门外,他们还谈了好几句:"贵校学生倒很发达噢!"

"不,因为敝校取录学生比较的严格!"

"有几位女教员?"

"嗯——嗯——暂时还没找得相当的,但下学期无论如何是要想法的。"

"从前,你说要兼办商店,隔壁的成衣店和柴炭店是贵校附设的吗?"老C有意打趣的说。

"商店决计不开了,只打算下学期办个女子中学,现在正在筹备!"莫校长毫不迟疑的答。

在弄堂口一鞠躬之后,老C和他永远的分别了。

(原载一九二七年八月《教育杂志》十九卷第八期,

选自短篇小说集《茶杯里的风波》)

陈四爹的牛

一

有钱有地而且上了年纪的人，靠着租谷的收入，本来可以偷安半辈子的，但陈四爹不是这种人，他是以力耕起家，栉风沐雨，很知道稼穑之艰难的，世界一天天不对，每年雨旱不匀，佃户们若是借口减租，他的家产不是会倾了吗？于是，虽则他家里人手不宽，也孜孜的把佃田收回一部分，而且买了一条很对劲的黄牛预备好好的干一下。

的确，牛是团转左右数一数二的：骨干很雄健，八字角也很挺拔，毛色嫩黄的，齿都长齐了，是条壮年的牛，可以耕几十亩田，秋来还可以宰了吃。

人们很重视牛，尤其尊重这福寿双全实事求是的陈四爹，五十四岁还这般的努力！当黄牛成了交易的那天，谁都抱着羡慕的心情到他家去祝贺，顺便仔细的欣赏欣赏那黄牛。陈四爹和蔼的从草棚隔壁的牛栏里牵出那条牛，手在牛股上拍拍，显显它的架浪，又用鞭在牛背上轻轻的抽两下，探探它的彪势。

"怎样，没买上当吧？"他怡然自得探询着。

"好牛，彪啊，身段啊，处处都好！"人们齐声赞扬着。

陈四爹很快慰，客人走了，他还在牛栏边立半天，痴痴的瞧着牛有悠远的思虑：五六年前也是买了这末一条，它担任百多亩田，一点不费事，家业瞧着瞧着就隆盛，这全是它的力量！耕了四五年田，后来把它宰了，光是皮卖了九块多，肉是卖了三十几。于今这笔款还存在人家手里，利上糊利，已经不是小数啦……在他的想像中，栏里的那牛的轮廓在他的眼里就如银幕上的影像飞快的在扩大，牛身上的肉像海波一般的汹涌，旋旋转转的牛毛都幻成了无数的黄金。

现在陈四爹有的是工作啦，别的不说，单是牛，他得早晚陪它到嫩绿的山林去散步，到怡情的溪边去漫游，有空还在田边割上担把青草回来，作它整夜的储粮；天暖时，他请它到竹山的荫处，替它洗洗身体，用刷子理理它的毛；又怕牛栏脏湿，有碍卫生，他时常替它换枯草。每天除水草的供给外，还将豆磨成细粉和着剩饭给它吃。若是它睡得不起来，他就担心它害了病，即刻将情形报告牛郎中。晚上它偶然叫几声，他也得爬下几回床的，一则怕它饿了，二则也怕偷儿打主意。

老婆说："七老八老，也该人家服侍你啦，还辛辛苦苦去孝敬畜生！教莫也请个看牛的！"

他惊骇的答道："你别发痴了，请个看牛的！——看牛的吃不吃饭，要不要工钱？哼，省下这点嚼用又可以买进一条的！当年起家不都是这末办的吗？——这算什么？我于今还昂实！"

"可怜的活祖宗呃，教莫也识破些！这几个钱也去省他！要牛子不吃草，又要牛子好，是没有的事！——你看前面矮蹬蹬的不是猪三哈来了吗？我想起来了，猪三哈这人怪可怜的，只要有饭吃，有房子住，随便什么他肯干。这年纪也得修修福，是不是？他向我说也不止一次啦。……"老婆一大串的烦着。

"啐，他看得一条牛下吗？那副没骨头的样子！"陈四爹牙巴一裂，眉头一皱的说，但眼珠朝上翻了两翻之后，觉着修修福也是人干的事，他还没有一男半女呢，于是勉强答应了："如果只管吃，只管住，就让他试试也行。只是我单怕他反而把我的牛弄坏了。"

"那是不会的，你就嫌他这样没能为！"

二

猪三哈本叫周涵海，因为种种的缘故，他的真名姓从人们的口里滑啦。滑啦之后才补上一个"猪三哈"。

他是矮胖的个儿，饱满的脸盘和永远带笑的肉里眼与人接谈时，很有鬼子婆牵着的那常常摇尾的巴耳狗的风味。他许是长毛的余孽吧，蓬乱的头发老是从脑袋顶团团的披下来，罩齐了眉，远看他的全景，就像一堆烂牛屎；不过涵海究竟是涵海，他有特具的和蔼与吓吓的笑声。在豀镇，他有几亩良田，五六间瓦屋，又讨了个比他好看的老婆，自耕自食，本来不必替陈四爹看牛的。

邻近有个周抛皮，以同姓的关系在他家里走动得很勤；一来二去，竟"涵海嫂能干"，"涵海嫂贤慧"的给涵海嫂瞧上了，涵海田事很忙，简直是在泥水里过日子。于是波澜渐渐在他的小家庭里荡漾起来啦：从这时起涵海嫂就染了一个坏脾气，爱使性子，涵海无论怎样也不惬她的意。她常对着他指鸡骂狗，杯盘碗盏无缘无故在她手里奔奔跳，拍拍响；尤其当他晚上上床睡觉的时候，她不知从那里找来的由头，动辄翻江闹海的骂：

"你个死东西呃！——一身膨臭的，教莫死到河里去冲一冲，懒尸！这副模样也配上床来享福呀！——滚，滚，滚，——赶快给我滚开些！……"

涵海很中意他那老婆，事事体贴她，尤其感谢她每天替他烧饭洗衣。平时晚上给她骂几声，敲两计，他好像是应该受，甚至跪上三两个钟头的踏板也情愿；至于始终不准他上床是罕有的事。这于今怕是自己有什么得罪了她的地方吧，有什么事不称她的心吧，他得原谅她，责备自己，伏在床沿连连打自己的耳巴，诚虔的哀恳着。但是床上只有劈拍的声音，这自然是无效，他知道，于是他赧颜的走出房，重行洗洗手脚，弹弹衣服，甚至再洗一个澡，像偷香稻的小雀子，脚步轻轻的蹀进房，探着形势还想望床上爬，口里审慎的烦着他能力所能创造的抱歉求饶的句子。只是床上还是一片撞打碰统的声音，弥漫着战场一般的杀气，弄得他进退两难。寂静了好一阵，懿旨才颁下了："莫在这里讨厌咧，贼骨头，惹起了老娘的火可就——"他又知道老婆在盛怒中，他想不出自己的过失在那里，赔罪的方法该怎样，弄得不妙反而气坏了她，于是他就恋恋的退出来，仔细的揣磨了好久，这才另打睡觉的主意。即令有时能得她开恩，可是他上床之后就像钉在床板上，丝毫动弹不得的。

往后的形势更加严重了。他每天工作回家，桌上摆着的是剩饭残羹，厨房里是冷火秋烟，脏衣服脱下来，臭了，烂了，也没人管。他心想怕是她害了病吧，每回瞧见她懒洋洋的不快乐，或瞧见她愁怨的躺在床上，他像失了灵魂一般，不禁就一阵心酸。殷殷勤勤的服侍她，也不敢动问她究竟是怎么一回事。

邻里渐渐流传关于他老婆的谣言，他装作不知且自信自己有田产，有房屋，抛皮是光蛋，老婆决不会爱光蛋，虽则抛皮比他美，身体比他高大。有人提醒他："喊，听说抛皮昨晚在你家里……"他回答说："未必吧？"于是旁边人动怒了："'未必吧'呀，你鬼闷了头哟，猪！"

"猪，"他猛省了一下，默念老婆近来对他的情景与抛皮常到他家里盘桓，吃现成而且大摇大摆的，于是忧郁笼罩着他了。他三番两次相找着破缝，一鼓作气把老婆收复，把抛皮赶走。他常由田间息工回家，常常借口到远一点的地方去又从半路上赶回，但不曾发现过一次。

是玉山庙赛会的一天，谿镇的男男女女都去瞧热闹，他也跟着去。在路上他隐隐约约听见相识的人们在他后面讥嘲："真是个混沌的猪，戴了绿帽子还有脸看赛会！"他又瞧见许多人对他表示轻薄的样子，他就闷了一肚气回来了。他由老婆房里走过时，听见里面有一种不堪入耳的声音，他惊慌的向窗隙里去窥看。"呸，这下子给我找着了凭据了。妈妈的，正式夫妻还没有这样子，这才教气死人呢！"他默咒着，真气得热血倒流，顺手拐了一根扁担，咬紧牙齿，生龙活虎似的几下打开门冲进去。可是那两个东西早已下床子，老婆赤条条的张着两手用身子遮着抛皮。当他的扁担落下时，她一手接着，母老虎一般跳到他前面："干吗。干吗，你打死我啦，你打死我啦，"她向他迫着，即刻就哭起来了，叫起来了："你个没良心的呀，你个不识相的东西呀，你管得着我们呀，我，我，我活不了啦！"这一来倒把他吓住了，他从来，没听见老婆这样对他哭过，虽则自己的怒气为她的积威所镇压，也实在给她的肉体麻醉了，给她的所谓"良心"征服了。他自问自己的样子赶不上抛皮，气力也敌不过他，他觉着过去的两三年里不知怎样能作她的丈夫的，那真是做梦，那真是委屈了她。她同抛皮真是相称的一对，他胜不过他们任何一个，他也忘不了她的以前的好处。这一扁担如果下得快，仇人没打着，她那柔嫩的肉体会变成肉泥，血花会纷飞着，悲惨的声音会渐渐的微细，渐渐的会寂然，室内会停着一具雪白而美丽的死尸，这全是他的无情的做作。他还活着有什么意义……电影似的一幕一幕在他的意识里开映，他的灵魂如陷落在黑茫茫的大海里，随着波涛转旋，脸色灰白了，泪光莹莹的，全身抖战了一阵，终于手里的扁担落了，他晕倒在地下。

从这以后，他没有再用武力解决这事的勇气，也没有那念头。老婆的举动是当然的，他得责备自己，顾全她的名誉。他只将固定的和颜悦色收起，将吓吓的笑声藏着。有谁叫你："涵海，涵海，"他哭丧着脸像丧了考妣一样沉着脸，点点头；有谁打趣他："喊，怎么，变了哈吧了吗，不说话！"他还是那样子。"喊，周涵海，你变了猪三哈啦不是？哈，哈，哈，猪三哈，念起来倒还响亮！"他还是那样子，似乎没听见，甚至于孩子们都胆敢这么取笑他，他也还是那样子不计较。千不是，万不是，总是他自己不是！这样"猪三哈"三个字传开了，不知道他的出身的，都叫他"猪三哈"，因为念起来顺口，熟习，再根据百家姓上有姓牛的，他姓一下子"猪"当然不会错。于是，起初，"周涵海""猪三哈"闹不清，终于"周涵海"失败了，湮没了，"猪三哈"却还留在世上称雄！

"猪三哈"称雄不久，似乎又不合人们的胃口，大有变为"黑酱豆"的趋势。因为他不但丢了老婆，而且丢了家产。他不能够回家住自己的房子，吃自己的饭，虽则这是老婆和抛皮挟制他，也因为他不愿在这上面计较的缘故。起初，他能卖气力做零工骗人们一顿两顿吃的，终于为着忧郁，害病，咳嗽，身体一天一天虚弱下来，他简直是一个丧了灵魂的痴子，呆子，这就没有谁照顾他作工了。他流浪了，挨饿，受冻，囚首垢面，真是一身膨臭，像牛屎一样，而人们却有尊称他为"黑酱豆"的，这真出乎他的意料。老是这潦倒下去是不对的，但是身体坏了，干不了大事，他想替人家看牛，已经做过许久的梦了，世间牛虽有，谁肯给他看，于今陈四爹买了条牛，公然给他澡到手看牛的职务，这算交了运。

三

陈四爹的牛似乎是专为猪三哈而设的，当猪三哈上工的这天，他庄严的训诫着：

"猪三哈，若没有我，你是莫想到人家家里讨碗饭吃，在人家屋檐下安一夜身的，这你该知道！于今牛既是归你看，这算看得你起，你瞧，别人肯是这末办吗？你得知道好歹，做事勤力些，不能还像先样懒懒散散东游西荡的，是不是？于今米珠薪桂，谁肯饭白给人家吃，房子白给人家住？我得在先说明白，你听见啦没有？"

"嘻，嘻，嘻！是，是，是！"猪三哈欢天喜地的答应了，干瘦的脸皮皱拢来，连眼睛鼻子都分不清，来了一回"自古以来未之有也"的微笑。

"你不能只是'嘻，嘻，嘻！是，是，是'呃！我得跟你约法三章：每天绝早起来，把牛牵到山里去，拣有青草的地方，还看那块青草多！这是一，海，海，海！看牛，看牛，得两只眼睛瞧着牛，那些草它欢喜吃，那些草它不欢喜吃，你得随它的意，它到那里，你到那里，不能只是抓着牛绳站着不动，眼睛只顾打野景！这样子要你看什么牛啊！海，海，这是二。到了十点多钟的时候，那时候工人都回来休息了，你才牵牛回来，还看牛饱了没，牛肚子大，得吃的多，是不是？到下午四点钟光景又牵出去，煞黑回来，这是三。海，海，海！还有，按时候换牛屎草，喂水，有空杀青草，忙的时候你得帮着工人到田里去耕种，总而言之，人是活的，瞧什么可做就做什么，用不着人教的，是不是？海，海，海！"

"是，是，是，这我能办，看好了牛，是，是，……见什么做什么就是。"猪三哈于今记忆力不强，冒了一把汗，才死死的记住总而言之的那句，凑成了一个完备的回答。

"看着，我还有什么交代你的没有，……呵，你把你的身上洗洗干净，晚上就睡在下房里的窄床上，那里有席子有夹被，已经是三月啦，不会冷的。将来牛子看得好，给你做身棉袄褂也作兴！"

"嘻，嘻，嘻！"猪三哈喜得开不了眼睛。

猪三哈看牛看得真起劲，每天起得早，睡得晚，磨豆粉啊，换牛屎草啊，到田边杀青草啊，事事用不着陈四爹关照，田事忙的时候，他跟着工人做这样，做那样，弄得陈四爹没有什么可说的。虽则猪三哈还是那末瘦，那末的肮脏，而黄牛却一天一天肥壮，毛色干干净净的。每当猪三哈牵牛出去，牵牛进来，陈四爹总站在牛经过的路边仔细的欣赏，发福的脸上透出欢喜佛的微笑，但是他没有什么可说的，只说："猪三哈，牛身上怎么还有虱呀？总是一晌没刷喽！"猪三哈虽则触发了自己身上也有虱，但顾不得自己身上的痒，赶快拿刷子给牛刷。于是陈四爹又没什么可说的，便重温一回当年起家的梦：这条牛到秋天总该有二百多斤了吧？二十六块买进来，于今总可以卖三十开外，到秋天自然是四十几。这牛发头大，卖也不卖，杀也不杀，喂两年再说吧！许两年之后牛价会涨……有时候，人家来了，他又自得的探询着："怎样，你看，这牛比初买进来的时候怎样?"

"好牛，比先壮得多子，彪啊，身段啊，处处都好。"人们更加赞扬着。

猪三哈很得意，虽则他没被陈四爹赞赏过，没被人们赞赏过，牛总是他看的，这九十九分是陈四爹的福分，也有一分是他的力量。他想他于今抖起来了，他有了职业了，加倍的努力，加倍的努力，希望陈四爹发财，帮助陈四爹发财，陈四爹没有一男半女，作兴给好衣服他穿，给好饭他吃，请他睡到上房里去，甚至于给他娶老婆，比抛皮占去了那个还美，甚至陈四爹百年之后，他承受他的全部财产，这虽不能办到，但陈四爹发了财，至少他可以得点好待遇。当牛被陈四爹称赞，人人称赞时，他很想对陈四爹说弄件干净点的衣服穿穿，但一转念他并没帮陈四爹发大财，他终于不敢启齿，他吃的是陈四爹的，住的也是陈四爹的。

四

猪三哈满盼着好运的到来，但好运却远远的避开他了。他自以为有职业，抖，但看他那囚首垢面一身稀烂的样子，连孩子们都看不出他抖。人们对于他那尊称依然很厌恶，依然想拥戴他为"黑酱豆"。

每当他牵牛出门后，路遇着谁，总有关于"黑"，"酱""豆"的声音传进他的耳边，他于今抖起来了，他不怕谁，也不愿还像先前那末老实。虽则他是替陈四爹看牛，但陈四爹是黐镇数一数二的人物，势力大，自然，他家里看牛的也势力大，于是他估量着对手也在喉咙里叽咕了一句："娘个大头菜。"不管人家听见没有，他总以为出了气，胜利了。胜利之后，就连人家当着他说什么"乌云""泥泞"等等有关于"黑""酱"的，他都骂着"娘个大头菜"。

有一次，"娘个大头菜"被人家驳翻了，说那很像他的蓬乱的头发，于是以后有谁欺侮他，他就改变方针，将牛拑在树上，拿着棍在手里挥舞，或打拳显显他的拳术，借此示示威。这许是他的身体虚弱，得了神经病！他从来没这样现丑过的，这纵能吓吓孩子们，大人们却越看越有趣，越看越好笑，更加逗他，嘲他，公然"黑酱豆""黑酱豆"叫得特别的起劲。这够把他气死的，于是他哑然的忿忿的牵着牛到别处。再遇着这样难对付的事又牵牛到别处。有一次因为这缘故，他回家时，牛肚子是凹凹的，这逃不过陈四爹的眼睛。

"四碗，四碗，你记住，你的肚子饱了，可想起牛肚子是凹的？牛能耕几十亩田，你能做什么？它是活的！你知道肚子饿，它也知道不是。真是教不服的猪！"当猪三哈吃饭的时候，陈四爹在他前面站半天，一碗一碗的数着，一面骂。

猪三哈汗淋淋的低着头，一声不响，饭还在口里就忙着做别的。或在田边多杀些青草回，弥补弥补他的过失。但陈四爹永远不能忘记牛肚子曾凹过一回，他也就不忍让猪三哈的肚子凸一回。他固然爱看牛吃草，也爱看猪三哈吃饭。

"饭末，一个人两碗顶够了。酒醉聪明汉，饭胀死呆驼，其所以你不灵活末，全是饭吃多了散！穷人肚皮大，越吃越饿，越吃越穷！这是至理！海，海！像我，难道吃不下，难道没有吃，这原是不愿做死呆驼！其所以，海，海，海！一句话，多吃总是不好的！"陈四爹发挥了自己的高论，眼睛钉住猪三哈。

"是，是，是，嘻，嘻！"猪三哈汗淋淋的答着，为着怕超过两碗，口里嚼得也就很细密，倒是越嚼越有味。他相信有福气的人的活是真的，虽然只吃两碗有点肚子饿。

从这时起，猪三哈总是肚皮空空的牵着牛往外跑。饿极了常常挖出山芋充充饥，也常常为着吃山芋拉肚子，回数拉多了，身体便缩小了越像颗豆，因而外侮也就纷乘起来了。

在一天下午，他牵着黄牛到山里去，不料对门山上也有两个看牛的，他瞧见了猪三哈就高声唱起骂歌来：

"对门山上有颗——呵喝呃——黑酱豆，

我想拿来——呵喝呃——喂我的狗。

对门山上有只——呵喝呃——哈吧猪，

舐着黄牛——呵喝呃——的屎屁股。"

猪三哈听见了，呕得他喘气吁吁的，唱骂歌得有蒸气，嗓子尖，大，还得押韵，他的肚皮凹凹的，那来的蒸气；他连话都说不上口，更何能押韵，于是，起首，他骂："娘个大头菜，"或"化孙子。"但这声音传不过去，自骂自受；于是他打拳，跳，做种种的威武的样子，但这像玩猴把戏，更加使他们打哈哈，于是，他丢了牛，猛虎下山的奔过去。那两个看牛的有一个是看抛皮的牛的，他认识那条牛，也认识那孩子，因而他不顾一切的追去。但是等他到了对门山上，那两个孩子又在另一座山堆上唱起骂歌来：

"桐子树上——呵喝呃——好歇凉，

对门牙子——呵喝呃——没婆娘！

看我三年四年——呵喝呃——讨几个，

咧咧啦啦，——呵喝呃——接你的娘。"

这真骂在猪三哈的心窝上，过去的悲哀兜上心头，几乎把他气倒，他哭丧着脸，一蹬一蹬仍然向着歌声的来处追去，晕晕沉沉的不知路的高低，也不知山里有荆棘，他滑跌了，手脚刺破了，还是鼓勇向前追去。然而等他追上了那座山，那两个孩子又在另一个山上骂：

"对门牙子——呵喝呃——矮呀矮，

不是我的孙子——呵喝呃——就是我的崽。

对门牙子——呵喝呃——跑路蹬一蹬，

我睡你妈妈——呵喝呃——乐而融。"

猪三哈听着刺心的歌声，望望悬崖叠嶂的山谷，心想再追上去，然而身体实在虚弱了，肠胃辘辘的在哀叫，手脚一画一画的刺伤了好几块，血痕斑斑的。他的气馁了，忽然念及自己的牛，他即刻舍了他们，咒着，恨着，噙了一把血泪，昏昏茫茫的向原先那山里走去，万般凄切在交攻着他时，还隐隐约约听到远处的"有歌去，无歌回，……"的奚落声。

好容易折回了原先那座山，然而睁眼一看，黄牛不见了，团转左右一寻，仍然不见，他慌了，已经是夕阳西下的时候，难道牛吃饱了，自己走回去了吗？他偷偷的跑回来一看，牛栏是空的，幸而陈四爹没瞧见他，他飞快的又走到山里去，穿谷过坳的寻，"尢ㄇㄚ，尢ㄇㄚ"的喊，但是渺然无迹。深山中渐渐铺罩着一层黑幕，星星渐渐在天空闪烁，芦苇丛中似乎有牛的悲鸣声，也有金钱豹的吼声，猪三哈绝望了，恐惧了，只好走下山到田野边，河池边，凄愁着，徘徊着。

"管他，回去再说吧！唉，但是，陈四爹怎样爱他的牛啊！在平常，我挨过他多少的骂，于今空手回去这当然没有我的命。不回去吧！在那儿度夜呢，明天怎样见人呢！天凉了，夜深时不冷吗？我身体虚弱，咳嗽，而且肚子也绞饿，这怎办呢？如果牛还健在，明天寻着了，还可以见陈四爹的面，不过挨一顿骂，或一顿打，开除我或不会，但是，好像黄牛悲叫了几声，那怕有点不妥当吧！"

猪三哈想来想去的打算，始终想不出办法，越挨越夜深，他就忍着饿，两手紧抱着身子一蹬一蹬的向陈四爹家走去，侧着耳在大门口静听，陈四爹大厅上蹬脚搥胸的对着老婆骂：

"我早就疑心他是贼骨头，靠不住，妈的，你定要收留他，好啦，好啦，于今牛给他偷走了。到这时还没看见回。请大家去寻，天黑了，夜深了，向那里寻去。都是你这死婆娘误我的事。海，海，海！明天牛如果还在这里，猪三哈我也不能再容他的。如果牛不见了，只要找着了那贼骨头，是不放手他的。……"

猪三哈听着，渐渐神经紧张起来，他抖颤着，又一蹬一蹬的两手紧抱着身子走开了。东走西走，不知不觉走到他自己的屋门前，他心里一跳，想起了老婆于今不知是怎样了，于今不知还同抛皮要好不？她心中还有我周某不？他怯羞的走近门，贼一般的去窥探，里面传出一阵一阵谑笑声，唧唧哝哝的情语声，但那不是抛皮的声调，却像曾经嘲笑他戴绿帽子的那人的声音。于是他的身子又抖颤着，眼泪汪汪的在门上亲了两嘴，紧抱着身子一步一回头的向田野的僻静的池塘边走去。忽然，他在池边站住了。他瞧着池中闪耀的星星的倒影，默察着池水的幽静，肠胃咕噜咕噜响了两下，寒风在褴褛的衣衫里一来往之后，他抖了两抖，就把手朝上伸值了，仰着头让眼泪遮住了世间的一切。"牛丢了，真对不住您啦，陈四爹啊，我在这儿祝您往后福寿双全吧！妻啊，我去了，你好好的去寻快乐吧！人们啊，世上不再有猪三哈，黑酱豆供你们玩笑了！"

池水激荡了一下，随即就平静了。

五

第二天清早。陈四爹到处托人找他的牛，顺便也探探猪三哈的踪迹，他以为找着了猪三哈就可找回牛的。

在山里，人们按着牛的足迹，渐渐发现了血痕，终于在深谷的芦苇丛中，找着了黄牛的尸体，头上一个洞，腹上破裂不堪，不是一个完全的尸体。他们叫啸着：将牛抬到陈四爹的门前。陈四爹得了凶信，说不出话来，只垂头丧气的冲进冲出要寻出猪三哈来质问个究竟。一会儿又痴痴的瞧着那黄牛叹气，嗓子有些发颤，牛身上的撕出的肉就像他自己的，牛毛就像千万颗针在他的心上刺。

"唉，该，该，还能卖，卖十几块钱的吧！这点皮，肉！……猪三哈，这，这，这畜生……"陈四爹怅怅然断断续续的骂着，老泪纵横的。

黄牛的噩耗传开了，团转左右的人，老的，少的，拖儿带女的堂客们，那些尊敬陈四爹又羡慕那黄牛的，于是都走来安慰安慰陈四爹，而且挂着浓厚的愁容围着这不幸的黄牛的尸体：

"好牛，彪啊，身段啊，处处都好，唉，真可惜!"

一九二七，一二，七日深夜。

（原载一九二八年二月《文学周报》三〇四期，

选自短篇小说集《茶杯里的风波》）

喜 期

　　风声不好，往北开的军队陆陆续续由溪镇经过，每天总能见到好几营，不消说，敌军许是冲过了防军的阵线又快压境了。黄二聋虽是饱经风波的洞庭湖畔的小雀子，聋得将大炮机关枪声常常误为爆竹，那时也觉溪镇不妥当，家里还没遣出去的静姑更加不妥当！"他妈妈，生是张家人，死是张家鬼，这年头，我吃自己的粮替别人拉磨，我干么当这个呆牛！我担得起这个责任，我?"他喃喃的愤语，刻不容缓的将静姑的媒人找了来。

　　"南田哥，张家一定要九月接亲，我看是不妥当，迟早总得接，干吗要挨到九月。说是钱财上一时来不及，我黄家又不是什么大官大府，皇亲国戚，干吗一定要九月。南田哥，您知道于今的丘八爷可还象先年的，他妈妈一进门，刺刀偏往旧箱破柜上敲，往松土的地方搅，屋里找不着娘们，会往山里跑。不瞒您，我静儿的嫁妆虽则只有三两箱，若果抢了，我是垫不起第二付本钱的。若果人有个什么差错，张家质问起来，我向谁交涉去。唉，我说，女的真不是人养的，淘气，受罪赔钱还事小！"

"对，是真话！这年头那家有姑娘的得留神，前年吧，塘湾里的大毛可不是吃了亏，被三个大兵奸了淫，只是那蹄子也该受罪，兵进了门，还笑眯眯的站在他们前面去卖俏！我说，二爹，您到底有见识，早点打主意的好，趁着阳春三月把喜事办了，让咱们也好太太平平的吃两杯喜酒。您姑娘的事，过两天我准到张家去探探，看是怎么个处理。"

"好，费您的心，最好就明天请您跑一趟腿，请张家在三月三这天接去完事啦。三月三这天日子还不错，我瞧过历本的。昨天隔壁打县里回来的说苦竹坳正开着火呢，离此地不过六七十里地。我并不是要改早喜期好贪图个什么，实在的，我就不愿当孙子操这付空头心，您知道，我静畜生她管什么天长地厚哪，登在那儿就在那儿象死猪一样的。"

"好，那末，明天我替您去跑一趟腿就是。"

"劳驾劳驾，将来我重重的谢……张家若是肯了，接亲的那天也不用花轿，也不用响锣响铳，只图个省事，南田哥，明天听您的回信就是。"

静姑是黄二聋第二个女儿，跟着爹妈过着极刻苦的日子，那时已经十九岁了。她的命运的好坏，当她还没有在娘胎里发芽时就注定了的。"夫妻俩还过不舒畅，那能一个不了一个的尽养赔钱货！大圈是头胎，自然不能比，若是往后还照样，养下来我准把她往马桶里一塞。"黄二聋认为他的婆娘是制人的模型，老早就关照要养男的，但静姑不挣气，在娘胎里始终不遵爹妈的意旨而变成个男的。她一出世就应寿终马桶，但她妈死命的反对她爹说："谁叫你当初要做那样的事啊？牛婆下了崽，你欢喜，猪婆下了崽，是母的你更欢喜，为的它将来也会一窝一窝的养，好给你生财，唉，人当不了猪牛，我，我还活什么……"于是静姑在这种慈悲的哭声里被允许活在人间了，但这究竟是她的不幸！

她生得很不错，又聪明，又柔静，大　六岁时便给人家做童养媳，泼出了的水似的不曾接回娘家过，而她却没被泼出去。她爹妈因因循循竟让她在家活到十九年。她的名字叫静贞，那是族叔给她取的，但邻里都叫她静姑。

她家离族叔家很近，每次去了，叔祖母必定留她住几晚，族弟小三对她很好，晚上陪她睡在叔祖母床上，白天带她满屋去玩。他将自己的珍藏搬出来让她去拣选，他用碎瓦片当碗，香烛棒当筷，泥土和青草当菜，在大门外的石凳上请她吃饭。夏天的早晨，他们常到水边山边玩，一对小天使真是说不出的相爱，年纪稍长的时候，他们还同在附近的小学校读了四年书。

她十二岁就许配给同乡张家的惠莲。张家有几个钱，惠莲又是独子，黄二聋看中了这上头，至于惠莲是跛子，又是一字不识的傻老，那并不关事，在不明白嫁人是怎么一回事的静姑，自然也不很关事，她的心上只有小三，一直长到十九岁，还是只有小三。

她的喜期择定在九月的那年正月，小三曾去看她的。他们背着人相抱痛哭，含泪的亲吻，这虽是满含酸意的初次的吻抱，然而却是最后的一次呢！小三在她前发誓要在暑假时赶回，替她挽救这个厄运，她很得意，他们别后，静姑常常提心吊胆着，虽象一只带箭的黄莺，但她满盼着她的创伤有回复之望呢？

第二天，黄南田在张家讨了回信来："二爹，接亲在三月三，张家能答应，只是不用花轿又不响锣响铳，那可办不到，您瞧，他家也是体面人家，儿郎虽则有点不圆范，究竟是讨头堂亲，又不是续弦讨小，那能冷冷清清的抬过去就得！"

"也罢，他家爱花几个空头钱就花吧，那末就这样，谢谢你！"

静姑在阶前洗衣，她一见南田就遛去了。这虽是由于她受了父亲十九年的陶冶，很有点害羞的程度，也一半由于南田使她和素不相识的惠莲跛子有了夫妻的名义。昨天南田来是为什么，她猜想那不是和她绝无关系的，这时，她决定要探听个实在，她忘记擦干自己湿淋淋的手，心里砰砰的在门后偷听。她听见南田的"三月三"和许多别的话，强烈的硫酸浸入了脑中一般，绞出她一身冷汗，眼睛发黑，她立不稳了，几步窜到房里和衣倒在床上。惠莲是跛子，是傻老，喜期在九月，她曾为此忧伤得不象人形，三番两次的只往死的路上想，但是自从小三和她吻抱后。又当天发誓要在暑假时赶回替她挽救这个厄运，她颇领悟在人间留恋的余味，谁料到于今事情变了卦，命运支配着她在三月三这天完结，不让拖延到暑假！小三千里迢迢的怕还在做着醋甜的梦，空幻中计划着暑假时的一切呢。三月三是个很迫促的刑期，这刑期就在这种暴力之下决定了，没一人说句公道话，小三又茫然的不赶回来。她想死，但这是一个总结束，觉着又不能不告诉小三就暗地里将自己处置了，将来小三是会如何的悲哭。思潮千回百转，真如万箭钻心，她于是咬紧牙齿，闷在被里嚎哭。

"静儿，静儿，莫老是这样哭喽！近来你不知如何这样爱哭！你爹把喜期改早了，这也是他一片苦心，迟早终归要过去的，哭什么。"她妈听了哭声，一摇一摆的踱进她房里握着她的手坐在床沿劝，"唉，手都是冰冷的，脸都变了色，还不快莫哭，哭得为娘的心难过啊！"她没有什么劝解的，由眼前的这个，联想早经泼出了的那个："大　　，听说这晌要回来，但你爹没工夫去接，路太远了。你的喜期改早了，也没打算告诉她，唉，那孩子多年没回家啦，如果这时回来了，你们姐妹俩也好快乐的过几天喽！"

静姑自有生以来只见过姐姐一面，那是姐姐和姐夫圆房后回家时才见的，现在恐怕是相逢不相识了，她脸上被打伤的瘢痕不知增加了多少，从前那黄瘦的躯壳，现在不知消减黝黑到什么程度，但她究竟受惯了折磨，不像自己这样的怯弱，而且自己所受的磨折实在比她姐姐身受的更难受，她想着三月三，许是她抛弃一切磨折的日子吧，那时她将不再见姐姐，不再见母亲，不再见小三，她想起种种，只有趁着生命存留的一刻，尽量的哭。

"静儿，你别哭了啊！你什么事不称心呢，是嫌耳环不是真金的吗？是嫌帐子没有买得珍珠纱的吗？唉，象大　　只带了一身换洗的裤褂去，你比她的东西要多多少啊！你是为着嫁妆吗？你说呀，在娘前面。"她妈注意在她的嫁妆上。

静姑很怜惜她妈，又要为自己打算，她想要她妈着人送信给小三，小三曾允许送她的东西，这是个顶好的名义。她在哭声中半吞半吐的说了，但她妈还没十分听明白，房门外可有人替她回绝了："叫谁送信，叫谁送信。这么远的路，还有几天工夫，爱牵丝扳藤的。"这是她爹的声音，他送去黄南田，就站在静姑的房门口。他听到"送信给小三"冒起火来了。

"是啊，这么远的路，那来得及呢，。喜事办好了，小三不还是可以送东西给你吗？小三送的东西，张家不见得准缺短，他家的日子总算好过，你别为着这个着急啊！"她妈也顺势，讽劝了几句。

恼愤与羞惭在静姑的脑中交流，她狠狠的将身体向床里一转，不动不响，她妈劝了一会，便叮咛的说："也好，让你静静的歇一会也好，让你去想想明白。"即刻走开了，不久又进房看她，饭时叫她吃饭，舀水给她洗脸，但她始终睡着不动。她不是撒娇，不是以此为要挟的武器，她实在觉着她是被推落在百尺深的井里，周围是黑的，墙壁是滑的，毫无攀援处，渺渺茫茫的浮在水面，井口立着拿石块直等往下盖的许多人，而小三在异地安安闲闲的全不知她会在一秒间沉下去。她也决定将自己沉下去。她不让张家将自己美貌的身体抬过去，她不愿将宝贵的身体给恶魔去作践，给野兽去把玩，她要散播点悲哀在残酷的世界，留着深的印象在无论谁的脑中。她虽则怯弱，她相信还有自己消灭自己之权，她决计就在不动不响，不饮不食中消灭自己，在三月三之前消灭自己。

"静儿，二月已经完了，喜期还有几天呢，你总是不听劝，饭也不吃，也不起床，究竟要怎样才好呀？"她妈不厌烦的劝，她却只睁睁无力的眼睛向了她妈闪了一闪，随即就闭了。她真的心神恍惚，好象浮在深的井水里，那些无关痛痒的琐屑话，她好象不大听见，灵魂只紧紧的系在小三的左右，她这时忘记她是在三月三会被处决的囚徒，只仿佛觉着她仍然回复儿时的地位：

夏天的一个星期日，她和小三在叔祖母床上。晨曦刚跃上窗纸，小三就醒了，偎在她身边，用她的头发触她的鼻孔，想作弄她打喷嚏，她本来醒了，但仍然闭着眼睛。小三急了，推着她说：'快起来啦，静姐，静姐，'她张开眼睛说：'三弟，你以为我没醒吧，我醒的时候，你还做梦呢！这样早起来干吗？'小三翻眼偏头的说：'你听，树枝上的蝉铃子叫得真好听，我想去捉几个来，我有关蛄蛄儿的笼子。'她同意了，两人起床，擦擦眼睛就到溪畔捉鸣蝉去。小三想在她面前称能干，居然轻手轻脚在一株矮树上捕了一个，惊喜的狂叫：'我拐住了一个啦，静姐，你看，你找了半天也找不着，它们在树上笑你呢！'说着，将蝉铃子放在笼里。她不失望，也不急切的定要拐住一个才甘心，她好象是为陪伴他监督他而来的，她爱溪水静静的流，微波里有自己的笑影，她说：'我不拐了，让蝉铃子在树上自由自在的叫着多好听，你看，你拐着它，它就不叫了呢！我爱溪水，……哟，，三弟弟，你来看水里的小鱼儿呵，瞧见我就躲在水草里哪！多好玩！'小三怕她为着没有拐个蝉铃子不高兴，说：'静姐，我拐个给你再来看鱼儿噢！'她口里说不要，头却时时转过来望，生怕小三落空。小三拐了蝉铃子在她耳后摇着叫，她微笑的接着。小三又觉着她没有笼子，他慷慨的说，'我索兴连竹笼子给了你，反正有我一个蝉铃子在你的笼子里就得，好不好，静姐？'她扭一扭伶俐的身躯，歪一歪桃色的脸，口里流露出来的偏是个'不好'。小三瞧着她好笑。澄澈的溪水深仅尺许，蜿蜒在峥嵘的石间穿插，小三脱了鞋在水草里摸鱼，揭开石块捉螃蟹，要她也下水来，她起首不肯，但觉着太有趣了，也下了水。不久，小三勒着裤走到溪那边去。她不敢过去，小三又过来扶着她过去，他自豪是她的保护者，吹着牛皮：'静姐，你比我大还不能走过来，你不如叫我哥哥吧，我就叫你妹妹。'她呸了他一口，小手指在歪斜的脸上刮，这算是对小三的处罚。"

"静儿，静儿，你也起来坐坐呀，老是这样睡，睡得人心焦呀！唉，起来喝点粥汤吧，给你熬得好好的，一点都不吃。唉，衣服手巾这些东西，虽说预备好了，总还有许多事要检场的啊！明天初二，还有什么闲工夫啊！"

静姑正浮在软绿的幽溪里，融融的在飘舞，酣甜的梦，突给她妈的声音惊醒了，她非常的怅惘，她仍然觉着她是在黝黑的井底，永无翻身的希望了。三月三，真是，还有几天啦，能在这两天里消灭自己吗？现在已经消灭到什么程度，这真成为一个问题，她觉着这世上依然有一个她，这颇使她烦闷。她连眼睛都不愿张开看她妈一眼，头上冒着热火，身体也感到十分的虚弱，她决计努力进行她的绝食的工作，务在三月三以前达到死的目的，她的心非常坚决、细致，对于死的进行，真是想得极其周密，但越想越晕热，心神又恼怅起来，前两月的事又浮现在眼前了：

——小三初到了她家和她爹妈周旋了一会以后，就问她在那里。她在门外偷听，听见小三问及自己，一溜烟奔到房里，喜跃的心按拉不住，她妈一声一声的叫着："静儿，静儿，你三弟弟来啦，快出来啊！"她故意的说："不出来。"等小三站在她的房门口，她才起身，红着脸儿一笑，和小三勉强寒暄了两句，便走开了。她不待妈的吩咐，便在厨房里预备饭菜，收拾一切，她骤然活泼起来了，一个人全无缘无故的微笑。——

——他要到暑假或年假才能回家，虽然他的家离她的家不远，他为她妈留住了两夜。——

——别时，她没起床，托她妈拿出手绢和绣枕给他说："这是你静姐送你的，九月就出嫁了，嫁后，你们不知何年何月才能相会呢？"他不响，眼眶红了，好久，才答道："要她送东西给我干吗？姊娘，她出嫁时，我送点什么给她压箱呢？她现在到什么地方去了啊，我得向她辞行去。"她妈说："也好，你到她房里去看看，我喂好鸡再来送你。"这些她在房里听得清清楚楚，她在被里连连的打寒噤。——

——她开始抽噎，他奔到房门口，默默的站着，心儿跳着，象是失了魂，象是痴呆了。他一时想不出安慰她的话，只是"静姐，我要走……"的喊，她更加悲伤，好象这是诀别，她的衷曲好象非借眼泪冲出不行，她的泪，是为谁流的，她的心寄托在什么上面，她象不使他明了不甘心似的。他想走拢去，但，他不敢，脚给绳索绊住了一般。老鸦叫得很恼人，他的情火也就跟着蔓延了，他朝窗口候探一下，镇住抖战的肢体，寸步不移；移到床边，壮着胆掀开她的被，她的呼吸很迫促，胸部很紧张，他看得很昏迷，心意缭乱的两膝随着"静姐，静姐，"的呼喊弯曲了，脸儿随着连串的泪珠压在她的脸上，他俩紫红色的唇儿在涕泗滂沱中紧紧的胶合了，暂时消灭了凄惨的呜咽。

——静姐，我谢谢你的赠品，你留着自己用吧，九月里——

——别同我废话了，九月里怎么，你……我用不着这些东西——

——这话怎么讲，唉，静姐，快莫讲这不吉利的话，你要什么东西，尽管对我说，我好由省城里寄回来——

——我不要，我不要，我什么东西用不着的，到九月的时候，你听信吧！我……我……妈呀……她放声哭，她妈闻声，老远的喊着，"怎么啦，静儿？"小三慌了，凑近她忙吻一下，说："我完全懂得，你放心，我誓在暑假时赶回，挽回这个厄运。"即刻他站起，退后两步，当她妈立在窗口时，他堂皇的把嗓子提高了："静姐，我谢谢你的赠品，你什么事不快乐，好好的保养身体吧，我要少陪了，少陪了，不必送了，婶娘，不必送了。"在小三刚出房门，她的哭声，就更加大了。——

现在却不是她的心神恍惚，不是幻想，她是在真哭。

"静儿，静儿，你哭什么，你看见了什么吗？唉，这孩子怎得了啊，后天就是喜期，到于今还在疯疯癫癫的淘气唉！"

静姑绝食已经五天了，团转左右的大娘，也有关心她的，因为喜期近了，少不得要人帮忙，她们的出亲酒是跑不了。她们根据自己的经验，援引自己嫁前的忸怩，做作，用种种的话安慰静姑的爹妈：

"几天不吃，这是常事啊！姑娘们要过门了，总有些舍不得爹妈喽，守了一二十年的闺房，也舍不得喽。一向是做姑娘的，忽然做嫂子末，自然也有些害臊喽。睡个几天饿个几天，这是常事啊！"至于"她是假意的舍不得爹妈，掩饰自己的欢喜才假意的不吃饭，不起床。她是一时抱不着惠莲才哭的，她肚里吃饱了因思慕惠莲所涌出的馋涎才不饿。"这些话，那是不便说的才咽下了吧。但静姑的妈真有些着急，她真怕女儿就此消灭了。至于静姑的爹，也有点着慌，他怕她饿死在家里麻烦，她是张家人，她的尸体应归张家去收殓。

"这畜生，我是养大她给气我受的啊！你这老婆娘，"黄二聋手指着他的婆娘："平常要惯失她，养成这样的臭脾气。谲骡子一样的，后天接亲的来啦，我看你如何使她上轿就是。"他朝婆娘喷骂着，又转过口气，顶着女儿啦："妈妈的，单是嫁妆，我卖老命，给她凑了三两箱，杯盘碗筷那样短啦，我，我，我为的谁来着，于今她死人不肯吃饭，可还想我的棺木钱不是？我可不再当呆牛啦，她要不心回意转，我叫人捆她送到张家去，莫说我不把信她。"

"你怪我啊，你怪我啊，针屁大的事也得有个商量，当初谁叫你不闻不问擅自将她许配得那么早？你爱张家有钱，于今你爱她不爱，你怪我啊，你穷晕啦，你！"

"出嫁从夫，在家从父；妈妈的，盘钱费米，我养她到这么大，事情我作不了主，好，你管去，你管去，妈妈的，"黄二聋发了狂似的，口沫直外喷，跟着手中的旱烟袋向他的婆娘前面摔。旁边人怕又闹出风波，把他牵走了。

　　静姑的妈跟丈夫吵了一顿嘴，气不过，连喘带咳的走进静姑的房里一屁股坐在床沿上，漱漱的落泪。静姑知道她妈受了委屈，张着陷落的眼睛，无力的瞧着她妈，渐渐的眼眶也潮湿了，微细而沙沙的声音在她的喉间半吞半吐着，"妈，我口渴。"她妈即刻高兴的说："你渴啊，我给你倒点粥汤来噢。"她枯草回春似的欢跃的去倒了半碗粥汤来，舀了一羹匙凑近静姑的口："儿啊，你喝口粥汤吧，天天给你熬着，一口都不沾。你妈什么事得罪了你，你要给她气受？"她的声音渐渐折回喉咙里去了，手在眼睛上擦。"你瞧，你瞧你妈，上气不接下气的，在世上也不久了，唉，儿啊，你喝口粥汤吧，你听话噢？"她那龙钟的躯体，前后的摇着劝，半滴泪珠嵌在干皱的脸皮上流不下。静姑把守不住那个无力的嘴，让她妈将粥汤灌进去。

　　她的心意活动了，她要为慈爱的妈活着，为未曾践约的小三活着，也要为她爹省几元葬埋费而活着。她无勇气抵抗她妈，她想还是死到张家去。即不能死，她在那儿许能主持自己的身体，不让谁侵犯。如果情势能允许，她决计给个信小三。前途何常绝望呢！只要小三能赶回来，小鸟儿有了伴，还怕不能远走高飞吗？他家不是顽固人家，他有亲戚在省城里，总而言之，只要跳出了这个陷阱，随便怎样总比在张家快乐吧。她想得非常玄远，她的理想中的境界，闪耀着万丈的光彩，她欢喜活着，她不拒绝身体上所需要的滋养料，这在别人看来，是不值注意的，但在她爹妈看来，的确是可庆贺的事，尤其她爹，从此可不必担心再出棺木钱了。

　　黄二聋的历本没瞧瞧，三月三竟是个细雨纷纷欲断魂的时节，浓雾拥抱着山谷，占住了村庄，张家接亲的花轿前导着旗伞，后拥着吹鼓手，两乘素轿是迎上亲的，浩浩荡荡的在云雾中穿插，很有些神秘的意味。锣声，嗦喇声，沿途引出许多妇女们奔出大门看热闹，这是黄二聋家姑娘的喜期，谁都知道，年轻人说张家虽则有几个钱，喜事办得也不过这样，老年人说，这年头其实还用不着这样张罗的。

　　静姑的精神没有恢复，喜期又将她的心冲得稀乱，她纷纷尘尘的由人家去摆布。天还没有亮，她给邻舍二位能干的嫂子扶起来，费了两三点钟梳了个时髦头，头上插满了纸扎的花，胭脂水粉敷得也很匀称，红缎礼服虽则不很新，也还合身，美丽的脸蛋衬着成串的假珍珠很象皇朝的宫女，碎玻璃片闪烁着的绣花裙，罩得长长的，裙下露着不大不小的绣花鞋，这打扮在乡村有名望的人家虽已时髦过多年，而黄二聋家的姑娘也能配得这样齐全，总算够瞧的了。妇人们拥挤的来看，也有大胆的加以批评，但大部分却是赞美，姑娘们便潜心的将静姑做自己将来的参考不断的研究，一个个眼珠滴溜溜的瞧着，要将她吞了似的。

　　送亲的有黄二聋夫妇和伴娘，黄二聋因为农事忙，本不打算去，后来觉得事情很顺遂，那件罩到大腿上的上了霉的缎马褂一借就得，也就欣然的去送亲了。

　　静姑由伴娘扶着，拜了天地，祖先，拜了爹妈，她的心如带了箭的黄莺，今后的命运茫无把握，心中有说不出的凄愁烦苦，棺木般的花轿停在中堂等候着将她装去，吹鼓手在奏着死曲催她就道，她于是缩做一团的抽噎，她妈虽则凑近她耳边"静儿，你别哭噢，有你妈陪你去，就象在家一样"的劝，但她却忘记关住自己的泪水，珍珠般的爱女瞬刻便是人家的妻房；她没一男半女在身边，灵魂没了归宿；伤风头痛，有谁在床边照应呢？她不由得也陪着女儿哭。

妇人们联想到她们嫁时的情景，也都收起她们的笑脸，姑娘们默念着花儿似的静姑往后不知还能保持着这样的鲜艳不？她们将来也有这样的一天，心里自然也潮起了一点酸意。全屋子的人除张家接亲的以外，脸上没有一丝喜意，如出殡一般的没有喜意。

静姑上了轿，她爹妈也上了轿，在爆竹声中，在嘈杂中，轿和旗锣鼓伞鱼贯的出发了。

在离军事区域不远的溪镇，花轿还照惯例兜圈子，旗伞还是在空中得意忘形的招展，锣鼓依然是敲得有兴头，到了张家，迎亲的除放爆竹外，还用三眼枪响了三铳。

成礼后，洞房门口看新娘的很拥挤，惠莲穿着崭新的衣服一颠一跛的踱进踱出，帮忙的朝着他打趣："莲大少，今晚看你们俩谁先开口噢？"惠莲呆头呆脑的追着那人打。"您的那人儿比团转左右无论谁都美，可是您自己那样儿……"另一个又在他后面讥嘲了，他东奔西走，对付不了。

大厅中排满了酒席，鱼肉和香味在空中盘旋，管事的叫了一声"请坐呀，男女的客人！"于是大家向大厅移动。这时比爆竹更尖脆的声音接连响了几下。打旗的半大孩子浑名叫亮壳子的飞跑进来，喘吁吁的慌张着说：

"来啦，来啦，兵，兵，七八个兵，由塘砌上向这里飙跑。"

这枪声有两种作用；一是使腿健的男子听了赶快躲避；一是使胆小的妇女吓得缩做一团的走不动。和张家没密切关系的，一听见兵，撒腿就跑；远道而来的戚友，逃无可逃，并且不好意思逃；几个帮忙的夫役，舍不得芬芳的酒席，偏说："这不要紧怕什么，咱们有这些人？"吓慌了的妇女们听得这们一说，权且借此壮壮胆将自己的命运付给喜神去裁判。但是，那逃得慢点的，跨出后门又退回来了，因为丘八爷果然很聪明，先截住了后路，再把守前门。

"奶奶的，吃喜酒不给信你大爷吗"这是一个包抄而来的敌兵的声音，牵着一个年轻的女人在手里，涎水从油滑的黄脸上那暴露着金黄色的口齿的唇边挂下来，正同猎犬咬住了兔儿似的自得。

"是呀，大爷难道少带子礼物来着？"另一个丘八爷逼住了一个低头红脸的女人，笑眯眯的，手拍着子弹盒。

"我的活宝贝，我看你逃往那里去？"他们追逐着。

已是无可挽救的厄运，然而女人们在屋里还是藏的藏，躲的躲；岁数大点的，有见识的，挤在洞房里要保护新婚的夫妇。但那能如她们的愿："滚，滚，"他们驱逐男的，"他妈妈，这大岁数还卖俏，"他们骂着老太太。"拿下来，金镯子。身上，看看。"他们打点小主意。最后，男的，老小的女人和孩子们都关在一个房子里，剩下年轻的妇女们供他们的方便。在毫无抵抗的区域中，枪声却还时间时作的响着。

这时的静姑在重大的扰乱中她毫不觉着那比她嫁张家还不幸，只晕晕沉沉端坐在新房的床沿还象在娘家，在路上，在花轿里样给人们纠缠着，颠簸着。红脸搭还是盖在低垂的头上，她虽则听见枪声但那不过和迎亲的爆竹声一般刺耳，虽则听见"妈的"那也和她爹的骂声相差不远，惠莲走不动，中枪倒在她前，她大概以为是顽童在俏皮吧。一点不放在心上，红脸搭给揭开了，她以为是闹新房的，机械的将眼睛闭着，衣服给解了，首饰给卸了，她以为是伴娘在服侍她，夜深了，她该就寝了。一直到她被推倒，身体重重的被压着，汗臭一阵阵侵入她鼻孔，恶味的馋涎送到她唇边，她才微微睁开她那迷蒙的眼睛发觉个骇人的灰色兽。起首她战栗，喊叫，末后又挣扎，呻吟，她的血液象向缺口奔流，全身瘫软，渐渐肢体都解散了一般，终于昏过去了。她的灵魂又好似入了幻境：她到了叔祖母家和小三在捕蝉，在涉水，在床上嬉戏；她探悉了婚期，在痛恨她爹和南田，在哭泣，在绝食；现在她三弟果然践约来挽救她了，她们在深夜里偕逃，她们已离了恶境，在三弟的怀抱中，在满足她们的缺陷。在……

然而事情过后，在创痛之余，她又神经清楚起来了，蓦然觉着刚过去的那一刹那，简直是恶魔的利刃将她的肤磔成了尘沙，她无复活之望了，她便眼泪婆娑的死力挣扎了好几次，才恹恹的坐起来，咬紧着牙关，胡乱整理整理衣裳，爬下床，颠颠倒倒的由惠莲的尸边爬过，爬过房门槛，又爬过大门槛，眼睛四面张了一下，生怕还有野兽跟踪她似的，她就勇敢的直向大门外爬着，滚着。

大门前有一口大塘，水光泱泱的在她眼前闪动，那象是小三在那里舞跃，招手；又象是她妈的手开开的张着，等待提抱她似的，她就喜孜孜的几步窜到塘边，向那慈悲的怀抱里向婴儿一般倒去。于是，水面展开了一个笑涡，便又回复了静穆，在安详的领会着这软弱的女孩儿温语："三弟呀，妈呀！"

他们破了门走出来了。黄二聋闷慌了，因为念及还没吃饭就想起他的某邱田还没灌水，那打惯了野食的亮壳子的妈，却头发蓬松的，脸上红泛泛的，对着一位老太太忙将整理衣服的手收回来，"哎哟，吓死人，那个要死的拐着我啦，我，我拼命的挣脱啦"此地无银三十两的表白以后头又沉下去，牛栏后面的草堆里的那个却还蹲在地下饮泣的自怨："唉，这一世才碰遇这样大的鬼！"张家的人却哭倒在惠莲的尸旁，静姑的妈却两腿不和身一致的往前窜，在寻找，在呼唤，战着嗓子在喊："儿呀，肉呀，……"

门外依然是细雨纷纷，山谷依然是在浓雾的拥抱里，村庄依然给烟云笼罩着，不好的风声又向别处传开了，空余着这可庆贺的"喜期"在他们的心中荡漾，迷茫！

（原载一九二七年十月《文学周报》二八六、
二八七期合刊，选自短篇，小说集《茶杯里的风波》）

茶杯里的风波

晴朗的星期日的上午，他和她还没起床，对门晒台上的竹篙响了，他无目的的偶然抬头瞅了一眼，依然睡下，口里咕噜着。"这宵，要弄个帘子才行，"她也抬头看了一下，没说什么。因为那不过是个娘姨模样的女人，和他，相形之下，彰然的不能成为一对，而且这是移居后初次的发现，也不便说什么，只是在那"没说什么"里，形势仍然有几分严重。

约莫隔了十多分钟，第二次的竹篙响了，他躺着没动，她愤然的爬起，走近窗前，两且眈眈的盯着对门晒台上的女人，那女人很怯羞的将脸子隐在悬着的衣服后面，偶然偷视了一下，一面仍然晒她的衣服。

"贱货，不要脸的烂污东西，清晨八早就站在晒台上看，有什么好看!? 财货!"她指手蹬脚的骂，等晒台上的女人下去了，又扳起面孔对着他说："这种女人不如到四马路去拉人，倒爽快得多! 骂了好几句才下去呢，不要脸的东西! 喂，昨天你说寄一封挂号信，信又没有寄，钱呢，拿来！"

"钱买了香烟，怎么样，又见鬼啦！"他朝她翻了一眼，仍然看他的书。

"像你们这种臭男子什么女人都要的，钱总是给那烂污的女人骗去了咯，这种女人几个铜板也要的！"

"你真见了鬼啦，无缘无故的骂别人，当心人家吵上了门噢！"他愤然的说。

"如果吵上门来，你看我打她出去。"她更凶的说。

他不再回话，只看他的书，室内寂静了，她找不着对手，便东摸西扯的收拾一切，只是每隔了几分钟，眼睛仍是向对门的晒台横扫着，而且每次上楼都这样。

他俩是经过长期恋爱而结合的，不知如何，老是为着像这样的空中楼阁而闹着，而且吃过许多的苦。他虽则思想很新，但每回吵闹，不曾有真凭实据落到她手里，然而她依旧是一回不了一回的闹。"妒嫉是美德，"人们对于妇女多是原谅着，但贞洁的男子看来，不免觉着有"人格上受了损失"的感慨吧！彼此间浓厚的爱情不免因女人们的"弄巧反拙"而淡薄了吧！

夕阳西下时，全弄堂里的晒台上部先后的有竹篙声，许是烂污的女人有日暮途穷之感，趁着斜晖努力的在勾引着野男子吧！他为了尿涨，几步跳上楼，在晒台的一角撒了一泡尿，瞭眺了一回远景，便掏出一本《桃色的云》专诚的朗诵：

> 相思的朋友呵，
> 等候着什么而不来的呢？
> 太阳下去，月亮出来了，
> 等候着什么而不来的呢？

没有看见恋之光吗？

没有懂得胸的凄凉吗？

快来吧，等候着，

朋友们呵，相思的朋友呵。

"踢踏，踢踏"的，她赶上楼了，她在楼下听了一会，听见歌声，听见竹篙声才赶上楼来的。她上了晒台，失了魂的东张西望，看不见什么，只有前楼对面的晒台有竹篙声，但是屋瓦障着，看不见她早上教训过的那女人。

"唱什么，你，饿狗，一听见竹篙响就赶上楼，你这人，唉，堕落到这样子！唉，那了得呵；对门那女人倒不见得怎样坏，就是你这东西坏透啦，唉！"她晕头晕脑的只是咒，脸涨红了，急得只蹬脚。

"早上就说对门的女人坏，现在又是我坏了。听得竹篙响就赶上来，赶上来怎么样？她在那边，这里看得见吗？真是鬼闷了头！"

"那末，你唱的什么？什么相思相思的。"

"桃色的云，桃色的云，你看明白啦再闹，哼，真是……"

那时，娘姨盛了饭上楼，关照着他们，他们各自不服的勉强就了坐，他口渴，叫娘姨泡了一口茶，静默了一会，他只吹着茶大惊失色的说：

"啊哟，不得了，不得了，茶杯里起了风波啦！"

她起首吓了一跳，既而，伸出指头在他的额上重重的按了一下，啐了一口，含羞的低了头，眼帘上还留着未干的半滴泪珠儿呢！

（原载一九二七年十月《儿童世界》第三〇一期，

选自短篇小说集《茶杯里的风波》）

蹉 跎

在老资格的杂志上发表过两三篇文字，又出过一本短篇小说集的作家劲草先生，在编辑室内干完剪报贴报的日常工作之后，生怕岁月会荏苒，志气会消磨，很想打起精神努力一番。他认为要培养成一个势力雄厚的作家，非攻人生哲学和社会学，并博览些别的不为功，但这念头只一汹涌，便觉着那是汪洋的大海，以自己的处境和精力是决不能从事这种伟大的工作的，而且另一本小说集正待一篇代表作去完成，目前财政也很困难，这都是使他不能放胆去偿他的素愿的。种种的情绪在心中绞榨着，反而弄得他不自然起来，有时看看几行报，翻翻别的书籍，有时彳亍着，仿佛手脚无安放处，觉着他那高大的个儿在空气中动来动去是很滑稽的。最后他就决心去创作一篇小说，借此得点稿酬，且借此完成一个单行本。于是他呷了一口提神的"龙井"，抽了两口兴奋脑力的"My Dear"牌香烟。身体在凳上左移右移的坐得四平八稳，将墨磨好，稿纸一大叠的摊开，然后握着笔，头垂着，眼睛死死的盯在稿纸上，由这神气去推测，他准会成功一篇盖世的杰作，每在动笔之前，他得这般排阵的。

然而思来索去，文艺的幻境在他的脑里并没有绚漫起来，仿佛眼前只是一片白茫，是沙石飞扬的戈壁，是烟云弥漫的渺无边际的天海。他这般呆呆的在这盘古时代一般的宇宙里观察出些什么呢？能理解一些什么呢？他不过是沧海之一粟，他能够以莫名其妙的生命去到那混沌的宇宙中开创些什么呢？因为这劲草先生的笔永远朝天的搁在指甲上，天君也就从那种令人恼闷的宇宙中退回来，但这显然是懦怯，无能，而且在编辑室内是有碍观瞻的，于是心神虽然不属，笔是无妨动的，笔就努力动着；Something, anything, allright, my dear 等等的在稿纸上叠着罗汉。因为这办法本来颇容易凝集他的脑力，每次创作他都这末干的，而且成绩不坏。不过当稿纸上没有落笔的余地之时，这一叠罗汉的地位给别一叠罗汉所占住了，无数的罗汉都混成一团黑了，那文艺的思路却仍象无数匹暴烈的野马穿山过坳的分驰奔突着，一时简直难于就范。镗镗的时钟越是一计一计的敲着越使他要正式的下笔，创作的热潮越是汹涌澎湃，而他的天灵盖越使给撞打得晕晕沉沉的。行文之前怕是需要丰富的参考，需要机灵的启示吧，他就拿了桌上一本《小说月报》来翻翻。

从前他极爱欣赏国内的名著，因为那些文字来得显豁，豪爽，内容表现在题外，没有使他费解的地方，但他看了之后也常常动笔写，写出来也偶然能发表，在文艺上简直有了素养，有了崇高的地位，自然，创作在能手的眼中算不了什么，渐渐的那些显豁豪爽的名著，在他这内行的眼中就落了身价，有时看来还有些腻。于是他才不得已浏览些翻译。起首，关于什么柴霍甫，芥川龙之介，左拉啊等人的文字，他认为是讨厌的东西，说不定还有些不通，看了印象很模糊，现在，他们的文字仿佛进步了似的，不但使他能看得上眼，而且不忍释手呢！

这时《小说月报》上的《安娜套在颈子上》啊，《头等搭客》啊，在他的眼底竟如一列一列的国府要人的花车，在一个聚精会神的乡下老的眼中行驶着。每字每句，都象每个火车轮在他心上辗转般的着力，深刻；譬如看《安娜……》这篇吧，看完一遍还恋恋的再来一遍，其中的语句之生动，简练，文意的含蓄，错综，无处不值得他欣赏；尤其"喊，父亲，够了。"那句，前后照应着，如同古名将的战术中的连环阵，这作风，这结构，与乎……总之，仔细的揣磨，那"颇有心得"的慰安已经是妥贴且软和的平铺在他那荒漠的心原了，同时，在那上面还稳稳当当的建筑着一座极其庄整且精巧的模型，是出好货的模型，只要将材料倾下去——无论是牛溲马勃——一经熔冶就会产生着柴霍甫式的杰作来，这是极有城府的。不过全文的精微奥妙都给他探出了，多回味几次，那"名家的作品也不过这样"的意念又兜上心头，他便憬悟柴氏小说之所以成家，大概是洋文难于杜撰的缘故，若象中文一样，如刚过目的这篇，只要自己落笔审慎，处处精神贯注到，每篇脱稿多修改几次，十分满意才送去发表，则成家又何难之有，自己本有文学的天才，能干两下子的。接连那天才简直怂恿他起来子，那负着革命的使命的，为时代之前驱的"文学"，也责备他鼓励他起来了，又好象柴霍甫们，国内的作家们，那些只是被人信口赞扬，而其实不值得赞扬的，都混帐的在他前面故意踱着老牌子的官路。这显然是鸥枭翱翔，方正倒直，回头一想，这也反衬出他已行年卅，还是个无名小卒。他就兴奋的自念道："是呀，天天匍匐在'生活'中不对，得努力干，

靠这正途挣几个钱，欣赏之后尤其要创作，创出些杰作来，这不但
将自己练成个光芒万丈的人物，使人们的眼中口中心中，所有的灵
魂都为'劲草'醉迷着，而名利兼收那还用说！"

主意确是这样打定了，于是眼珠儿虽是嵌在《安娜套在颈子
上》，然而思想的泉源已在多方面的汹涌着，闪烁的流出许多珍奇的
故事，俨然都是超于柴氏所描写的，在推挤，喧嚷，争着出风头。
这正是所谓触类旁通，也是读小说之所以有进步的所在。自然，故
事中免不了有男女间的暧昧事情。虽则人们有批评现代小说总脱不
了三角恋爱等的俗套，然而除了男女还有什么世界。只求事实不平
凡，写作得细腻，遒劲，再加上新奇的思想作文章的背景，他敢断
言这种文字正是投人之所好，再合口胃没有的。于是许多故事在他
的脑中象龟兔竞走般的夺起标来，终于有一个占了胜利。

那是两年前一个军界朋友对他说的故事，故事中的人物可忘记
了，事情是出在常熟：一个流氓屡次向同乡一个阔老头儿借贷，老
头儿很厌烦的想压制他那无厌之求，有一次竟用严词打发他，这流
氓好生气愤，千方百计要图报复，末后就怂恿一个很生得标致的无
赖，在戏院里勾搭上老头儿的女儿，又暗中嗾使他们卷逃到一个繁
华地方，他自己也偷偷的跟了去。不久，他设计将那女子卖给娼寮，
得了许多身价。那女子有个出洋的哥哥，回国后也到了那地方，这
流氓听了信，又引诱他去嫖妓，将他的妹子介绍给他。不消说，暌
隔多年的兄妹已经不相识了。当兄妹之间发生了肉体的关系，各人
露出真实的身世之后，那留学生竟羞惭得至于自杀。

世界是向未来主义演进的，文学又是引着世界到未来主义的向
导，它是革命的，建设的，然而兄妹发生关系这已经太平凡了，而
哥哥自杀岂不更是传统思想下的无谓牺牲吗？这有损于小说的伟大，

至于说这流氓的举动是一个无产阶级者对于资产阶级者的报复，那更是无聊，最好哥哥不自杀，且出乎流氓的意外，兄妹竟是如胶漆相投的恋爱着，甚至将兄妹改为母子都不妨。劲草先生是这般想，觉着那是最新奇的思潮，他发明的，他颇自慰，从这思潮一推想，于是起首他那在荒原漂泊着的灵魂，现在得着美满的归宿了。俨然一个辉煌绚缦的宇宙开辟在他眼前，不，他简直是万能的上帝，以他的文学之伟力才制造那末一个宇宙，他深入那宇宙里，在视察他的孩子们。那儿，天是永远嵌着阳光普照的天，风是摩抚着万众的温柔的风，一切景色都呈着异彩，大地上满是威严雄壮的建筑。孩子们都是些诗哲，在宫殿里艺术的生活着，孜孜的在满足那只一动念就能满足的欲求。他仿佛在温和的命令着：孩子们，你们吹啊，唱啊，舞蹈啊，裸着体去找着任何的异性去享乐啊，你们的妹妹不在前面吗？啊，你妈在动着春情啊，去吧，任情的找着她们去求爱吧，这是在实现着来来主义，可是"未来"已经"现实"了，你们还得努力的探求着"未来"，在同种中"未来绝了迹，你们就找兽去，找禽去，甚至找昆虫，一切都找遍了，不是无所谓'未来'吗？不，时代是不停轮的，今日的'未来'，是从前的过去，是这般循环着的，勇敢的前进吧，孩子们，上帝在你们前面指点你们啊……"劲草先生相信文学是应该走这条路的。由这条路行去，到什么止境？还是循环着呢？究竟这意义有什么价值呢？他笑了。

然而笑有什么益处呢？那故事既是好题材，模型又现成，他得赶紧倾些杂料进去，完成那未来主义的工作。不过，从流氓借贷写起吧，可是文字嫌冗长，虽则稿酬可以多得点，但这写法太笨，不能成杰作，分做两部写又怕难贯气，他就皱着眉去寻小说月报上每篇的开头和结尾，沉思了一阵，便决定从借贷到卷逃做一段回忆，将兄妹之爱做全文的中心，这故事的结果当然是出乎流氓的意外的，在流氓看来应该是蹊跷的事，于是他即刻在第一行写着《蹊跷》做题目，又恐怕埋没了《蹊跷》的伟大的作者，便在《蹊跷》的附近楷书着"劲草"，接着那段回忆也就开始了："因为得到常子真由日回京的消息，六七年前的事又浮现在歼仇的脑中了。

歼仇和子真是同乡，子真的爹，是有名的财主，……"

这回忆不知怎的变为第三者的口气，劲草先生真不知自己会这样眼高手低的，他就不惮烦的换纸再写，可是得了几句，好象心中又涌出许多比这更好的，于是又换纸写，写了一顿，仿佛还是起首写的比较高明，但这又可笑，作家是换纸的专家吗？他就咬紧牙齿将思潮猛烈一夹，才决心一直写下去："歼仇的生活真是平凡得可怜，每天除吃吃，逛逛，打打牌，想法交际交际些少爷公子或幻想宇宙间造些罪恶外，竟是无事可做。

"这天上午，他口衔着雪茄，翘着脚挺在睡椅上，想借着日报消磨他的上午，但在沉闷烦恼的心情中，报上的专电啊，战争新闻啊，象荆棘一般刺触他，象煤烟一般熏着他，于是他一目百行的将那些重要新闻浏览过，两目落到本城新闻栏就停顿了。他看了一段'引诱'的消息，又看了一段'骗奸'的记载，他玩味着，身入其境似的探索着，简直每字每句都有牛皮糖一般的味吧，新闻栏的一弯一角，目光都得仔细的扫过的。

"在满目琳琅的记载中，'常子真由日回京'的标题，忽然闯进他的眼帘，那如空中的闪电触着他的脑袋，蓦然传达到四肢。'喝，他回来啦！'他惊骇的低语着，峨起身，凝神的一气将那段新闻看完，停了一会又再看一遍，瞪着眼睛，看看前面无限的穹空，口里喷着轻烟，身子又往后一仰，报纸掉在地下，于是，六七年前的事在脑里跟着眼前的轻烟在缭绕：

"'我没有这许多钱养你们这种浪人！'畜生，那老而不死的杰三他竟当众骂人！妈的，家里虽道少了我这几个钱？租谷，房金超过每年的开消几百倍，难道都带进棺木去？老子虽则由你抓起过几次，那算什么，老子若不是因为赌博案子破了，警察厅要罚款，谁想到你家的瘟钱才算没出息，妈妈的，不肯便不肯，老子充其量被拘留个把月，可是老子得给点神通你瞧瞧。

"事情真凑巧，我跟黄崇德那小子在戏院里，我对他说：那前面坐着的小姐儿不是杰三的姑娘吗？妈的，真美，真风骚，眼睛活溜溜的，准是走草啦！孩子呢，你赶快把媚眼丢过去，她准为接你的，我是不成了，脸儿太黑太瘦啦。……还不是果然崇德那小子真有点桃花运，哈哈哈，出了剧院他们俩还是眉来眼去的，第二次在戏院里可就成功啦。我出主意叫崇德跟着她，和她说话，骗她吃馆子，开房间。可是崇德那小子享福，难道老子站在一边也看着不成？老子会出主意叫崇德骗她卷逃，卷逃到这儿，老子又出主意把她卖了，八百块钱的身价老子得了五百块，你们以为这就完了吗？杰三畜生，我告你，我得教你家女娼还男盗，你儿子出了洋老子就奈何他不得吗？别着急，你听老子的信。……

"奸仇眉飞色舞的躺着，欢喜与愤慨交战在心中，'对啦，就这样干。'经许久的沉思他就这样叫起来，拾起报纸看明了子真的住址，便咬紧牙，握着拳，搥了下腿就立起来，整理了衣服便匆忙的跳上车，往集贤饭店奔。"

为慎重起见，劲草先生的笔又搁了，从头至尾看了一遍，仿佛这杰作竟是意外的平凡，不象从那精巧的模型里制出来的，这和柴霍甫们的一比究竟差得远，但却能原凉这是初稿，再加修改当然要精彩得多，刊出之后定会好看些的。他想再写下去，又怕太潦草，甚至离模型太远，走了样儿，修改是费事的，于是仍然翻翻《小说月报》，借以砥砺着。

他看的是芥川龙之介的阿富的贞操，看来看去，不知怎的，新公要强奸阿富的事竟和自己所要描写的兄妹之爱互相关连起来，一个在眼里，一个在心里辉映着：

"阿富恨恨的自语着，突然立起来，象不贞的妇女一般的，迅速的走进吃饭间里去了。新公见她这样决断，倒反现出惊异的样子……"

——奸仇在车上打算盘，他起首怕子真早知道他的奸猾，但奸拐的事，并不是他出头，也就放心了。车到目的地，他跳下来掏出名片，找着子真的住房，就推门进去。子真正闲着无聊，见了陌生的来客，愕然的立起来。奸仇介绍自己，说他是他的乡亲，在谄笑恭维中，将名片递过去。于是他们便成了相识，互倾着离愫，互道着中外的风光，奸仇就照着预先排好的阵势进行着。他说尽本地的名胜，尽力描写前门一带的繁华，说游艺园的梨花大鼓不能不听，某伶的天女散花是不能不见识。他又说沉溺在酒色游逛中固然很不对，但社会间一切的黑幕也是人生该知道点儿的——

"新公稍微踌躇一回，就运足进那吃饭间里去了。吃饭间的正中，阿富一个人，用衣袖遮着脸，安静的仰天横陈着……"

——当奸仇再访子真时，他那诱惑的言词，虚伪的殷勤，竟将子真麻醉了。他们就在那天下午一同去逛游艺园，在那儿，吃着大菜，喝着老酒，观瞻着舞台上的邪剧，领会美艳的妇女们对他们丢眼色的用意，这年轻的子真，神魂颠倒了。兴尽之后，奸仇又提议干别的花样，于是他们离了游艺园。那夜好月光，疏星闪烁着，象是春情发动的少女们的眼睛，在窥看着，微风吹来，带着美人儿摩抚般的况味，前门一带，茶楼酒楼中的歌吹，凝红黛绿的缤纷，与乎高入云端的珍珠般电灯和那杂沓着的车马，凑成个闹热无比的夜景。子真在醉迷中被引到春莲班子。在那里，歼仇介绍给他一个叫做红菱的姑娘，那姑娘很美丽，和他们公然不相识。那就是子真的妹子。他们彼此用假姓名周旋着，融洽得非常——

这时的《小说月报》在劲草先生的眼里滑了，一行一行的字只象一条一条的绳索，又仿佛是一大圈数不清的黑蚁，渐渐的微细，渐渐的渺茫，终于消失了，只有歼仇和子真活跃在：

——就在那晚，子真竟经不起红菱的请求，在春莲班度夜了。歼仇也另拣一妓奉陪着。他那妓的卧房就在红菱的卧房的隔壁。歼仇一面和自己的妓女应酬着，全部的灵魂却挂念着隔壁戏。他们密谈着微笑着，红菱唱着媚人的小调，子真却拖着她跳舞。爱的摩抚，爱的笑谑，充满在这对兄妹的房间里。他们用过点心之后，上了床，在脱衣解带，在抱吻，在温存，在……爱情之后又娓娓的互倾着衷曲，又缕述各自的身世。于是静默了一阵，欢愉的空气里转为惨雾了，哭泣声，嗟怨声，一阵阵传出来。这时的歼仇俨如奏凯大将，得意忘形，几乎使他的妓女疑心他发了狂呢！但，"妹子们，这在礼会上一般人看来虽是乱伦的事，然而事情已经弄到势成骑虎了，还有什么挽救的方法呢！况且这不过是传统的思想，假使我们不讲出姓名来，岂不还在抱吻着，相爱着吗？为什么知道了是兄妹便不能相爱了吗？这真是不值得羞惭悲哭，不值得懊恼的呀！"

——阿哥啊，想不到我们会在这地方这般的聚会，唉，现在什么都不必说了，你就赶快给我赎出身来吧，我犹如不是你妹子，你也得同情我，援助我的吧！哥啊，亲爱的——

——这真出乎歼仇的意料，晴朗的天空，忽然来了一霹雳，歼仇直气得血液都凝结了。他这新时代的落伍者失败了。第二天起床，当他看见了真红菱俩手牵着手，笑嬉嬉的走近他的房间来时，他铁青着面孔，说不出一句话，当他们离开了他时，他咬着牙齿，伸出两个指头刺着他们倩影，将恶骂的低语送过去：“世上没有看见这样不知倒顺的，畜生！”

想到这，劲草先生浓眉开展的，来了一回愉快充满天地的微笑。他觉着小说虽还没完成，照这样写下去不会错，这准有现实未来主义的体力，这也合读者的胃口，尤其这结尾，隐隐的切合着“蹊跷”，是杰作，无容谦逊的，能扬名，至少能卖钱，能解决目前的财政。于是他重行喝了一杯龙井，再点了一枝雪茄，起首茶烟是鼓励他的，现在的茶烟是庆祝他的。他无意义的又将《小说月报》乱翻翻，俨然那是新出版的，上面第一篇是《蹊跷》，题署下署着仿宋的“劲草”。这时和这一样的《小说月报》上的这篇文字在无数的有文艺嗜好者的眼中留连着，在欣赏之后，还有用好评作介绍的文字预备投到《申报》艺术栏的。说不定不久就有知友前来称颂他说：“朋友，你这篇《蹊跷》真是不朽之作！”而他那时虽应谦恭的回答道：“要不得，要不得，浅薄得很！”然而在心里却应该是这般的自慰呢：“哼，这样一个短篇竟卖了卅元！合上以前的七篇又可出一个单行本！”

一九二八，二，二〇，于上海。

（选自短篇小说集《茶杯里的风波》）

勃 谿

　　从放工的钟声里走出工厂，便杂在一群奔跑着赶午餐的女工中了。他想：在这一堆堂客们里漫踱着，设若其中的一个垂青起来，或无意间互相推撞一下，那成？三脚两步跳出这漩涡吧，但家里那个娘姨年纪不算老，也许楼上两个年轻女人在灶间烧菜，或在后门口谈天，自家在那中间呆呆的站着，那又成？……怀着这不安的心情，于是前后左右那些穿旗袍的，系裙子的，剪鸭屁股的，梳横S的，以及长的，矮的，蛮的，俏的，平常本可任意回头去瞧瞧的，这时也只得非礼勿视，头端端正正的竖着，眼珠斜斜的溜一溜便直射着老远的车马和眼前许多活动的曲线；身体是东闪西避的像在交织的电网里穿插，也像热锅上的蚂蚁那般走投无路。他知道如此小心翼翼恐还不足以赎其辜，因为后面一大群里有他那个她，而她那双眼睛又一定还像巡洋舰上的探海灯，在监视着他，巨炮瞄准着他，一有动作就会被轰毁的，实际，别的事他并不怕她，但在男女的关系上她对付的能力可不弱，一丝一毫都不放松的，有时还无缘无故在挑衅，以为不如此这野马定规给什么贱货牵了去。因此，起码，他对她是不能有点不踟蹰的。

家门口是到了，娘姨已经烧好饭抱着小人在弄堂口候着，灶间也是冷火秋烟的寂静，他脱了险似的在客堂间门外很挺拔的待着，以为一路都在上帝鉴临之下，自问是可告无罪于她的，但不久，突现在后门口的却仍是老早就扳起的一座三角脸；本来这不过扳一扳而已，没别的变故终究要复原的，可是楼上那两个偏在这时走下来，而且不能避免的满不在乎的在他身边擦过，这就不能不使那个她眼珠朝他和她们之间翻着，强盗似的从口袋里抢出钥匙，粗重的开了锁，猛烈的推开了门，随即把那"贱货"暴出来。如果他回嘴，那"不关你事"定规可以听到的。他是已经做过几年的男人，当然知道怎样利用男人的火，那火一发，在女人看是应该了不得的。这小风波用威严的沉默尽对付得下，因之他不响。看形热，她也就不敢再多嘴。

饭菜像贡在两个雷神前，没有声息也无暇玩味就被吞掉了，又生怕这局面的开展，男的便饭碗一丢就走了。

说是两家头暂时离开了太平些，但那只是暂时的事。

到下午放工时，他还是不敢忘记上午那回事，特意在工厂多待一会，揣想着马路上那些妖精是已经绝了迹，揣想他那个她是一路平安的已经走到家，已经好好生生开了房门一屁股钉在床沿正默念着"现在该是他回来的时候了！"然后他才急忙窜到家，一直冲进房，使自家和楼上人连打照面的机会都没有，这才算差强人意的，他沉默的看他的书，她也放下扳起的面孔料理她的一切。

人是到家了，没问题的，然而这天是腊月二十三，她祖母家请在晚上吃年饭，两家头早就答应一定去，前一天也有人来嘱咐过，十回请就有九回不敢到的他，这回当然不反悔，可是那时形势似乎又变了，她打扮好了自己，关照好了娘姨，预备好了孩子的饮食，一切都安排好了，抬头瞅着伏在写字台上一本正经的看书的他，装出个不自然的和颜悦色来："喊，你究竟怎样喽？——不早啦，还不预备？"这样问的时候，然而他不理。实际，他是嫌她只肯出五成"低首下心"的价格来买自家的承诺的，男人在女人身上图报复，有时宜于在晚上用严峻的态度，也宜于她娘家有事故的时候，因之等第二回的"喊，赶快啊！"发出了，他才头都不抬的强勉着答道："你去你的好喽！——我是不去的。"

"哟哟哟，又装架子，因为上午说了那末白话就——"

看形势，只要他肯开口事情是可以转弯的，她就涎着脸把话顶上去，生怕弄僵这桩生意似的即刻加了几成价。但这反而引起对手的居奇："无论如何不去！"

"那你就当初不能答应人家呀！——害他们等，而且请了多少次，一次都不去是不行的。——等下他们问起来，我把什么话答应？"

"不去，不去，死人也不去——当初是当初，现在是现在，他们问起来，你随便扯句谎就行。何必定要我同去？——跑到人家吃一顿，回家要呕几天气是犯不上的。"

逼到"呕气"上，实在是使她无法解辩的，就只好沉默着。但排了许久的阵，不去是太扫兴，一人去又不便，且在玻璃柜前扭了一扭，总觉着那旗袍太合适，头发也剪得真称意，新皮鞋在地板上阁托阁托的也着实有韵致，时钟是早已催走了黄昏，还在滴打滴打的真令人烦煞，人是伏在写字台上在装腔作势，去是未尝不可去，就为着通不过"呕气"那难关，于是，起首，她不能不"只要你自己……我为什么要……"的低语着，但终于立即改口说："呵哟，走吧，老天爷，我决不和你吵就是。"这似是带嗔带笑的语调，实际她是已经做出实足的派头在哀恳了，且蛇精般走拢来缠，推，他虽则口里说"真讨厌！""真麻烦！"心里未尝不这样说："是时候啦，只等你再恳求一下就可以……"于是，果真等到受了她一下推，他才免强收拾收拾。一道走了，脸上依然满堆着不情愿的乌云。

祖母家有她的一个寡婶婶，是她先叔由堂子里接出来的，年近四十还是胖里藏娇，不曾减却一点畴昔的风度，也有她的两个年轻嫂嫂，分居的她的弟弟也带着小巧的媳妇儿来了。这些人都伶俐活泼，擅应酬。在她的眼里那都是些尤物，足以迷惑她的他而有余，在敬茶敬烟等事上也都是些引诱的勾当，说他俩是和她们在一块儿吃年饭，那真罪过。

这自然是饭吃了就不愿在那儿多停留的，加之男的女的聚在门口送别时，那又简直等于在幽会，在情话，总之，她是嫌他和她们太接近了，就匆忙的往前冲，示个范好使他识相，随即又转头嚷："走啊，还站着干什么！"

在许多人前他不便回嘴，只闷着走，他是完全被卖了，被骗到她的势力范围内给白骂了一顿。他的血在倒流，全身在发热，人是机械的被一肚子蒸气在推行，直到街口才从一堆恶毒的愤怨的言语里找出那极轻松的一句，不管那已是几乎失了时效的：

"走自然是走，谁还想在这里过夜不成！——我原是不肯来的，妈的，不知是什么鬼要牵引我。

这几乎是对自己说，在车马喧嚷中，她已经低着头在两丈远的人缝里钻了，然而他总算吁了一口气。他眼光四瞩着，觉身后没有巡洋舰，也没有向自己瞄准的巨炮，心头一舒展就忽然被一种神妙的感觉牵制了他，他不明白她为什么无缘无故要顶撞自己，却又在愤怒中把自己放弃了，让自己在男女杂沓的通衢这般的自在？难道她是藉着这玩意来消遣？那就自己何必那末的认真？于是他就像人海中的夜的梦游者一般，把自己搁在一个旁观者的地位来观察自己以外的他和她，以及一切，那酝酿着正待暴发的火花早已无形消灭了，突现在眼前的仿佛是一个奇特而桀骜不驯的不许任何雌动物占有她的伴侣的雌动物；她没头没脑直往前窜，让那些雄动物把她推到左又挤到右，有些是走过她连连扭转头迷迷的瞧着她，有些是牢牢的在她后面跟着，于是他想：假使她是为自家所有，自家能看得过意，不把那婊子崽槌个臭死？假使她不为自家所有，自家能不像别的动物样也扭转头瞧她个仔细？甚至趁着黑暗着实拿出手法来进行一下？那鸭屁股，旗袍，高跟鞋，岂不和别的雌动物一样具着引诱力？她又何常不像在别的动物的眼中的一样可爱？假使别的动物对于她进行成功了，她是不是又给占有了使别的动物又和痛苦的自家一样？……这奇迹在他心里一来回。儿呼使他笑。总之，仔细想，实际上他是她的。名义上，她也是他的，这是大数难移的没法挽救的事。他不是个旁观者，他实在熬不住被人占有的日子呀！于是他就在心里又长叹起来：在马路上来往的仁人君子啊，你们倘能吊膀子把她吊上，把自家解救出来，那真是该谢天谢地的事！为着她，自家常是脑袋涨，胸胃痛，和男朋友等于绝了交，和女朋友简直不通信，和国家社会也绝了缘。和家乡也几乎不来往。同学们都在政府里当科长局长，拿三四百块钱一月，自家也不是绝无门路可钻，何必定要把住那三十几元一月的所谓铁饭碗，受穷受罪，将自家幽囚着，沉闷着？这全是为着她，全是为着她啊！然而她还是这样不体谅，甚至使自家受种种的奚落与薄待！况且自家还是真正坏到怎样的程度和她婶婶或祖母吊过膀子？跟别的女人恋爱过？狂嫖滥赌过？退百步讲。就算自家不爱她，也是不能勉强的，而且这全是她爱无中生有的吃醋，自作自受啊！这值得她束缚自家？监视自家？她到什么地方去，自家从来不过问，她可以和别的男人独来独往，自家为什么就不可以？人类除了男便是女，自家难道只能和人类以外的动物们■■■世间的女人不绝灭，恐怕自家是永无宁日吧……唉，假使海洋中有这末一个荒岛，连雌禽雄兽都绝迹的荒岛，此鲁滨逊住着的还荒漠百倍，自家真情愿漂流在那儿，无声无息的活着，无声无息的死去，到那时看她又将怎样说？好幸运的鲁滨逊！好悲哀的自家呵！……

郁闷，悲愁忽又将他紧紧的包围着，头缩进大衣里，一步高一步低的僵尸般将自己搬到家之后，原想顺顺畅畅的在冷静的被里埋葬了自己，好玩味那空幻的荒岛中的乐境。可是刚进房，小孩在娘姨手里忽然呕吐起来，他那个她跄跄的走拢去一把接住，就开始无名的咒："都是吃了这顿倒霉的年饭！"

好像这话不受听，那态度也不受看，火山在爆发啦！地在震动啦！他忍着忍着，但总觉那是无可避免的天灾，自己不能不陷落到那种天翻地覆的境界里去。朋友们曾勉慰他过：居家用得着糊涂二字。又有个朋友曾替他打过一个比方：男子顶好做个牛皮糖，可圆可扁，然而这时的他是觉得再糊涂再牛皮糖化也不成功的。

"谁叫你去的啊？谁叫你去的啊？——你在这里咒？"他眼睛睁得圆圆的，嘴唇在发抖。

"这不关你事。"她扭转头也眼睛半天不瞬的睁起和他的对射着，眈眈的像要吞掉一切。

"我晓得这不关我事！——这全是我的不是：不该接那寡妇一支烟，不该和她们点头，更不该听了鬼的话——去，去，——我早划算到吃了这顿年饭是要倒霉一世的，妈的！"他除睁眼之外又咬着牙，似乎光这样还不行就又在桌上加了一巴掌。

"用不着扯三扯四的，你这副样子没人怕，你要借着由头闹，你闹好咧！——一来就拍巴掌！"她把孩子放了，腾出右手，用无名指指着他。

"是我借由头啊，我就来借借由头看。"没人怕是再羞耻不过的，那非借重暴力不成功，他就眼光四面逡巡着。但一时不知从何处下手，最后是椅子的不幸，由房里飞到天井里，断了一只腿，再用手在桌上一扫，杯碟就遭了殃，滚了蛋，由墙壁上溜到地下，散了，接连地握紧拳头慢慢的走近她，"妈的，我真恨透了，非把这鬼窝毁了不成，非大大的破它一个坏不成！"

原无意打人，但照这形势进行，假使对方还不怕，那就非打不可的，因之他只是慢慢的向前走。但前途没有什么障碍，好使自己盘马弯弓，而且相距本极近，这样慢踱着颇近于徘徊，因之他忽然感到这样的徘徊好像在做戏，对于刚才说的像做小说样的句子也太不伦不类，但又不能当作玩笑事，否则空头威势会失效，英名会扫地，于是不能不走拢去，在她的头上摇晃着篮筋暴出的拳头，同时就补了这一句："而且非做点样子给你这混蛋看看不成的。"

"哎呀！你们看呀！无缘无故打人呀！——哼，小孩呕吐，我说不得呀！我叫人跟你评理去。"

一半的话是在后开口嚷出来的。娘姨也走开了，孩子起首是惊哭着，终于被掷在褥子上吓呆了。并非怯，她只是要在深夜里叫人来评理。

"别走，用不着怕呃——妈的!"他向着空洞的后门口又挥着拳吆喝了两句。

虽然不知道有无理可评，说是去叫人评理，人总是不能不去叫一叫的。她的确是去了，他也就不便安心睡，抱着孤哀子似的小孩抚着拍着，久之，这小生物也就服服贴贴的睡着了。他把他放在被里，自己在一边陪伴着，一边回忆方才的一刹：那没有动武的理由的，她并没彰明的说："不该接香烟，""不该和她们点头"呀! 总算自己还稳健，不曾打着她，否则当真评起理来。那就……仗着空头威势吓走她，把她吓走了就算成功了吗? ……"毁了这鬼窝"……"破它一个坏"……哈……哈。——他在回忆过后又环诵这两句，于是微笑着，几乎不相信自己会干上这末一回滑稽事的。

夜深了，这女英雄终于率了一个平常接都不到的堂兄，这可出乎他的意外，串而那是个先淫了丫头后娶亲，老婆两个还不常在家住夜的平常也在被她讥嘲之列的堂兄，年饭还在口里就吵着要打牌的堂兄。他是皱着眉，轻着脚步，头缩进大衣里走进房的、看那没灵魂的不尴不尬的样子，早就晓得他是从麻雀席上被拖来的。见了客，床上这个就连忙起身打招呼："刚才在府上打扰，多谢! 多谢! 夜半更深又劳驾跑到这里，真对不住得很!"他苦笑着，赶忙敬了一支烟。

"呃——怠慢，怠慢! ——不必下床，天冷得很! ——唉，在家正玩牌消遣，忽然舍妹跑回来——唉! ——"堂兄也苦笑着，因为有"评理"的嫌疑，使他非常的踌躇。

横蛮东西! ——你不要看他那涎皮搭脸的鬼样子，背啦人才又是一副腔调! 这强盗我定规跟他离婚。她眼珠通红。手指着他，脸对着堂兄说："我今天请你来就为这件事。——哼，动辄就打人，还了得！"

堂兄只是笑。

"没有的事，我打着了谁啦！——开口离婚闭口离婚，你离好了喽！"他看不过那凶像也就不肯默认这回事。

"没打人，哼，不是走得快——喏，地下这些东西是谁打的？"她指给堂兄看，惜物的眼泪不期掉下来。

"打人是没有的事——讲起起衅的原因，——真丢丑！"他对堂兄说："我也不高兴讲，——这事情恐怕老兄来了也是难解决的。"

堂兄很为难的苦笑着。室内很静穆，只有她抽噎的声音。

"近来工厂里事情忙吗？"许久之后。堂兄设计找出了这末一句。

"还好，——老兄今晚不做夜工吗？"

"不，近来的夜工是玩牌，邮政局里的工潮还没解决呢？"

"呵——是的，工潮没解决，将来解决之后总会加点薪吧？"

"难说。——据罢工委……"

"特此请你来不是谈这件事的，要你在这里东扯西扯干什么？"她在旁边实在听不进邮局的工潮，那和"评理"相隔得太远，就不能不打断这无聊的叙述。

堂兄还是笑。什么都不便谈，该谈的是："现在时候不早了吧？"

"你走好咧，用不着你来！"她瞪着眼向堂兄。

堂兄于是便笑着告辞了，他之来本是多此一举的，而麻雀席上却无端缺了一只脚，因之告辞是他非常满意的事。

"舍妹的脾气是——总得请你原谅点。"堂兄走到后门口，回头低声向后面相送的他说。

"没有什么，您放心好了。——唉——这末晚使您——"他很抱歉的答。

"谁是你舍妹？——还请他原谅点！——放屁！——你们都是一巢货，没一个好东西。"她听见了堂兄的话，立在房门口将恶语送出去，随即碰的把门关了。

关了门也并不使人为难，亭子间的地板上有一副灰色的铺盖，本是招待一位同乡丘八用的，丘八走了，他让那东西留着，原想以备自己不时之需的，虽然楼板太硬点，铺盖太脏点，但总觉那又是一个天地，自由的世界，也就很舒服的很安慰的进去躺了，那总比伴着自己那恶婆强。

此后是谁都抱着"你不理我啊，我也不理你"的心情过日子，她有孩子玩，当然不寂寞。他有他的去处，每天饭碗一丢就走，睡觉时才回来。那是多末的惬意！

不久，年关来访问这家庭，然这家庭却无意于接待，他是成天在外面逍遥，她也不能不成天访女友研究对付这逍遥者的方法，研究的结果是站在亭子间门口狠狠的咒："小心点，我已经找着了真凭实据——哼，哼，你莫逃，自然会有人来办你。"或把情书找出来说："这是放的什么屁，你自己看看？——强盗，骗子！"此外也少不了到娘家去宣传。宣传的结果终于把她的弟弟请来了，那算惟一的救兵。

"听说你们常常闹，还打人，这不成个样子，——祖母不答应，娘舅也不答应。"她弟弟把他请下楼盛气的说。

"是谁找谁闹，这我用不着辩，——至于打人，虽然我脾气丑，却不曾有过，你们不答应就不答应好咧，听便你们怎样处置我！"他脸色苍白的起身往亭子间走，头埋在被里，身子抖着，似乎受了委曲般的在饮泣。

"你用不着动气呃！——我不过对你这样说说罢了。"她弟弟跟上楼禁抑着不好的情感说。

"不必跟他谈，——你看他这副样子，还有样什讲头，离婚就是。"她在亭子间门口威武的嚷。

"姊，你别响，你这副样子也难看。——来，来，我们到下面再谈淡，大家平心静气的。老是这样吵下去真太难了。——"

于是大家走下楼在客堂间坐定了。

"旧账不必算，现在，你的意思究竟想怎样？"她弟弟对她说。

"我还是想同他离，一动就拍桌打椅的——孩子给他吓坏了，娘姨也不肯做，我情愿一个人住安耽。"她口是心非的说，以为一提起"离"就够把他收服的。

"你的意思想怎样？——她说是要离。"她弟弟试探着问他。

"我不怎样，随便她要怎样就怎样。"

"不能随便，随便是不行的，——她的话你究竟同意不？"

"我没有什么不同意，只要她怎样合式就怎样，总之，吵闹的日子我也过不了。我是承认我的脾气坏，但她——"他始终含糊的答，生怕承认了。或者会有出乎他能力之外的条件终归使自己屈服的。

"你的脾气好，你的脾气好！——我不要同你这强盗住。"她横蛮的说。眼泪滔滔的流，已决心收服不了他就只好铤而走险的。

"姊你还是这样我就不管了，随你们自己去。——我看你们并没有大不了得的事值得离婚的，况且当初既是恋爱结的婚，一点小事就闹到这样，不是笑话吗？像小孩子一样的，你们自己想想——我的意思不妨暂时分开住试试。你住在这里，他住在亭子间，谁都不能走到谁的房里闹，如果谁走到谁的房里闹就是谁的不是，到那时就没有法子想，只有离。你们都同意吗？"

"可以，好。"他爽气的说。

"就分开住也好，——但是他，每天饭碗一丢就跑，一定是外头有个贱货在等他啦，不然，他这样赶来赶去干什么啊？"

"那末，你究竟有没有相好的喽，外头？就是有也不妨直说啊？"

"有，有，多得很。随她怎样说就是，但是你问问她看见过一次没？"

"谁知道，我又没跟他一道走，——谁知道他的鬼把戏？"

"那末，我有个办法，你们在上下午定一个时刻同进厂——上午就定在八点五十分，下午就定在一点二十分吧，到了时刻就谁都不必等谁。回家呢，——回家就各走各的吧。"

"好，好。"这是她的爽气的回答。

"我不能照办，——如果定要这样就索兴在我的头上贴着'某人之夫'的纸条，在她的头上贴着'某人之妻'的纸条还来得妥当些。"两家头一道走是亲密的表示，大闹之后就这样似乎太滑稽一点的，也好像太压迫他一点，他实在不情愿。

"喏——不是有鬼心思，他为什么不情愿啊？"她忽然露出半个笑脸说。

"这又不是使你吃亏的事，如果也不肯照办那就是你无诚意啦。"

"好，好，我就承认了也算不了一回事。"

"至于经济方面呢，——她对我说过小孩她要领，如果你答应，你可以拿出多少津贴，每月？"

"她要领那更好，我每月拿出二十块钱来。"

"谁要你的钱，谁要你的钱？"她插口说。

"她自己能生活，不要这许多钱，你只每月贴孩子十块好了喽！"

"不，我给十五块，我给十五块。"

"好，你定要出十五就十五，至于房饭钱大家分摊好了，饭是最好也单开，各人在各人房里吃，省得生是非。等将来感情恢复了再在一起吃，住。"

"还有欠的四个月房租。"她赶忙补了这一句。

"我一个人还好了。"他打肿脸称胖子的答。

"那也大家分摊好了喽！——还有什么吗？——没有不同意喽吧？——那末，好，就这样，就这样。"她弟弟站起来说："好，到开年我再来看你们。唉！"伸了个懒腰，算尽了责任一般很满意的走了。

其实，男女间事是可用契约式办法能解决的吗，爱情是可以凭着图章能维系的吗？本来一点小风波，时过境迁的会自然的平息的，然而经过这番手续之后，反而在彼此的情感上留着深深的痕迹，不是一时消灭得掉的，总之，现在他们是正式分居了，也可以说是变相的离异。女人的心理状态是不易于捉摸的，那无从断定，然而他，起码是有这种感觉的。

第二天是腊月二十九，工厂放了假。他躲在亭子间的地板上的被里像冬季的虾蟆，无声无息的潜伏着，像是没有家，没有妻，没有孩子，没有一切，像落魄的浪人，乞丐，总之他是只想在自己的生活上尽量流露出他是已经和她离异的凄清的表情来。

她呢，她以为他是一个纸包，平常是放在口袋里的，因为种种的不便，暂时搁在亭子间罢了。也可以说是自己将他暂时幽囚在那里，让那强盗安静的去忏悔，去收心做好人，她可以左右他，编派他，他始终是她的。他是在那里安分守己，这使她高兴。于是，上午，她忙着办年货，送年礼，下午收拾房间，又搬出一套干净的铺盖，叫娘姨拿到亭子间，又叫娘姨替他架了个小木床，且布置桌椅。

第三天是年底，绝早她就带了娘姨上菜场买了些鱼、肉、蔬菜和许多糕点以及一切，晚上又亲自在乌烟瘴气的灶间弄饭菜，在自己房里的五斗柜上用年糕，橘子，"长命富贵"的纸签儿和蜡烛贡了一个磁菩萨。总之她是忙着了，忙着了又还生怕他寂寞，悲愁，就叫娘姨带着孩子，提着小灯笼，走到他房里，虽然他是起了"孩子，谁是你父亲啦？"的悲感，甚至因怜惜这孩子的命运而坠泪，然而她叫娘姨抱着孩子陪了他以为足够安慰他的。

饭菜弄到差不多了，想起他爱喝酒的，她叫娘姨买了一瓶"白玫瑰"。家家在欢天喜地的吃年饭，这是父子、兄弟、姊妹、夫妇团圆的佳节，游子游孙还有不远几千里赶到家来叙天伦之乐的，自己的小家庭里并没家破人亡，虽然暂时分居着，并没分屋住，更没有当真的离异，难道就不能同席喝一杯吗？而且他难道对自己真正干了许多鬼心事？于是，在忙碌中她关照娘姨说："娘姨，你去叫少爷下来喝酒，菜会冷啦。"

隔了一会，他没有下来，又叫娘姨催了两次。

他是熄了灯躺着在那里悲哀，他知道她买了许多菜，也闻到鱼肉的香味。他以为她吃着隆重的年饭也许不叫他的，他怀着恨，决定不起床，虽然听到她关照娘姨来请他，还是把那恨意延续着：你不如决绝的把我丢了吧，既是这样爱和我闹！如今既已分居了，就不能当作我是死亡了吗？就不能当作自己是孀妇吗？又来叫我干什么？……其实这是一种报复的撒娇的情感，不过这情感反把他弄悲哀了：我是我，她是她，没有理由安闲的享受她的邀请的，没有结婚时，自家不是也和今宵一样年年睡在客地的斗室中的单薄的被里，灯都不点的冷冷清清的听着惊人的爆竹声渡过这年关吗？如今虽则结了婚，有了孩子，然而结婚所给与自家的吵闹，严厉的拘束，累赘等等的苦痛；她是坚决的想把自家逼进坟墓才甘心；她藉着名义把堂兄请过来，把弟弟请过来；她祖母对于自家不答应，她娘舅不答应？自家的苦痛可向谁诉述啊？又有谁说句公道话咧？她是多末势力雄厚，自家是怎样孤单啊？一点小事就请娘家人，这日子过得了吗？如今正好，算正式离婚了，她用不着请自家，自家心是死了的，起码她已是个实际上的孀妇。她用不着叫我在她房里吃。她自己享受那馐馔吧！她和孩子团聚着畅叙天伦之乐吧！自己在黑暗的牢狱般的斗室里，这沙漠般的床上仰卧着，凭着炸弹般的爆竹声，那漂流的回忆，那在眼眶边长流的眼泪不够享受吗？……这不消说他是在吞声饮泣了，但在悲哀之余，经她连催了两次，他的心又复活了，那种悲愤的情绪又转变为怜惜：他念及她那种呆笨的妒嫉，那不顾生命的吵闹，那不知厉害轻重的妄举，那不知不觉中弄到极其消瘦的身体，以及年节那末热忱的劳碌与渴望和自家团聚的隐衷，他又觉着如果自家不去她房里吃一顿，她在这佳节中将会怎样冷落，扫兴，悲愁啊！于是他还是毅然走进她房里。

馐菜冷冷静静摆在桌上没有多少热气了。她只抱着发热的孩子徘徊着，脸色很难看。等他进房了，两手撑着头盘在席上了，她才伴着孩子坐了，一面叫娘姨筛酒，一面忙着顾着孩子，一面希望他满心欢喜的来吃这一顿，一面也想在佳节中把带病的孩子弄出一点喜气来，自己简直没有安心吃。他则只是低着头一声不响的喝着那玫瑰，一杯一杯的只想把自己灌醉算完事，灌醉了好仍然回到亭子间里去痛哭。房里除邻家传进的五魁八马的欢呼声和孩子叽喳声，就全靠那辉煌的蜡烛点缀这年关的佳景。总之，两人心中还是牢牢的镌着"分居"两字，刹那之间，灵魂无从团聚起，天伦之乐也了一时叙不来。

她既心忙事忙吃不下，他则像尽义务专为应酬她而来的，也只胡乱的吃了一点。不久，这筵席就散了，他仍然回到亭子间，挺在床上又神驰到家乡：家乡的热闹的大厦中，是客秋给虎疫夺了穷愁的慈母，折了辛劳的二兄与三兄，还毁了二兄仅有的两个好孩子，据说去年的除夕，全家却没吃饭就睡了，今年今夜的年饭席中，虽坐着龙钟的老父、长兄、七弟和二兄的未亡人，然而在那种凄凉的团聚中，他们能吃得下不追怀逝者吗？不默想漂流客地的自家而神怆吗？可是谁知道自家也在追怀着逝者，也悬念着悲楚的他们且悲伤着自己呢！……往事的追怀，已不堪他设想的，然而目前，目前所显现的是许多狂欢者在各自的家园高乐着，在街衢起劲的奔驰着，孩子们更是不知天高地厚的在尽量的娱乐，在引着火燃放手中的冲天爆，可是自家呢，自家的小家庭呢？仔细一比较，一对照，那冲天爆直把他冲到云霄中，灵魂毁碎了，飞散了，剩着的只是荒漠中的几根枯骨渗着血泪的僵尸。

在睡眠中，两家头在荒冢般的房里渡过了大正初五，于是工厂开工了，新年的景象不复射入这对分居者的心中，他们谁都已厌倦那苦闷的日子，渴望着开工来把生活改变一下。

时钟刚敲八点，两家头早已作了准备，等挂钟上的长针正指着"X"上，他就低着头在她房门口站了一站，便漫蹀着走出门，她也随即赶出来，不自然的和他并排的走着，不交谈，不互看，彼此始终相距几尺远。在她，这玩意是很满意的。这样才谁都知道这一对是"夫""妇"，贱货不敢正视他，他也不致绝无顾忌的去沾花惹草。但在他，却觉着这做作太近于耍木头戏，这般蹭蹬羞怯的走着颇类男女的淫奔，也像僵尸走肉般的无情趣。

怀着这种不同的心情在走，因之彼此的距离是越走越远。他以为她是故意走得慢，她则以为他是生怕两人并排走会使贱货知道他是已经讨过老婆的，于是渐渐的彼此的脸上又染着新的颜色。

三四天也就这样安然过去了，但与其说"安然"不如说"又在准备着"吧。

有一个早晨，时钟敲了八点，她在娘姨口中探出他是睡着没起来，过了四十分也还没起来，其实他是故意那末的，稀饭原来不必吃，只洗个冷水脸，披上一件衣就可拔脚走的，好使她来不及跟随自己，因此她也以为慢着一点也不打紧。可是五十分钟即刻就到了。他走下来在她房门口站站便自顾走了。她便匆忙的把事情搁在一边也追出来，愤愤的说："你就不能等一等吗？"

"不能，当初讲好到了钟点就谁都不等谁的。"

"好，记得的。"她用手指指着他说，随即又奔回来。

从这时起，她不再跟他走了，也让他早出晚归的去逍遥自在。

终于在一天下午放工后，她突然走到他房门口扳着脸质问他："喊，你究竟打算怎样喽？"

"我不打算怎样，你不必又来吵。"

"谁同你吵——这日子我过不了，你索兴搬出去住，我情愿跟你离婚，我不要看见你这种人。"

"你去叫你弟弟来评理喽！——哼，又是我的不是。"

"我叫他来干什么？我不叫他来，你只给我搬出去。"

"搬出去就搬出去，有什么希奇！"

"你就搬，你就搬，孩子你高兴拿出几铟就几铟，凭你的良心，欠的房钱你是答应拿出一半的，你拿来。"

"现在拿不出，马上搬也搬不了。"

"那末，就限你几天也行。"

她说着，下楼去了。她是要借着这难题来制服他，他没有钱，也没有完备的行李和家俱。

　　他也知道是外强中干的，虽然爽气的答应搬，却始终不作准备，希望在犹疑寡断的假态度中逼出她要自己搬开的决心，到真正搬开时，她是无法反悔的。他爱用欲擒故纵的手段。

　　果然，几天后又催促着："喊，你究竟搬不搬？"

　　"自然搬，可是得说明在先，不要搬了之后又找到我那里来吵。"

　　"天晓得，——只怕你要赖在这里，谁还高兴找到你那鬼窝里来，放心。"

　　"那末，我决定搬，在几天以内。"

　　几天内，他在距她很远的地方赁了一个亭子间，也弄到八十元的支票，一面把房子粉刷好，一面也等着支票兑钱的时期，也等着她再催促几次，就还是痴痴聋聋的住下去。这可使她更加起劲啦，在星期日的早晨，她又催促着，而且很严厉的："像这样是不行的，——想假痴假呆住下去啊，哼哼，——没骨头的东西！"她握着拳头在她房门口泼辣。

　　"自然搬。"他还是安详的冷静的说。

　　"那末，几时？"

　　"随便。"

　　"随便啊！我可不能再限啦，你就马上搬。"

　　"好，马上搬就马上搬，用不着那副凶相，谁是故意赖在这里不成。"

　　"房钱赶快拿出来。"地伸出手来向他索着。

　　"自然拿出来——喏，四十块，你点点。"

　　她伸手接了钱，头低下去了、手是抖着在数钱，脸色是由血红变成了青紫。总之，这事情是完全上当了。就无语的颓丧的退出来。

虽然雨在落，时候还很早，然而他利用这辰光，这辰光没有闲人站在雨中来观瞻这盛事，她看见他把行李搬下楼，床、简单的桌椅、一口箱子，都搁在她房里，又看见他叫了三辆车，开开大门，一件一件将这些往车上搁，最后是提着那箱子，于是她忍无可忍了，一把拖着那皮箱，起码要在这箱上报复一下，阻挠一下，稍微出点气：

"你把箱子打开。"

"干什么？"

"要检查。——怕你偷东西，老实说。"

他禁抑着一把无名火，开开箱，一件件点给她看，那中间大半都是未婚前的他独有的古物，差不多连两人共有的东西部没有一件，她没有什么可说，只是不安的颓丧的站着，没灵魂的徘徊着，等他提着箱子往外走，才略有知觉的恶狠狠的用手遥刺着他说：

"你这一辈子也不要到我们这里来噢！"

随即她把大门碰的关了，走进房往床上一倒。

这算是新生活的开场。他在新寓所将一切陈设好，又将四十元添制了铺盖、脸盆、手巾以及烧饭的酒精炉子，预备好好的过日子，也预备用一晌工。

可是第三天晚上，她抱着孩子赶来了。那地址是她由粉刷房子的泥水匠那里打听出来的。她来的理由是家里失了窃，说是他嗾使流氓谋害她，她走进房起首是惊讶他的房收拾得那末精致，铺盖那末的讲究，最后误会那盛酒精炉的箱子是装饰品，非常悲哀的说：

"哎呀，买了些这种东西来——哼，你好，你好，钱只知道自己花啊！我同你离婚，"她像是疯狂了，一壁说着一壁哭。

"既是要离，现在不就像离了吗？何必又跑来吵闹呢？"

"我要同你弄个明白。"

"当初讲好了不来吵的，还不到三天就来吵，反复无常的东西！——出去，我的房里不能由你闹，不出去，哼，我会对不住。"他愤怒的说着就预备动作。

她怕惹了许多人看热闹，即刻就柔和的说，"我不闹，我不闹，"接着就向床上一倒，哭起来：最后是非要他回去不可。他不肯回去，她就赖在那里过了夜。但始终没得着丝毫的好处。

以后，她好久不到他那里去，只在工厂打听他是每天照常工作不？每天是由工厂出来就回家去不？有时老是远远的跟着，知道他的确到家了才放心。有时来不及跟踪他。就偷着空到他那里和那些同住的女人说他是自己的夫，说他是嫌家里叽嘈才搬出来的，又问他是每晚回家不？有女人来过不？总之，他搬出来之后，她更加不放心。

实在，他也有些使她不放心的，他嫌那亭子间过于讲究了，应该有人来参观参观，一个人也寂寞，用得着一个女人来奉陪，那是比较自由的所在，一切是谁都干涉不了的。因此他除到工厂工作外，在十字街口徘徊着的时候多，在电影场里留连的时候多。及至洋钱花光还得不到结果时，就又规矩的过几天，埋怨无法满足的欲望，埋怨自己的脸子，年龄，以及一切，总之，从新恋爱起好像是不容易，恋爱像自己原先那样的一个也是前程渺茫的，更无论比她还好的。在亭子间里虽是比较生活舒适，然而舒适所给与他的是无聊，沉闷，干燥，懒惰，因为这缘故，甚至连饭都每天只烧一次，比如上午烧，就午餐和晚餐吃着剩的，晚上烧了，就第二天吃着剩的，也没用功，也不做点杂事，连房都不肯扫一扫，让尘垢堆起来。

说是安静，却通夜总睡不好，每在睡后为对门的前楼的灯光惊醒，就又爬起来，站着望，望着里面那个女人，在玻璃窗里的很模糊的女人，注意她的一举一动，生怕她看不见有个情人在爱她，就把自己的电灯捻开，又怕她看见自己，责骂自己的轻浮，就一忽儿又把灯灭了，结果是使对门的女人知道了这末一回事，于是他安慰了，安慰了就电灯时明时灭的开闭着，人是爬起睡倒的闹个不宁，直到对门的灯光熄了，他才在床头辗转到天明，第二天赶忙到晒台上去大声咳嗽，引领去眺望，眺望的结果，是对门窗口现出个四十以上的绝对不美的妇人来，这才连忙缩了头，羞怯的自笑着退下来，才绝望了！才真正安静了！

有时自以为并没勇敢的进行着崭新的恋爱全是为着她还在纠缠着的缘故，假使她是不纠缠他，或她已经和别人恋爱了，那才是给自己放胆进行的机会，而且孩子这一晌究竟是怎样；虽不爱她，孩子是自己养的！自己心爱的，因之在晚上，也偷偷的走到她那里去，偷儿似的在前门拨开信箱盖看进去，心里想：里面许有个男子在，那就非把那狗男子打死不成。也许这全是她引诱来的，也非把她打几下不成。即不然，也非叫她弟弟来，把她这假君子的面幕揭穿不可，而且起码可以责骂她，证实她，她既经和别人轧姘头，当然不能干涉自家的事，这样就彼此关系绝断了，自家可以找个满意点的同住着，不结婚，只是恋爱，谁不愿意时就马上可以散伙的，他不占有那个人，那个人也不得占有他。那是多末自由而愉快的生活……可是怀着这心情去偷望，结果是失败，他那个她不是睡了，就回娘家了，连孩子也不曾欣赏过一眼。

这是个多月以后的一个晚上，她却又在他的亭子间门口出现了。他知道她来了，连忙把门锁着。

"把门开开呀！把门开开呀！"

"不开，我知道你是来闹的。"

"不闹，我赌咒不闹。"

门是开开了，露出她的尖削的苦笑的脸来，她又是抱着孩子来的，孩子是一个新娘姨抱着在楼下等候。她从容不迫的，装出实足的和气，轻轻的走进房，坐在床沿上，悠悠的说："我从本星期起不做工了。"

"你不做工关我什么事。"

"我不过对你说说罢了。——我上了好几回医院，医生说我得了虚痨病，很危险，非养三个月不可，工厂里已经准了假。——娘姨也换了，前楼的人也搬了，——实在，那末大的房子，我一人住着有些怕。——我——我——我想——"

"那你一个人住着不是更加安耽吗？"他知道她现在是换了个方式了，镇静的嘲笑着。

"你就难道真正狠心的把我丢了吗？孩子也不要了啦？看都不来看我们一下？——"她把眼睛斜斜的瞅着他，没头没脑的倒在他怀里低声的哭。

实在这平安的干燥无味的生活又把他弄厌了，也有些看不过她那瘦削的脸子，而尤其不忍推想长此以往的她的结局，然而他还是硬着心肠的只用手将她推；但她却用手将他牢牢抱住，反而进一步的将泪流满面的头凑进他的头颈，全身抖颤的几乎喘不过气，那泪是几乎流进他的颈根里。于是这就没办法了，她是降服了，他是胜利了，胜利之后又还是矜持的说："走开，走开！——"

"不！……不！……"

"那末，你打算怎样呢？"

"我不打算怎样，我是不敢有什么希望的，我——我——我只希望你没有事的时候也来望望我们。"

"那末，好，我明天来看望你们就是。"

于是她从他的怀里爬起来，收了泪，微笑着走到门口去。

"娘姨，你把小人抱上来看。"

娘姨抱着小人上来了，孩子是痴痴的望着他、很怯生。

"个把星期不见就不认得吗？叫爸爸，快叫爸爸。"她说着就把孩子送给他，"娘姨，你看，这酒精炉子好看不，你知道要多少钱一个呀，这都是少爷搬到这里来买的。这房里的东西也都是新制的，花了好几十块钱呢！一个人在这里养病，多惬意呀、怕饭菜不干净、又自己烧饭、你看少爷是不怕辛苦不？好奇不？好，如今他又不高兴了，明后天又要搬回去呢！"

"是格，一个人住在格打，清清爽爽，真惬意得勒！"娘姨莫明其妙的瞎凑着。

"惬是惬意，就是开消太大啦。你晓得每个月用几何钱啦，一个人？"

他坐在床沿不作声，逗逗孩子，望望她们，也想着老远的过去，以及搬到这间亭子间的这一月和目前，悲愁，吵闹，欢忻，离合，喜怒无常，循环往复，莫明莫妙，于是他微笑着，和她们搭讪着，实在，那时的她不是个恶婆星，泼辣货，那时的他也不像个强盗，骗子。

夜深了，她们谈了不久就走了，他送她们到门外，又给雇了车，这才回房睡了一回几月以来未之有也的觉。

翌日，下工后，他走到她那儿去，她柔情娓娓的款待他，留他在那儿吃了一顿。午后又在那儿吃了晚饭，这都不是他自己辛辛苦苦烧的，房子也比较宽敞，可以东坐西坐，也可踱方步，也可以和人谈天，和孩子打趣，总之比亭子间高明多了，舒适多了，夜深了，他还没有走。

"很晚了，恐怕没有车子吧。——实在不回去就……"她瞧着孩子说。

"也好。"他却对着床说，声音很低的，随即往床上一坐，索兴脱了靴往被里一攒，连头都埋在里面。

如新婚时一样过了这夜。

一回生就二回熟，自然第二天下午又到她那里去。

"你把行李搬回吧，今天下午放工以后！"她忘记了要他搬出去那回事。

"不高兴，搬来搬去的，而且这个月刚付了房钱。"

"在这里又不另外付房钱，那里付了就付了喽。"她知道他难为情搬家，极力怂恿着，自己可不愿抛头露面来相帮，就又敷衍着说："我实在身体不行，下午也想出门有点事，叫娘姨相帮不一样吗?"

"下午就非搬不可吗?"

"自然喽。"

他没有再回话就进工厂，她不久也出了门。

她出门有点什么事呢，她把这消息去报告给娘家。她是这样说："我晓得他是在外头住不惯的，吵着要搬出去，哼，何如，还不是没人理他又自己搬回了。"好像非这样不能够快意。他呢，他也能猜出她要出门是怎么一回事，于是当工友们遇着他，问他这两天来为什么又在她那里出进，他就装着傲慢的神情说："受不了她的纠缠末！一次不了一次的。瞧着她为自家害了危险的虚痨也有点过意不去。"他觉得要那样才不致示弱。

不复记忆被人占有的痛苦，也不欣羡分居的自由，也不埋怨自家柔懦、寡断、无用，也不恨她妒嫉、凶闹，反复无常，也不怀想下工上工时那种蹰躇顾忌的丑态，在那天下午放工时只略略一玩味"自然喽"，就犹疑了一下便毅然叫娘姨同去，用四辆车将东西搬回来。

她是早已回家了，等车到大门口，她把大门开开，指挥着车夫搬运。督促娘姨先搬那样，搁在什么地方。

但这对驰名邻里的夫妻，随便什么动作，是颇具号召的魔力的，即刻，大门口站了些看把戏似的女人和几个爱说俏皮话的半大孩子。于是她忽然又感觉这指挥太近于卖力气，太过于巴结那强盗，连忙把身体隐在房里的窗帘后面。他看看门口站着的那些带有幸灾乐祸的样子的女人，也看看一事不管的帘后人，于是也退进来坐在衣柜侧的椅上愤恨的低咒着"妈的"。她也知道他愤恨的来源，尤其不高兴他眼睛向外面望，她终于走出窗帘外挺拔的站着，把凶脸露出来，不管东西还有一半没有搬进来就粗重的大声的嚷："娘姨——快关门！"

一九二八，一一，一五于上海。
（原载一九二九年一月《小说月报》二十卷
第一期，选自短篇小说集《平淡的事》）